U0953443

W.S. Maugham

毛 姆 文 集

W. Somerset Maugham

# 木麻黄树

The Casuarina Tree

〔英〕毛姆 著　黄福海 译

上海译文出版社

# 目　录

# 原序

木麻黄树，据他们说，如果你带一根它的树枝上船的话，哪怕再短再小的一根，也必定会招来顶头的风，阻碍你的行程，或者招来狂风暴雨，危及你的性命。他们还说，圆月当空的时候，如果你站在它的荫头里，你会听见它用刻毒、阴险的话语，神秘地、低声地道出未来的秘密。这些事实，从来都没有人质疑过；但是他们还说，经过一段时期，河水退却，当海榄雌[1]在宽阔的河口拓垦出潮湿、松软的泥土，木麻黄树就会自行生长，并且逐渐使土地变得结实、坚固、肥沃，直到它成为熟土，适合更多种类、更加繁茂的植物；然后，当它完成了自己的工作，它就会逐渐消隐，最后被丛林中无数归化了的植物彻底吞没。由此我觉得，对于一本描写居住在马来半岛和婆罗洲[2]的英国人的短篇小说集来说，“木麻黄树”应该是一个不错的书名；我原以为，这些英国人是在他们的先驱打开这片土地、带来西方文明之后来到这里的，因为工作已经完成，这个国家已经进入和平、有序和成熟的阶段，他们一定会以上面所说的方式，退让给更加丰富多彩，同时也不太有冒险精神的一代；当我深入调查之后，发现从前别人跟我所说的一切都不真实的时候，我的心情是极度复杂的。给一本短篇小说集起名是一件很难的事；想避重就轻，就不妨拿第一个短篇作为书名，但那样会欺骗买书的人，以为手里拿着一本长篇小说；一个好的书名应该关涉到书中的所有篇什，哪怕是隐约的关



---

① 海榄雌(mangrove)，一种马鞭草属植物。
② 婆罗洲(Borneo)，即东南亚的加里曼丹岛，世界第三大岛，现分属于印尼、马来西亚和文莱。

涉；世上的好书名都已用尽了。我难以定夺。但我想到，一个符号（正如弗朗索瓦·拉伯雷①大师在一个插科打诨的章节里指出的）可以象征一切事物；我回想起，那木麻黄树挺立在海岸边上，任人胡乱地砍倒在地，狼藉一片，但它依然守护着这片土地不受狂风的侵扰，这很容易使人联想到那些种植者和管理者，虽然他们有这样那样的缺点，但他们还是为他们朝夕相处的人民带来了安宁、正义和幸福；因此我猜想，当他们看着木麻黄树，同样感受到那份灰暗、粗鄙、悲哀，与那荒凉的热带地区有些格格不入的时候，很可能也会思念起自己的故乡；在悠然回忆起约克郡高原上的那些石南花，或者苏塞克斯郡公共牧场上的那些金雀花的同时，他们发现这种在严峻的环境中依然恪守自己职责的坚韧的树木，正是他们自己流落他乡异国的生活的象征。总之，我有多个理由保留目前这个书名，但最主要的是，我想不出更好的书名了。



威·萨·毛

① 弗朗索瓦·拉伯雷（François Rabelais，1494—1553），法国文艺复兴时期作家，代表作为《巨人传》。

# 赴宴之前

斯金纳太太做事情喜欢守时。她早早地穿戴整齐，身上那件黑色的真丝外套既适合她的年龄，又适合她为死去的女婿服丧。此时，她还要戴上一顶帽子。对于这一点，她有点儿犹豫，因为帽子上装饰的白鹭羽毛很可能会引起一些朋友尖锐的非议，而她去赴宴时又免不了会碰上这些朋友；要获得这些羽毛，就必须杀死那些美丽的白鸟，而且必须在它们交配的季节，这话听起来多吓人呀；可话又说回来，这些羽毛真的很漂亮、时髦，不戴上的话岂不是太愚蠢了，而且要是被她女婿知道，准会伤了他的感情。他从婆罗洲那么远的地方把羽毛带回来，不就是为了让他岳母开心嘛。当时，凯瑟琳的神情似乎就不那么喜欢，如今噩耗传来，她一定后悔当初不该那样，不过凯瑟琳从一开始就没有真心喜欢过哈罗德。斯金纳太太站在梳妆台跟前，戴上了那顶帽子，然后用一枚镶着一颗大圆珠子的发针把它固定住。毕竟，这是她仅有的一顶漂亮帽子。要是有人跟她说起这几根羽毛的事儿，她自然知道如何应对。

"我知道这种事很吓人，"她会说。"我自己是绝对想不到要买这些羽毛的，是我可怜的女婿最后一次回国探亲的时候带回来的。"

这样就解释了她拥有这几根羽毛的理由，也为她戴这几根羽毛找到了借口。她的那些朋友一向都很和善。斯金纳太太从抽屉里拿出一块干净手帕，在上面洒了几滴古龙水①。她从来不用香水，因为她觉得使用香水有点儿轻佻，但古龙水却让人神清气爽。她差

① 古龙水(Eau de Cologne)，又译科隆水，一种原产于德国科隆的香水。

不多打扮好了，于是抬起头，眼神越过梳妆镜，朝窗外望去。卡农·海伍德今天要举办一个花园宴会，而且赶上了个好天气。风是暖暖的，天是蓝蓝的；树上还没有褪尽那早春的绿意。小外孙女正在屋后狭长的花园里忙着把自己那片小小的花床弄得松软一些；斯金纳太太看在眼里，脸上露出一丝微笑。她希望琼的脸色不要那么苍白，有很长一段时间他们错误地把这孩子留在热带地区。这么小的年纪，成天板着脸，从没见她蹦蹦跳跳的天真样儿。这时，小女孩正悄悄地独自玩着游戏，给花圃里的花浇水。斯金纳太太轻轻地拍了拍自己的前襟，然后拿起手套，走下楼来。

凯瑟琳坐在窗前的写字台边，忙着整理几张名单，因为她是妇女高尔夫俱乐部的名誉秘书，碰到有竞赛的时候，就会有一大堆事情要做。可即使这么忙，她还是早就准备好了参加宴会。



“你最终还是穿上这件套衫啦，”斯金纳太太说。

吃午饭的时候，她们就为凯瑟琳到底应该穿这件套衫还是那件黑绸衫讨论了好一会儿。那件套衫黑白相间，凯瑟琳觉得比较时髦，不过不太像服丧的样子。但米莉森特却赞成穿这一件。

“我们干吗都要穿得像刚从葬礼上回来似的，”她说。“哈罗德都死了八个月啦。”

斯金纳太太觉得这话听着有点儿不顺耳。米莉森特从婆罗洲回来以后，举止态度都不太正常。

“你不会现在就脱掉丧服吧，亲爱的？”她问道。

米莉森特没有正面回答她的问题。

“现在人们服丧跟从前不一样啦，”她说道。她停了一下，继续说话。她说话的语气，斯金纳太太觉得很是奇怪。凯瑟琳也明显地注意到了这一点，因为她也用不解的眼神瞟了姐姐一眼。“我敢肯定，哈罗德也绝不会要我永远为他服丧的。”

“我早就穿戴好了，因为我有事要跟米莉森特说，”凯瑟琳答道，算是对母亲那种怀疑眼光的回应。

“哦，是吗?”

凯瑟琳没有解释。她把那几张名单放在一旁，皱起眉头，把一位女士寄来的信又读了一遍。那位女士在信里投诉委员会不公平，竟然把她应得的让棍数目从二十四减到十八①。作为妇女高尔夫俱乐部的名誉秘书，必须具备相当的智慧。遮阳篷使屋子里感觉阴凉。斯金纳太太戴上她那副崭新的手套，看着哈罗德生前托她保管的那只硕大的、染得光彩照人的木制犀鸟；她觉得这个标本有点儿奇特，而且粗野，但哈罗德却对它十分珍爱。它带有一点宗教的意味，连卡农·海伍德也对它倍加赞赏。沙发靠着墙，墙上是几件马来人的土制武器，但她忘记了它们的名称。几张随手放置的小桌上，到处摆放着哈罗德在不同的场合送给他们的银器和铜器。她以前一直喜欢哈罗德，因此两眼不由自主地移向钢琴上方，那上面原本有他的照片，旁边还有她两个女儿、外孙女、姐姐和外甥的几张照片。

“唉，凯瑟琳，哈罗德的照片哪儿去了?”她问道。

凯瑟琳环顾四周。照片已经不在原来的地方了。

“有人把它拿走了吧，”凯瑟琳说。

她惊讶而疑惑地站起身来，走到钢琴边上。几张照片的位置已经重新安排过，它们之间看不出有什么空缺。

“也许米莉森特想把它拿到自己的卧室里去吧，”斯金纳太

① 根据高尔夫球赛规则，以击棍数较少者胜出。业余球员与正式球员比赛，业余球员可以将其击棍数减去让棍数，以其相减的差数与正式球员的击棍数相比。例如：业余球员击棍 78 下，减去让棍数 18 下，所得为 60 下；正式球员必须少于 60 下才算赢过业余球员，否则即使实际击棍少于业余球员也算输。

太说。

“我早就该发觉的。再说，米莉森特已经有好几张哈罗德的照片了。只是她把它们都锁起来了。”

女儿没有在自己的卧室里放一张哈罗德的照片，斯金纳太太对此感到十分奇怪。她曾经跟她提起过这件事儿，但米莉森特并没有理会她。从婆罗洲回来以后，米莉森特就一直不爱说话；斯金纳太太想对她表示一下同情，但是看见她这个样子，也就不再想表示什么了。她好像也不大情愿谈起自己痛失丈夫的遭遇。悲伤，在不同的人身上，会有不同的表现方式。斯金纳先生就曾经告诫过自己的夫人，对待米莉森特，最好的办法就是让她一个人独处。一想到自己的丈夫，斯金纳太太就转念想到，他们该动身去参加宴会了。



“你爸问我，我是不是觉得他应该戴一顶大礼帽，”她说。“我说，我觉得保险起见，还是戴上比较好。”

那场花园宴会的排场会很大。大家会品尝到博迪糖果店的草莓香草双色冰激凌，而且还有海伍德家自制的冰咖啡。社会各界名流都会参加。宴会的主人要向客人们介绍香港主教，那位主教这几天就住在卡农·海伍德的家里，因为他是卡农上大学时的老同学。这次，他还要作一个演讲，谈谈他在中国的传教活动。斯金纳太太的一个女儿也曾经在东方度过八个春秋，她的女婿又曾经是婆罗洲一个地区的驻地长官，所以她对这方面特别感兴趣。当然，在那些跟殖民地之类的事情毫无关系的人们看来，这种演讲虽然有趣，但并不像对她具有那么重要的意义。

“只了解英国的人，怎么可能对英国有真正的了解呢？”斯金纳先生这样说过。



这时，斯金纳先生走进房间。斯金纳先生子承父业，也是一名律师，在林肯律师学院广场①开了几家事务所。他每天早上到伦敦市区去上班，傍晚回家。他能陪夫人和女儿去参加卡农家的宴会，那得感谢卡农明智地把宴会选定在星期六。斯金纳先生穿着燕尾服和灰色花呢裤子，十分精神。他并不刻意讲究穿着，但很干练。他看上去像一个受人尊敬的家庭事务的辩护律师，而且他确实做得不错。他的事务所从来都不受理哪怕有一点点不正经的业务；如果有客人请他解决一些不大体面的麻烦事情，斯金纳先生就会变得一脸的严肃。

“我想，本事务所是不太有意承办这类案件的，”他会说。“您最好还是另请高明吧。”

他拿过一个便条簿，在上面刷刷地写下几个名字和地址。他撕下一张纸来，递给对方。

“如果我是您，就会去拜访这几个人。如果您提到我的名字，我相信他们会尽力为您帮忙的。”

斯金纳先生的胡子刮得很干净，头顶也全秃了。他那苍白而单薄的嘴唇紧闭着，但蓝色的眼睛里却透出一份羞怯。他的两颊没有血色，脸上满是皱纹。

“我看见你穿上那条新裤子了，”斯金纳太太说。

“我觉得这样的场合挺合适，”他答道。“我在想是否要在翻领上别一朵花呢。”

“要是我的话，就不别那种东西，爸，”凯瑟琳说。“我觉得那样子太难看了。”

“许多人都别花的，”斯金纳太太说。

“只有小职员那种人才会别花呢，”凯瑟琳说。“你也知道，海

① 林肯律师学院广场（Lincoln's Inn Fields），伦敦最大的公共广场。

伍德会请各种各样的人来参加;再说,我们还在服丧呢。"

"我不知道在主教作完演讲之后,会不会要大家捐款哦,"斯金纳先生说。

"我想不太会吧,"斯金纳太太说。

"我觉得要真是那样,就有点儿损了,"凯瑟琳附和地说。

"保险起见,还是准备一下比较好,"斯金纳先生说。"到时候,我就代表我们一家人来捐。可我不知道捐十个先令够不够啊?还是必须捐一个英镑?"

"我觉得要么不捐,要捐就捐一个英镑,爸,"凯瑟琳说。

"我会见机行事的。我不想比别人捐的少,但也没有理由捐得比别人多。"

凯瑟琳把文件放进写字台的抽屉里,站起身。她看了看手表。



"米莉森特准备好了吗?"斯金纳太太问道。

"还有的是时间。人家请我们四点钟去,我想我们没必要赶在四点半之前到场①。我吩咐过戴维斯,四点一刻把车开过来。"

往常都是凯瑟琳开车,但像今天这样的大场合,不妨就让花匠戴维斯穿上制服,权当一回司机吧。这样汽车开到门口,派头会大一点。再说,凯瑟琳穿上那件新的套衫,自然也不太愿意自己开车。她看见母亲把手指一根根地往新手套里伸,不禁想起自己也该戴一副手套。她闻了闻自己的手套是不是还留着肥皂味儿。还好,只有一点味儿。她相信没有人会察觉到。

房门终于打开了,米莉森特走了进来。她穿着寡妇的丧服。斯金纳太太对她的这身打扮很看不惯,但她知道在这一年之内,米莉森特必须穿成这样。这套丧服跟她并不相配,这有点儿可惜,因为

① 按照英国人参加宴会的习惯,客人一般会比请柬上写的时间晚一些到达。

有的人是挺适合穿这套丧服的。有一次，她自己就试着戴过米莉森特的帽子，再配上那根白带子、黑面纱，觉得自己挺适合那身打扮的。当然，她希望自己亲爱的丈夫艾尔弗雷德比她活得长，但要是他先走的话，那她会永远穿着丧服，不再脱下来的。维多利亚女王就一直没有脱下丧服。可米莉森特的情况不一样，她年轻多了；她只有三十六岁；三十六岁就当了寡妇，实在是太惨了。而且，她也不太有机会再婚。凯瑟琳如今也不太可能出嫁，她已经三十五岁了；米莉森特和哈罗德上次回国的时候，斯金纳太太就建议他们俩把凯瑟琳接过去，跟他们一起住；哈罗德好像挺乐意，但米莉森特坚决反对。斯金纳太太一直不明白为什么不行。那原本可以给凯瑟琳一个机会。当然，那并不是因为他们想把她打发掉，而是因为女孩子总是要嫁人的，可他们在国内认识的男人都已经结婚了。米莉森特的解释是，那边的气候太恶劣了。这话没错，她本人的脸色就很难看。有谁能想象，当初米莉森特可是比她妹妹更漂亮的呀。随着年龄的增长，凯瑟琳越来越有姿色了（当然也有人说她太瘦了），现在又把头发剪短了，再加上风雨无阻地打高尔夫球，两颊变得红扑扑的，看得斯金纳太太心里十分怜爱。而可怜的米莉森特呢，就没有人那样评论她了；她完全失去了身材；她原本就个头不高，现在又发胖了，简直就像一个矮胖墩儿。她也确实太胖了，斯金纳太太猜想这大概是因为热带气候太热，她没法出去活动吧。她的肤色呈灰黄色，像泥土一般，那一双蓝眼睛原本是她脸上最好看的地方，如今也变得暗淡无光了。

“她的脖子要找人看一下，”斯金纳太太心想。“两边的肉都坠下来了，实在有点儿可怕。”

这件事儿她跟丈夫谈过一两回。斯金纳先生的回答是，米莉森特已经不再年轻了；这话也没错，可也不能听其自然，随她怎么样就怎么样吧。斯金纳太太决定要跟女儿好好谈谈，但她必须照顾到女儿的悲伤情绪，所以愿意等她一年服丧完了之后再说。米莉森特原本一想到要跟母亲交谈就有点儿紧张，现在凭这个理由可以将此事推迟一年，她也很乐意接受。米莉森特已经完全变了个人。她老是阴沉着脸，她母亲跟她在一块儿的时候，总感到很不自在。斯金纳太太总爱大声唠叨，想到什么就说什么，可是你要跟米莉森特说说话吧（就是随便说说的那种），她老是阴阳怪气的，习惯性地不作回答，你也不知道她到底听见没有。有时候，斯金纳太太感到忍无可忍，必须提醒自己说，可怜的哈罗德才死了八个月啊，只有这样她才能让自己缓过来，对米莉森特表现得不那么严厉。

寡妇默默地走上前来，窗外的一线阳光照在她阴沉的脸上，但是凯瑟琳却背朝着窗户站在那里。她对姐姐凝神望了片刻。



“米莉森特，有件事情我想跟你说，”她说。“我今天早晨跟格拉迪丝·海伍德打了一场高尔夫。”

“你赢她了吗？”米莉森特问道。

格拉迪丝是卡农家里唯一还没有结婚的女儿。

“她跟我说了一些关于你的事情，我觉得应该让你知道。”

米莉森特的目光越过妹妹，落到那个正在花园里浇花的小女孩身上。

“妈，你有没有让安妮把琼带到厨房来喝茶？”她问道。

“说了，等仆人们喝茶的时候再让她喝吧。”

凯瑟琳冷冷地看着姐姐。

“主教回国的时候，在新加坡停了两三天，”她接着说。“他很喜欢旅行。他去过婆罗洲，许多你认识的人他都认识。”

“他一定很乐意见到你，亲爱的，”斯金纳太太说。“他认识可怜的哈罗德吗？”

“认识,他在吉所罗见过他。他清清楚楚地记得他。他说,听到他的死讯,他感到十分震惊。”

米莉森特坐下来,慢慢地戴上她的黑手套。女儿听到这些话竟然保持沉默,这使斯金纳太太感到有点儿意外。

“哦,米莉森特,”她说。“哈罗德的照片不见了。是你拿走的吗?”

“嗯,我把它收起来了。”

“我还以为你愿意把它放在外面呢。”

米莉森特又不说话了。这个习惯确实令人生气。

凯瑟琳微微地侧过身子,好正面对着她姐姐。

“米莉森特,你为啥跟我们说哈罗德是得感冒死的?”

寡妇一动不动,她定睛看着凯瑟琳,土灰的脸上泛起一片红晕,但却带着一层阴翳。她没有回答。

“你这是什么意思,凯瑟琳?”斯金纳先生吃惊地问道。

“主教说哈罗德是自杀死的。”

斯金纳太太失声叫了起来,她的丈夫摆摆手,示意让她安静。

“这是真的吗,米莉森特?”

“是真的。”

“那你干吗不告诉我们真相呢?”

米莉森特迟疑了一会儿。她身旁的桌子上有一件文莱的铜器,她的手指在上面慵懒地抚摸着。那也是哈罗德送的礼物。

“我想这样对琼比较好,让她相信她爸是得感冒死的。我不想什么都让她知道。”

“你把我们放在一个十分尴尬的境地,”凯瑟琳皱了皱眉头说。“格拉迪丝·海伍德怪我没有把真相告诉她,觉得我不够意思。我费了好大功夫才让她相信,我自己也根本不了解真相。她说她爸也很不高兴。他说,我们两家有这么多年的交情,考虑到他还是你们的证婚人,平时关系又很近,等等这些,他原以为我们会完全信任他。无论怎么样,即使我们不想把真相告诉他,也没有必要对他撒谎呀。”

“这一点,我必须说我同意他的观点,”斯金纳先生带着尖刻的口吻说。

“当然,我对格拉迪丝说,这事不应该怪我们。我们只是把你跟我们说的再转叙给他们而已。”

“但愿这件事儿没把你们那场高尔夫球赛搞砸吧,”米莉森特说。

“你可真是的,亲爱的,我觉得你这话太不成体统啦,”她父亲大声说道。



他从椅子上站起来,走向空着的壁炉,按他习惯的样子,叉开燕尾服,站在壁炉前面。

“这是我自己的事儿,”米莉森特说,“如果我想把这事儿埋在心里,我不明白凭什么我就不可以这么做呢。”

“你对你妈都不愿说,看来你对你妈也没什么感情了,”斯金纳太太说。

米莉森特耸了耸肩。

“你应该知道,这种事情迟早会露馅儿的,”凯瑟琳说。

“凭什么?我相信两个爱嚼舌头的老牧师除了议论我之外,就没有其他事情可谈了。”

“当主教说他去过婆罗洲的时候,海伍德家的人自然就会问他认识不认识你和哈罗德。”

“谈了半天,都没谈到点子上,”斯金纳先生说。“我认为你应该把真相告诉我们,我们就可以决定怎么做是最好的。作为律师,我可以告诉你，从长远来看，你越是想隐瞒真相，就越会把事情搞糟。”

“可怜的哈罗德，”斯金纳太太说，眼泪开始顺着她涂满胭脂的脸颊上流下来。“这太可怕了吧。我一直觉得他是一个好女婿。究竟是什么事情招引他干出这种可怕的事情来的呢？”

“气候。”

“我觉得你最好把所有真相都给我们讲清楚，米莉森特，”她的父亲说道。

“凯瑟琳会告诉你们的。”

凯瑟琳迟疑了一会儿。她要讲的事情确实是挺吓人的。这种事情竟然发生在他们这样的家庭里，看来真的很可怕。

“主教说他是割喉咙死的。”

斯金纳太太喘着粗气，她一激动，竟冲到她那遭受不幸的女儿身边。她想把她搂在怀里。

“我可怜的孩子呀，”她哽咽着说。

但米莉森特却把身子往后缩了一下。

“请别来烦我，妈。这种搂来抱去的，我真的受不了。”

“你也真是的，米莉森特，”斯金纳先生皱起眉头说道。

他觉得女儿的举止太不像话了。

斯金纳太太小心地用手帕吸干眼泪，一边叹气，一边轻轻摇着头，回到自己的椅子上。凯瑟琳不耐烦地摆弄着自己脖子上的长项链。

“我姐夫是怎么死的，这事的详细情况要由我的朋友来告诉我，真是太荒谬了。这让我们大家在别人眼里都变得像傻瓜一样。主教很想见你，米莉森特；他想告诉你，他是多么替你难过。”她停了一下，但米莉森特没有说话。“他说，当时米莉森特带着琼在外面，当她回来的时候，发现可怜的哈罗德躺在床上死了。”

“那一定使人大为震惊，”斯金纳先生说。

斯金纳太太又开始哭了，但是凯瑟琳把手轻轻地搭在她的肩上。

“妈，别哭了，”她说。“眼睛哭红了，人家会笑话的。”

大家都沉默不语，斯金纳太太擦干眼泪，用了很大功夫，终于控制住了自己的情绪。在这种时候，她竟然还戴着可怜的哈罗德送给她的白鹭羽毛，这使她感觉十分异样。

“还有件事情我也应该告诉你们，”凯瑟琳说。

米莉森特还是不打紧地看着妹妹，目光是定定的，但带着一点警觉。那种神态，就像是一个人在等着听到一记响声，生怕自己错过似的。



“我不想说什么话来伤害你的感情，亲爱的，”凯瑟琳接着说，“但另外还有一件事，我觉得你们应该知道。主教说，哈罗德酗酒。”

“噢，天哪，真可怕呀！”斯金纳太太喊道。“这话听起来多吓人哪！是格拉迪丝·海伍德告诉你的吗？你怎么回答的？”

“我说这纯粹是胡说八道。”

“这就是隐瞒事实真相的结果，”斯金纳先生不耐烦地说道。“这种事情是百试不爽的。你越是想把事情隐藏起来，各种流言蜚语就越会传开去，说得比真相还糟十倍。”

“主教在新加坡的时候，人家跟他说，哈罗德是在喝了酒，神志不清的情况下自杀的。我觉得，出于对我们全家人的考虑，米莉森特，你应该站出来否认这种说法。”

“这样去谈论一个已经过世的人，真是太不应该了，”斯金纳太太说。“更何况，等琼长大了，对孩子也不好。”

“但是这种说法有什么依据吗，米莉森特？”她父亲问道。“哈罗德做事一向很有节制呀。”

“这个嘛，”寡妇说。

“他喝酒吗？”

“简直是个酒鬼。”

这个回答是大家没有想到的，而且语气那么尖刻，他们三个人都大为震惊。

“米莉森特，你怎么可以用这种口气谈论你死去的丈夫呢？”她的母亲嚷道，那整齐地戴着手套的两只手紧紧地攥在一起。“我不懂你在说什么。你回家以后，一直有点儿怪里怪气的。我绝不能相信我的女儿会用这种态度去看待她丈夫的去世。”

“先别说这个啦，孩子他妈，”斯金纳先生说。“这个事情我们以后再详谈。”



他走到窗前，朝那充满阳光的小花园里看了一会儿，然后又走回屋子当中。他从兜儿里掏出夹鼻眼镜，但是他并不打算把它戴上，而是用手帕擦拭着。米莉森特望着他，眼里明显地含着讥讽的意味。斯金纳先生心里烦恼极了。他干完了一周的工作，在星期一上班之前，原本可以过上一段清静的日子。虽然他跟夫人说过，这个花园宴会是件讨厌的事情，还不如在自己家的花园里静静地吃个午茶更加惬意，但他心里还是一直很想去的。对于在中国传教的活动，他不太感兴趣，不过认识一下那位主教，还是件挺有意思的事情。可是谁会料到现在会出这种事情！他对这类事情，是绝不愿意搅和进去的；何况有人跟他说，他的女婿是个酒鬼，还自寻短见，让他毫无心理准备，这实在是太令人不快了。米莉森特若有所思地把自己的白色袖口抚平。那副镇定的样子也惹他生气，可他并没有朝她发火，却对小女儿开了腔：

“你干吗不坐下,凯瑟琳? 屋子里有的是椅子。”

凯瑟琳拉过一把椅子坐下,一句话也没说。斯金纳先生走到米莉森特面前停下,面对着她。

“当然,我明白你为什么跟我们说哈罗德是得感冒死的。我觉得那是个错误,因为那种事情迟早是会暴露出来的。我不知道主教跟海伍德的家人所说的话,有几分恰巧与事实相符;但是如果你听我的建议,你就应该把你知道的一切都告诉我们,然后我们再作计议。既然这件事情被卡农·海伍德和格拉迪丝知道了,那么我们不能指望不会再有其他人知道。像我们这种地方,人们都爱说长道短的。不管什么事情,一定要把真相弄得清清楚楚,那样对我们大家都会更有利。”

斯金纳太太和凯瑟琳觉得他说得很在理。她们等着米莉森特作出回应。但是她却以被动的神情听着,脸上的红晕早已消逝,脸上又恢复了往常的苍白和土灰色。

“要是我真的把什么都说出来,我想你们会不大乐意听的。”她说。

“你要相信,我们是同情你、理解你的,”凯瑟琳认真地说道。

米莉森特朝她瞥了一眼,紧闭的嘴角上掠过一丝微笑。她慢条斯理地看了他们三人一眼。斯金纳太太心里很不自在,感觉米莉森特在看他们的时候,就像是他们三个都是服装店里的人体模特儿。她仿佛生活在另一个世界里,跟他们三个人没有一点儿关系。

“其实,我嫁给哈罗德的时候,我并不爱他。”她若有所思地说道。

斯金纳太太差点叫出声来,她丈夫迅速地做一个几乎无人察觉的手势阻止了她,多年来的夫妻生活,使这个动作足以在他们之间传神达意。米莉森特接着说道,声调平稳而缓慢,语气也没有多大变化。

“我那时二十七岁，好像也没有其他人愿意娶我。不错，他当时已经四十四岁，年纪似乎有点儿大，可他有个挺不错的职位，是吧？而我呢，也不大可能再会有比这更好的机会了。”

斯金纳太太又想叫出声来，但是她想起自己还要去赴宴呢。

“我现在知道你为什么把他的照片拿走了，”她伤心地说。

“妈妈，你可别这么说。”凯瑟琳大声说道。

照片是哈罗德跟米莉森特订婚的时候照的，哈罗德的形象挺不错。斯金纳太太一直觉得他是一个有修养的男人。他身材魁梧、高大，或许有点儿胖，但举止得体，外表庄重。他那时候就已经开始谢顶，可是现在的男人，顶都谢得比较早；何况他说过，硬壳帽，就是那种遮阳帽，对头发伤害挺大。他留了两撇小黑胡子，脸晒得黑黑的。他脸上最好看的地方就是他的那双眼睛，棕色的、大大的，跟琼的眼睛一样。他跟人说话也很有趣。凯瑟琳说他爱吹牛，但斯金纳太太却没觉得，男人说话有点儿发号施令，她并不在意；特别是当她发现（那可是不多一会儿的事），他竟被米莉森特迷住了，便开始非常喜欢他起来。他对斯金纳太太一直表现得很殷勤，他跟她谈自己工作的地区，告诉她自己捕杀的大猎物，她也听得很认真，仿佛对此很感兴趣。凯瑟琳说哈罗德总以为自己很了不起，而斯金纳太太却属于对男人的自夸都全盘接受的一辈人。米莉森特很快就看出大势已定，虽然她什么也没跟母亲说，但她母亲心里明白，要是哈罗德向她求婚，她肯定会同意接受他。

跟哈罗德在一起的是一些在婆罗洲住了三十多年的人，他们都认为那个地方不错。谁要说女人在那里不能过上舒服的日子，那是没有根据的；当然，小孩子到了七岁就必须回国，但斯金纳太太觉得现在就操这份心还为时过早。她请哈罗德到家里来吃饭，说喝午茶的时候他们一家人都会在家。他的时间似乎安排得挺松，所以当他住在老朋友家里一段时间，就要离开的时候，斯金纳太太跟他说，希望他能到自己家里来住上两个星期。也就是在这次来访快结束的时候，哈罗德跟米莉森特订了婚。他们先举办了隆重的婚礼，然后到威尼斯度蜜月，这才坐船去东方。轮船每到一个港口，米莉森特都要给家里写信。看来她挺幸福。

"吉所罗的人都对我很好，"她说。吉所罗是婆罗洲的重镇。"我们跟驻地长官住在一起，大家轮流请我们吃饭。有那么一两次，我听到有人请哈罗德去喝酒，他拒绝了；他说自己现在结婚了，已经重新做人了。他们都大笑了起来，我不知道那是什么原因。长官夫人格雷太太对我说，大家都很高兴见到哈罗德结婚了。她说，一个单身汉在边防哨所服役是很寂寞的。我们离开吉所罗的时候，格雷太太阴阳怪气地跟我道别，我感觉很是异样。好像她要郑重地把哈罗德交付给我照顾似的。"



他们默默地听她讲述。凯瑟琳的目光一直没有离开她姐姐那副冷漠的脸，而斯金纳先生一直盯着他老婆坐着的那张沙发后面，挂在墙上的曲刃短剑①、帕兰刀②等马来人的土制武器。

"一年半以后，当我重新回到吉所罗时，我才明白他们原先的态度为什么那么古怪，"米莉森特发出一种细微的怪声，像是嘲笑之后的回音。"到了那时候，我才明白了以前一直没搞明白的很多事情。哈罗德那次回国，原来就是为了要结婚。可他并不在乎跟谁结婚。妈妈，你还记得我们当时是怎么跟他套近乎的吗？其实，我们根本不用花那么大的功夫。"

---

① 曲刃短剑（kris），马来人用的匕首，刀锋呈波浪形。
② 帕兰刀（parang），马来人用的带鞘砍刀。

“我不懂你在说什么，米莉森特，”斯金纳太太说，语气中颇带一点儿酸楚，因为这样拐弯抹角地指责她用心计，让她着实不很开心。“我还以为他被你迷住了。”

米莉森特耸了耸她那肥胖的肩膀。

“他是个酗酒成性的人。他每天晚上都要抱一瓶威士忌上床，天亮前把它喝光。秘书长跟他说过，如果他再不戒酒就必须辞职。秘书长表示，他会再给他一次机会。他可以先回英国去休假一段时间。他还建议他讨个老婆，那样回来以后就会有人管住他。哈罗德娶我，因为他想要一个管他的人。吉所罗的那些人打赌，看我能让他清醒多长时间。”

“可是他爱你呀，”斯金纳太太抢过话头说。“你不知道他是怎么跟我谈起你的，而且就在你刚刚谈到的那段期间，你去吉所罗生琼的时候，他给我写了一封多么感人的信来谈你啊。”



米莉森特又望着母亲，土灰色的脸庞上出现了红晕。她的两只手搭在大腿上，开始微微地颤抖。她想起她刚结婚头几个月的情形。官方的汽艇把他们送到入河口，他俩在那间孟加拉式平房里过了一夜，那个小屋，哈罗德戏称之为他们的海滨别墅。第二天，他俩乘一艘普拉胡帆船①逆流而上。她从读过的小说里猜想，婆罗洲的河流都是漆黑一片、阴森可怕的，可事实上天却那么蓝，还点缀着几朵白云；海榄雌和聂帕榈的绿树枝被流水冲刷后，在太阳底下闪闪发亮。河的两岸，茂密的丛林连成一片，遥远的天空映衬出一座高山的崎岖轮廓。清晨的空气清新凉爽。她仿佛踏进一片友善而肥沃的土地，感到无限的自由。他们眺望着河的两岸，猴子们正坐在

① 普拉胡帆船(prahu)，马来亚或印尼的一种帆船，典型的有一个大三角风帆和舷外架，又称双体帆船。

缠绕的树枝上；有一次，哈罗德指着一段像树桩一样的东西，说那是一条鳄鱼。副长官穿着帆布裤，戴着遮阳帽，站在码头上迎接他们，还有十几个士兵齐刷刷排成一溜向他们致意。他们向她介绍了副长官，他叫辛普森。

“哎呀，长官，”他对哈罗德说，“我很高兴见到你回来。没有你，可真是寂寞透了。”

长官住的那间孟加拉式平房，坐落在一个小山顶上，周围有一个长满各色野花的花园。这是一座破旧的房子，家具也很少，但是房间里却很凉快，而且宽敞。

“我们的村庄①就在那儿，”哈罗德指着前方说道。

顺着他手指的方向望去，她听见椰林里响起了一片锣声。这让她心里感觉有点儿奇怪。



虽然她没什么事情可做，但这样的日子过得很轻松。每天早晨，侍从会把茶端到他们面前。哈罗德只穿一件背心和一条纱笼②，而她穿着晨衣，他们就这样一直在廊台上散步，享受着清晨的芬芳，直到穿衣服进早餐。然后，哈罗德去他的办公室，她就花一两个小时学习马来语。他回来吃午饭，然后又去办公室，她就睡个午觉。喝完下午茶，他俩振作精神，就出门散步，或打高尔夫；哈罗德已经把孟加拉式平房下边的丛林清除掉，整出来一块平地，建了一个九洞高尔夫球场。晚上六点时分，夜色降临，辛普森先生会过来喝一杯。他们会聊天，直到吃夜宵的时候。有时，哈罗德和辛普森先生也会一起下棋。温暖的夜晚是迷人的。萤火虫把廊台两边的灌木丛变成了闪动着冷光的点点信号灯，开花的树林里传来阵阵甜

---

① 原文是 kampong，专指马来亚的小村庄。
② 纱笼（sarong），或译围裙，马来亚的民族服装，色彩鲜艳，男女皆穿。

美的香气。晚饭之后，他们阅读六周前从伦敦寄出的报纸，然后上床睡觉。米莉森特非常享受这种女人的婚后生活，她有自己的房子，对那些土著仆人也很满意；他们穿着色彩鲜艳的纱笼，光着脚在孟加拉式平房里走动，没有响声，态度也很友好。这种生活使她快活，感到作为一个驻地长官的夫人挺受人尊重。哈罗德会说流利的马来语，他那种颐指气使的神气、那种尊严，都让她感觉很好。她有时会到法院去，甚至还旁听他审理案件。他要处理的事务很多，但他却处理得十分干练，她不禁对他生出一番敬意。辛普森先生告诉她，哈罗德对当地土著人的了解，在整个婆罗洲是数一数二的。他坚定、机智、幽默，这些特点综合起来，用以对付那些怯弱、好斗、多疑的土著是必不可少的。米莉森特开始对自己的丈夫怀有某种程度的钦佩。

他们结婚快满一年的时候，两个英国的自然学家在往内地去的途中，跟他们住过几天。他们拿出总督的一封介绍信，信中措词诚恳，所以哈罗德表示要盛情款待他们。他们的来访给他们的生活带来了可喜的变化。米莉森特邀请辛普森先生共进晚餐（他住在“屯堡”，所以只有在星期天晚上才能跟他们吃饭），饭后男人们坐下来打桥牌。过了一会儿，米莉森特就去睡觉了，可是他们吵闹个不停，弄得她好久也没能睡着。也不知道是在什么时候，哈罗德跌跌撞撞地冲进门来，把她吵醒了。她没有作声。哈罗德决定先洗个澡再上床；浴室就在他们卧室底下，他顺着台阶往下走。突然听见外面扑通一声，他摔了一跤，于是他破口大骂。接着，他开始翻江倒海地呕吐。她听见他用一桶桶的凉水往自己身上泼，过了一会儿，他拖着脚步（这次是小心翼翼的）爬上台阶，悄悄地上了床。米莉森特假装睡着了，她恶心透了。哈罗德喝醉了。她决定明早跟他谈谈。那两位自然学家究竟会怎么看他呢？可到了第二天早晨，哈罗德表现得仪表堂堂,她一下子吃不准该不该再提起那事儿了。到了八点钟,哈罗德和她,还有那两位客人,坐下来吃早饭。哈罗德环顾四周。

“麦片粥,”他说。“米莉森特,你为什么不在客人们吃早点的时候,弄点伍斯特[①]风味的辣酱油呢?我想他们此刻最想吃的就是这个东西了。我呢,只想来一点威士忌加苏打水。”

两位自然学家笑了,有点儿不好意思。

“你的丈夫真是个难对付的家伙,”其中一位说道。

“有贵客光临,如果第一个晚上我就没让两位吃饱喝足了再去睡觉,那是我没有尽到地主之谊。”哈罗德用他那种周到而体面的方式说道。

米莉森特脸上露出一丝讪笑,想到昨晚这两位客人也跟她丈夫一样喝得烂醉,心里略微感到有些宽慰。第二天晚上,她一直陪在他们身边,到了一个恰如其分的点上,大家就散了。她很高兴,两位客人终于上路了。他们的生活又恢复了平静。过了几个月,哈罗德去视察他所管辖的某个地区,结果染上了很重的疟疾回来。这种病,她是第一次亲眼见到,可此前她听人说起过好几回,所以哈罗德病愈之后身体虚弱,她也没感觉有什么奇怪。她感觉奇怪的是,他的举止有点儿反常。他下班回来,总是呆滞地凝视着她;有时他站在廊台上,对英国的政治局势发表长篇大论,身体微微摇晃,但是还能保持仪态;但说着说着,就前言不搭后语起来,于是他就看着她,带着一副跟他惯有的体面不太相称的狡黠神情说道:

“真是把人害苦了,这该死的疟疾。唉,小妞,你不懂,要想建造一个帝国,会把一个男人压死的。”

---

① 伍斯特(Worcester),英格兰中西部城市。

她感觉到，辛普森先生开始显得担忧起来，有一两次他俩单独在一块儿，他好像要跟她说些什么，可是话到嘴边，出于腼腆又缩了回去。这种感觉越来越强，使她心神不定，终于有一天晚上，哈罗德不知为什么在办公室里呆得比平时更久，于是她就对辛普森进行了盘问。

“辛普森先生，你有什么话要跟我说的吗？”她蓦地问道。

他脸刷地红了，有点儿迟疑。

“没有啊。您怎么会想到我有话要跟您说的呢？”

辛普森先生是个瘦瘦的、高挑的年轻小伙儿，二十四岁，一头漂亮的鬈发，他费了好大劲儿才终于把它梳得平整。他的手腕被蚊子咬得红一块紫一块，还留着几处疤痕。米莉森特淡定地望着他。

“如果这事跟哈罗德有关，你不觉得跟我说白了更好吗？”

这时，他满脸通红，坐在藤椅上，扭过来扭过去，怎么都不舒服。米莉森特坚决要他说出来。

“我担心您会觉得我是个死不要脸的，”他终于开口说。“背地里说自己上司的坏话，我这人真是太烂了。疟疾真是个烂透了的病，谁要是得了一回，就会感到彻底完蛋的。”

他又迟疑了一下。嘴角耷拉着，就像要哭出来似的。在米莉森特的眼里，他就像个孩子。

“我会像坟墓一样保守这个秘密，”她说，面带微笑，努力隐藏着内心的不安。“告诉我吧。”

“我觉得很遗憾，您丈夫在办公室里放着一瓶威士忌。这样他就可以比平时多喝上几口。”

辛普森先生激动得声音都哑了。米莉森特突然感到浑身冰凉，瑟瑟发抖。她竭力保持镇定，因为她知道不能吓着那个孩子，否则就无法让他把知道的事情都说出来。他不愿再说什么了。她求他，哄他，告诉他有责任说出来，但最后还是自己哭了起来。这时，辛普森跟她说，哈罗德近两个星期一直在酗酒，土著人都在议论这件事情，说他很快就会恢复结婚前的那些坏习惯。从前他就有酗酒的坏习惯；至于当时具体酗酒到什么程度，不管米莉森特怎样盘问，辛普森先生就是咬紧牙关，不肯透露。

"你觉得他这会儿就在喝酒吗？"她问道。

"这个我不知道。"

米莉森特突然感到怒火中烧，既羞耻又愤恨。那个"屯堡"，其实也是法院的所在地，之所以那么叫它，是因为那里屯放着枪支弹药。"屯堡"位于驻地长官哈罗德的孟加拉式平房对面，本身带一个花园。太阳快下山了，米莉森特不需要戴上帽子。她站起身，径直朝对面走去。她穿过哈罗德审理案件的大厅，看见他坐在大厅后面的办公室里，面前放着一瓶威士忌。他一边抽烟，一边跟三四个马来人说话；那些马来人站在他的面前听他说话，脸上是谄媚又含有藐视的表情。哈罗德满面通红。



那几个土著人一下子没影儿了。

"我过来看看你在干什么，"她说。

他装出惯常的那副刻意的礼貌态度招呼她，但是却显得跌跌撞撞。他觉察到自己站不稳，于是装出一副刻意的仪表堂堂的派头。

"请坐，亲爱的，请坐。公务紧急，耽误了一会儿。"

她愤怒地瞪着他。

"你喝醉了，"她说。

他直愣愣地望着她，两只眼珠子略微鼓出，肥大的脸盘上露出一副倨傲的神情。

"我听不懂你究竟在说什么，"他说。

她原本打算用一连串激愤的言词，劝他改邪归正，但现在却忍不住大哭起来。她一屁股坐进椅子，两手捂着脸。哈罗德看了她一会儿，泪水也从脸颊上流下来；他朝她走去，张开双臂，扑通一声跪了下来。他抽泣着，把她搂在怀里。

“原谅我，原谅我，”他说。“我向你保证，这种事情永远不再发生。这都是该死的疟疾害的。”

“这事太丢脸了，”她呜咽着说。

他像个孩子般地哭着。这个仪表堂堂的大男人竟做出这样的自我谴责，实在令人感动。过了一会儿，米莉森特抬起头来。他的两眼带着恳求和悔恨的神情，搜寻着她的目光。

“你能向我保证，永远不再酗酒了吗？”

“我保证，我保证。我恨透了那个东西。”

就在这时，她告诉他自己怀孕了。他真是喜出望外。

“我只想要那一件东西。它会让我做个真正的人。”

他们两人回到孟加拉式平房。哈罗德洗了个澡，然后小睡了一会儿。晚饭之后，他们谈了很长时间，谈得很平静。他承认自己在跟她结婚之前，有时喝酒喝得过量；生活在驻地分署，是很容易染上坏习惯的。米莉森特提出的各种要求，他都照单全收。分娩前的几个月，米莉森特必须到吉所罗去，在那段时间里，哈罗德一直是个尽心的丈夫，温柔、体贴、豪迈、热情；他无可挑剔。一艘小汽艇来接她，她要离开他六个星期，他向她忠实地保证，在她不在身边的时候滴酒不沾。他把两只手搭在她的肩膀上。

“我从不食言，”他带着惯有的那种仪态说。“即使不作保证，你能想象我会在你经受痛苦的时候，做出给你增添麻烦的事情吗？”

琼出生了。米莉森特暂时住在驻地长官的家里，他的夫人格雷太太是个中年妇女，性情温良，对她十分友善。两个女人长时间单独相处，除了聊天，别无他事。时间久了，米莉森特对她丈夫过去酗酒的事情，已经了解得一清二楚。最难让她接受的一个事实是，哈罗德被警告过，如果他想保住自己的公职，就必须带一个老婆回来。这一点在她心里激起一股隐隐的怨恨之情。当她发现自己的丈夫原来是个积习难改的酒鬼，她隐约感到有些不安。最让她害怕的是，在她不在家的那段时间，他可能会经不起那种嗜好的诱惑。她带着婴儿和一个保姆启程回家。她在河湾口过了一晚，并找了一个划独木舟的信差去通报她要回家了。当小汽艇快要靠岸时，她的眼神急切地扫过码头。哈罗德和辛普森先生站在那儿。那些士兵齐刷刷排成一溜，也在那儿迎候。哈罗德的身子略微有点儿晃悠，就像在颠簸的船上站不太稳一样，她的心突然一沉，她知道他喝醉了。

这次回国并不十分愉快。她几乎忘了自己的父母和妹妹都坐在那儿一声不吭地听她讲述。这时，她抖擞精神，才重新意识到他们的存在。她所讲述的一切似乎都是发生在很久以前的事情。



“那时候，我知道自己恨他，”她说。“我本该杀了他。”

“噢，米莉森特，可别那么说，”她母亲叫道。“别忘了，他已经去世了，那个可怜的人。”

米莉森特朝母亲望了一眼，她的表情木然，一时间又笼上了一层阴翳。斯金纳先生不安地挪了一下身子。

“继续说，”凯瑟琳说。

“他知道我对他的过去都了解得一清二楚，反而变得无所顾忌了。三个月之后，他又有一次震颤性谵妄症①发作。”

“你干吗不离开他？”

“那有什么好处呢？要不了两个星期，他就会被开除公职。那

---

① 震颤性谵妄症（delirium tremens，英文缩写 D. T.），因过量摄入酒精引起的意识障碍，伴有幻觉、呓语、震颤等症状。

样的话，谁来养活我和琼呢？我必须待在那儿。在他清醒的时候，我没什么可抱怨的。他从来就没有爱过我，可是他喜欢我；我当初嫁给他也不是因为我爱他，不过是我想要出嫁而已。我想尽一切办法不让他喝酒；我设法让格雷先生禁止威士忌从吉所罗运过来，可是他从中国人那儿弄到了。我就像猫盯老鼠一样地盯着他。他太狡猾了，我对付不了他。没过多久，他又有一次谵妄症发作。他在工作中失职了。我担心有人会向他的上司投诉。我们那儿离吉所罗有两天的路程，这种阻隔对我们是一种保护，但我还是觉得有人传话上去了，因为格雷先生私底下给我写了一封信，要我特别提防。我把信交给哈罗德看了。他愤怒得大吼大叫起来，但我看得出来，他害怕了，有两三个月，他始终是清醒的。接着，他又我行我素起来。在我们休假回国之前，一直都是那样。"

"在我们回国之前，我求他、恳求他千万要克制。我不想让你们任何一个人知道我竟然嫁给了这样一个男人。他在英国休假期间，表现还不错。在我们回去之前，我又警告过他。这几年他对琼非常疼爱，为她骄傲，琼也跟他很亲。她一直都喜欢她爸爸，甚至超过喜欢我。我问哈罗德，等孩子长大以后，是否愿意让她知道爸爸是个酒鬼。这个念头使他大惊失色；我发现自己找到了一个制伏他的绝招。我跟他说，我不会允许这种事情发生的，如果他让琼看见自己的爸爸喝醉了，我就立即把她带走，离开她的爸爸。你们知道吗，我说完这句话，他的脸刷地一下白了。当天晚上，我跪倒在地上感谢上苍，因为我终于找到一个拯救我丈夫的方法了。"

"他告诉我，如果我支持他，他愿意再次戒酒。我们下定决心，共同克服它。这一回，他真的很努力。当他觉得忍不住要喝一口的时候，他就来找我。你们知道，他总是有点儿盛气凌人的样子。可在我面前，他是那么谦卑，就像是个孩子，他依赖我。或许他在跟我结婚的时候并不爱我，可这时候他爱我，爱我和琼。我恨过他，因为那件丢脸的事儿，因为他喝醉了还要装得仪表堂堂、派头十足，实在令人厌恶；但是这会儿，我心里有一种奇怪的感觉。那不是爱情，而是古怪的、羞涩的温情。他不只是我的丈夫，他像是一个在漫长的岁月里，我一直替他担心的孩子。他为我感到自豪，而我呢，你们知道，也感到自豪。他口若悬河，我也不再反感，只是觉得他那种威武的仪态实在很可笑，也很迷人。最后我们取得了胜利。整整两年，他滴酒未沾。他彻底戒掉了那种嗜好。他甚至可以拿这件事情开玩笑。”

“辛普森先生当时已经调离了，我们那儿又来了一个年轻人，名叫弗朗西斯的。”

“‘你要知道，我可是一个改造好的酒鬼哦，弗朗西斯，’哈罗德有一次跟他说道。‘要不是我老婆呀，我早就丢掉饭碗了。我娶的是全世界最棒的老婆啊，弗朗西斯。’”



“听到他说这些话，别提我心里有多美了。从前我经历的一切，现在我都觉得很值。我太高兴了。”

她沉默了。她回想起那条宽阔的、泛黄而混浊的河流，就在那条河的岸边，她生活了那么久。几只白鹭在颤抖的夕阳下闪着光，它们成群地朝着河的下游飞去，飞得很低、很快，然后四下散开。它们就像一串洁白的音符，激起一片涟漪，像春天般甜美、清纯，它们是一段神灵般的琶音，在无形的竖琴上，被一只无形的手弹奏出来。白鹭拍打着双翅，顺着葱绿的两岸飞翔，融化到苍茫的暮色里，好比一个幸福的人脑子里洋溢的快乐的思绪。

“不久，琼得病了。整整三个星期，我们一直提心吊胆的。没有比在吉所罗更近的医生了，我们只好将就着请当地的一名药剂师来治病。孩子病好之后，我就把她带到河口，想让她呼吸一下新鲜的海洋空气。我们在那儿住了一个星期。除了上次我离开家去生琼以外，这还是我第一次离开哈罗德。河口那儿有个小渔村，房子都搭建在木桩上，渔村离我们不远，但我们还是感觉很冷清。我非常想念哈罗德，甚至充满了柔情，突然间我感觉到我爱他了。所以当普拉胡帆船来接我们回去时，我兴奋极了，因为我要去告诉他。我觉得这件事情对他具有重大的意义。我简直没法形容我当时有多么高兴。我们正朝上游划去，船夫告诉我，弗朗西斯要到内地去抓一个谋杀丈夫的女人。已经走了两三天了。”

“哈罗德竟然没到码头上来接我，这让我感到意外；对待这类事情，他一向是很守礼节的；他经常说，夫妻间应该相敬如宾；我想不出会有什么事情让他抽不出身来。我沿着小山坡往上走，那上面就是那间孟加拉式平房。保姆领着琼跟在我后面。小屋里安静得有点儿奇怪。好像一个仆人都不在，我不明白那是怎么回事儿；我猜想也许哈罗德没料到我会这么快回来，所以出去了。我走上台阶。琼说她口渴，保姆领她到下房去给她弄点喝的。哈罗德不在起居室。我喊他，但是没人回应。我感到失望，因为我真的希望他在家。我走进卧室。哈罗德根本就没有出门：他正躺在床上睡觉。我实在觉得很好玩，因为他一向自称从来不睡午觉的。他说我们白种人没有必要养成那种习惯。我轻手轻脚地走近床边。我想跟他开个玩笑。我掀开蚊帐。他仰面朝天躺在床上，只穿了一条纱笼，身边是一个威士忌的空瓶子。他喝醉了。”

“老毛病又犯了。我多年来的努力全都白费了。我的梦想破灭了。一切都没有指望了。我感到怒火中烧。”

米莉森特的脸上又泛起一片带着阴翳的红晕，双手紧紧抓着她坐的那把椅子的扶手。

“我抓着他的肩膀，使劲摇晃着他。‘你这个畜生，’我叫道，

'你这个畜生!'我气得不知道自己在做什么,不知道自己在说什么。我只是不停地摇晃着他。你们不知道他的样子多叫人恶心,肥头大耳的,光着上半身;他有好几天没剃胡子了,脸蛋又肿又紫。他喘着粗气。我对他是大喊大叫,可他根本不理会。我想把他从床上拖下来,可是他太重了。他像根木头一样躺着不动。'睁开眼睛,'我尖叫道。我又抓着他使劲摇晃。我恨他。我比以前更加恨他,因为有一个星期,我曾经用我的整个身心去爱他。他对不起我。他太对不起我了。我要告诉他,他是个多么肮脏的畜生。可是我没办法让他知道。'睁开你的眼睛,'我叫道。我决定要让他睁开眼睛来看我。"

寡妇舔着自己干涸的嘴唇。她的呼吸好像有点儿急促。她说不出话了。



"要我说吧,就他当时的状况,还不如就让他睡着好了,"凯瑟琳说。

"床边的墙上挂着一把帕兰刀。你们知道,哈罗德就喜欢那些古董。"

"什么叫'帕兰刀'?"斯金纳太太问道。

"别犯傻了,孩子他妈,"她丈夫不耐烦地说。"你身后的墙上就挂着一把呢。"

他指了指那把马来短刀,不知什么缘故,他的目光一直就下意识地没有离开过那个东西。斯金纳太太倏地蜷缩到沙发的一角,做出一个受到惊吓的手势,似乎有人跟她说她身旁盘着一条蛇。

"突然,一股鲜血从哈罗德的喉咙里喷涌而出。喉咙上割了一道大红口子。"

"米莉森特,"凯瑟琳叫唤了一声,嗖地站起身来,几乎是扑向她的姐姐。"凭上帝起誓,你这话是什么意思?"

斯金纳太太惊吓得站了起来，两眼瞪着她，嘴巴张得很大。

“那把帕兰刀已经不在墙上了。它在床上。这时，哈罗德睁开了眼睛。那双眼睛长得跟琼一模一样。”

“可我不太明白，”斯金纳先生说。“如果他当时处于你所描述的状态，怎么可能自杀呢？”

凯瑟琳抓着姐姐的肩膀，愤怒地摇晃着。

“米莉森特，看在上帝的分上，请解释清楚。”

米莉森特从妹妹的手中挣脱出来。

“帕兰刀挂在墙上，我说过了。我也不知道怎么回事儿。到处都是血，哈罗德睁开了眼睛。他几乎当场就死了。他没有说话，只是喘了口气。”

这时，斯金纳先生才缓过来，张口说话。

“你这个恶毒的女人，那是谋杀！”

米莉森特脸涨得通红，用轻蔑而仇恨的眼神瞪了他一眼，使他倒退了半步。斯金纳太太叫道：

“米莉森特，那不是你干的吧？”

这时，米莉森特做了一件举动，让他们感到自己血管里的血都凝成了冰。她格格地笑了起来。

“难道还会是别人干的吗，”她说。

“我的天！”斯金纳先生嘟囔道。

凯瑟琳僵直地站在那儿，两手捂着胸口，像是经受不住心脏的跳动。

“后来怎么了？”她问。

“我尖叫起来。我跑到窗前，推开窗户。我叫保姆过来。她带着琼从院子那边过来。‘琼别过来，’我喊道。‘别让琼过来。’她找来了厨师，让他照顾孩子。我催她快点。她上来了，我就把哈罗德指给她看。‘老爷自杀啦!’我大叫道。她尖叫一声,就跑出了房门。”

“谁也不敢靠近。大家都吓得不知道做什么才好。我写信给弗朗西斯先生,告诉他发生了什么事情,要他马上回来。”

“你告诉他发生了什么事情,这话怎么说?”

“我说,我从河口回来,发现哈罗德的喉咙被割断了。你们知道,在热带地区,人死了就要尽快埋掉。我弄了一口中国棺材,士兵们就在‘屯堡’后面挖了一个墓。等弗朗西斯先生回来时,哈罗德已经下葬快两天了。弗朗西斯还是个孩子。我可以随便应付他。我告诉他,我发现哈罗德手里握着那把帕兰刀,毫无疑问,他是在谵妄症发作时自杀的。我把空酒瓶拿给他看。仆人们也说,自从我离家到海边去以后,他一直喝酒喝得很厉害。我在吉所罗也是那样说的。大家都挺同情我,政府还给了我一笔抚恤金。”



有好一会儿,大家都沉默不语。最后,斯金纳先生终于缓过神来。

“我是专业从事法律工作的。我是一个律师。我承担某些职责。我们这项工作一直是最受人尊敬的。你让我处在一个难堪的境地。”

他苦苦地思索着,在他混乱的思绪中搜寻那些跟他玩着躲猫猫的词语。米莉森特蔑视地望了他一眼。

“你想怎么样?”

“那是谋杀,确凿无疑;你认为我能保持沉默吗?”

“别瞎扯啦,爸,”凯瑟琳厉声说道。“不准你告发自己的亲生女儿。”

“你让我处在一个难堪的境地,”他重复说了一遍。

米莉森特又耸了耸肩。

"当初可是你们要我说出来的。这件事情我独自忍受了那么久。现在该轮到你们也来忍受了。"

这时,女仆推开了房门。

"老爷,戴维斯已经把车停在下面了,"她说。

凯瑟琳装作镇定的样子说了几句,女仆就退了出去。

"我们该走了,"米莉森特说。

"我现在不可能去赴宴,"斯金纳太太惊惶地大声说道。"我的心绪太乱了。我们怎么去面对海伍德一家人呢?更何况,主教还想认识你。"

米莉森特做了一个满不在乎的手势。她眼睛里依然带着讥诮的神情。

"我们必须得去,妈,"凯瑟琳说。"要是连我们都不去,那岂不是很奇怪。"她忿忿不平地转向米莉森特。"哎呀,我觉得我们大家都被这件事情搞得乱七八糟的!"

斯金纳太太不知所措地望着她的丈夫。他走过去,伸手把她从沙发上扶起来。

"恐怕我们还是得去啊,孩子他妈,"他说。

"可我还戴着一顶帽子,上面装饰着哈罗德亲手送给我的白鹭羽毛呢,"她呜咽着说。

他搀着她走出房间,凯瑟琳紧随在后,米莉森特跟在他们一两步后面的位置。

"这事儿啊,慢慢地你们就会习惯的,"她慢条斯理地说道。"一开始,我心里也一直放不下,可现在会有两三天都想不到它。看来不会有什么危险。"

他们没有答理她。他们穿过门厅,走出前门。三位女士坐在汽车的后座,斯金纳先生坐在司机的旁边。车上没有自动起动器;这是一辆旧车。戴维斯走到车前,用手摇动曲柄发动引擎。斯金纳先生转过身,忿忿地朝米莉森特瞪了一眼。

“你不该让我知道那些事情,”他说。“我觉得你很自私。”

戴维斯回到驾驶座上,于是他们坐车前往卡农家的花园宴会。

## 铁行轮船公司

哈姆林太太靠在长椅上，懒洋洋地看着乘客们从舷梯上过来。船是夜里抵达新加坡港的，从拂晓起就开始装货，整整一天绞盘都在吵个不停，不过她这会儿已经习惯了它们不停的噪音了。她在“欧罗巴”餐厅里用过午餐之后，因为无事可做，就坐上人力车，穿梭于这个城市里的欢快而拥挤的街道。新加坡是一个五方杂处的地方。有马来人，虽说他们是这里的土著，但在城里的日子却不很惬意，人口也少；有中国人，他们灵活、机警、勤快，成群结队地聚集在街头；有皮肤黝黑的泰米尔人，光着脚，走路悄无声息，好像异乡的旅客；有时髦而富足的孟加拉人，他们轻松自如地应付周遭的环境，而且自信满满的；有狡黠谄媚的日本人，他们似乎总在忙着一些紧急而绝密的事务；有英国人，他们戴着遮阳帽或白色鸭舌帽，或是坐在小汽车里飞速驶过，或是悠闲地坐在人力车里，摆出一副不动声色的派头。这些形形色色的统治者，用微笑而漠然的态度维持着他们的统治。这时，哈姆林太太感觉又困又热，等待着海船再次起航，开始她那横跨印度洋的漫长的航程。

当那个医生陪林赛尔太太上船时，哈姆林太太张开大手挥动着。她是个身材魁梧的女人。她从离开横滨之后就一直坐着这艘轮船，并且以她敏锐的兴趣关注着这两个人之间亲密关系的进展。林赛尔先生是英国驻日本大使馆随同来东京的海军军官。对于医生如此关心自己的妻子，这位海军军官表现得十分冷漠，这使她感到奇怪。另外两个男人也从舷梯上走过来，他们都是新乘客，她试图从他们的举止上猜测他们到底是单身还是已婚，借此聊以取乐。

在她近旁，一群男人正坐在藤椅上，从他们的卡其布套装和宽边白帽子来看，她猜他们是种植园主。他们把甲板上的船员指使得团团转。他们都灌了不少酒下肚，大声地谈话，嬉笑的样子几近于胡闹，显然，他们在为其中的一个人送行，但哈姆林太太无从判断那个将与她共度航程的人究竟是哪一个。开船的时间渐渐迫近，乘客们陆续到达。杰夫森先生也到了，他神色庄重地缓步踏上舷梯。他是领事，这次回英国是为了度假。他是在上海登船的，登船之后不久就跟哈姆林太太套起了近乎，但她这会儿实在没有调情的兴致。一想到这次打道回府的缘由，她就眉头紧锁。这次圣诞节她要在海上度过，远离那些对她还有点儿在乎的人，有那么一会儿，她觉得心里有一阵微微的纠结。有一桩心事，不管她怎么坚决地把它推开，却总是持久地占据着她的心房，这让她烦恼不已。



起航的铃声嘹亮地响起，坐在她附近的那几个男人突然一齐动了起来。

“好吧，我们得快点儿了，否则就要被船带走了。”其中一个人说。

他们站起身，向舷梯方向走去。他们互相握手，到这个时候她才看清楚他们是在为谁送行。哈姆林太太注视的那个人并无任何特别之处，只是她实在没什么可看的，才把眼神在那个人身上多留了一会儿。他是个大块头，六英尺多高，肩膀宽阔，体格强壮，穿着一套邋遢的卡其斜纹布衣服，帽子扁塌而破旧。他的朋友们让他独自留在船上，然后越过码头，再转身致意。哈姆林太太发现他说话时带有浓重的爱尔兰口音，他的嗓音饱满、响亮、充满热情。

林赛尔太太已经走下船舱，医生也过来坐在哈姆林太太身边。他们互相交流着白天遇到的一些闲碎的奇闻。铃声再次响起，他们所乘的轮船拔锚起航了。那个爱尔兰人最后一次向他的朋友们挥了挥手,然后优哉游哉,踱着步走到他搁着报纸和杂志的椅子边上坐下。他朝医生点了点头。

“那个人你认识吗?”哈姆林太太问道。

“午餐前,有人在俱乐部介绍我们认识的。他叫加拉格尔,是个种植园主。”

经历了码头上的嘈杂和出发时的喧闹之后,船上显得异常宁静,令人惬意。轮船在汽笛声中徐徐地驶过布满青苔的嶙峋的悬崖(铁行轮船公司①的停泊点是一处优美僻静的小海湾),出来后进入主海港。所有国家的船只,客船、拖船、驳船、货船,都停泊在这里;越过防波堤,你看到成片的本地民船,它们的桅杆聚在一起,像一望无际的森林。在傍晚柔和的灯光下,忙忙碌碌的景象被涂上一层奇异的神秘色彩,你觉得所有那些船只的活动在那一刻暂时消歇,仿佛等待什么特别事件的发生。

哈姆林太太一向睡觉时间不长,天一亮,她就习惯性地走上甲板。当最后的星光褪去,日色逐渐占据天空,她那困扰的内心也得到一丝抚慰,在那一天中绝早的时辰,镜面般的大海纹丝不动,似乎大地上一切忧愁都微不足道。光线还很黯淡,空气里弥漫着令人愉悦的颤动。但是第二天凌晨,当她像往常一样走向上层甲板的尾部时,却发现已经有人先她一步了。那是加拉格尔先生,他正注视着苏门答腊岛低平的海岸线。日出像一个魔术师,在它的召唤之下,海岸线从黑暗的深海中浮现出来。她感到吃惊,又有些恼怒,她还没来得及转身,他已经发现了她,朝她点了点头。

---

① P&O,全称 Peninsular and Oriental Steam Navigation Company,英国的一家轮船公司,俗称铁行轮船公司,1840 年由英国人在伦敦设立,随后业务扩充至埃及、印度、新加坡和香港,2005 年以铁行渣华(P&O Nedlloyd)名义被 A · P · 莫勒马士基集团(A. P. Moller Maersk Group)收购,成为全球最大的航运集团。

“起得早啊，”他说，“要来支烟吗？”

他穿着睡衣、拖鞋，从睡衣口袋里掏出烟盒，递给她。她犹豫了一下。除了一件晨衣，一顶用来压住乱发的饰边小帽，她几乎什么都没穿，她猜想自己看上去一定很糟；当然，她感到心烦意乱，还有别的原因。

“我觉得一个四十岁的女人是没有权利再去在意她的外貌的，”她微笑着，好像他一定知道她脑子里盘踞着什么虚荣的想法。她拿了一支烟。“你起得也挺早啊。”

“我是干农活的。我长年以来都是早上五点起床，我都不知道怎么改掉这个习惯哩。”

“你这个习惯在国内可不太受欢迎啊。”

他脱了帽子，所以现在她看他的脸更加清楚了。他的相貌虽然谈不上英俊，但很亲切。当然，他有一点儿胖，但他的五官，年轻时没准是挺好看的，可现在却十分厚实。他的皮肤有些发红，还带点肿胀。但他的黑眼睛很活泼，虽然他看上去少说也有四十五岁，头发却依然又黑又密。他给人的感觉是强壮有力。他是个粗笨而普通的下等人，而哈姆林太太，要不是船上这么混乱不堪，断然不会觉得有什么必要跟这种人搭讪。

“你是回国度假吗？”她大胆地问道。

“不，我回国就不再回来了。”

他的黑眼睛闪烁了一下。他是个健谈的人。最后，哈姆林太太必须下船舱去洗个澡，可就这一会儿，他已经跟她讲了好多他自己的事情。他在马来联邦州生活了足足二十五年，过去十年里，经营一家南方的种植园。那里的生活是寂寞的，和所谓的文明简直不可同日而语，但他赚了些钱，在橡胶浪潮中，他的生意做得不赖，凭借着跟他那副乐天知命的相貌不相配的精明，他把自己的储蓄投资到政府债券中。但随着经济开始衰退,他也准备退休了。

“你是爱尔兰哪里人?”哈姆林太太问道。

“戈尔韦。”

哈姆林太太曾经驱车途经爱尔兰,印象中,她依稀记得那里有一座阴郁的小镇,粗糙的石头仓库,荒颓残败,面向阴森森的大海。一片荒芜,夹着细雨,寂寞、偏僻,这是她对那里的感受。难道这就是加拉格尔先生即将度过余生的地方吗?当他谈起那个地方时,语气里充满孩子般的迫切。他的活力和那个灰色的世界相比显得那么不协调,这勾起了她的好奇心。

“你家人都住在那里吗?”她问道。

“我没有家。我的爸妈都死了。这世界上没有我的亲人。”

他做好了所有计划,他花了二十五年做这些计划,现在,他很高兴可以将这些计划倾囊而出。这么多年,所有这些话他都只能跟自己倾诉。他打算买幢房子,再置办一辆汽车。他还要养马。对于打猎,他不是很上心;早年在马来州的时候,他猎到过不少巨大的野兽,但现在他已经兴味索然。他不理解为什么要去丛林里射杀那些野兽;他在丛林里生活得太久了。但是,他会打猎。

“你是不是觉得我太胖了?”他问她。

哈姆林太太笑了笑,上下打量了他一番。

“我敢说你准有一吨重。”她答道。

他大笑起来,爱尔兰马是世界上最优良的品种,而他也总是很注意保持身材。一座橡胶种植园有得你好走的,而他平日里还经常要打网球。他很快就能在爱尔兰瘦下来。接着他就会结婚。哈姆林太太沉默地注视着海面,海面渐渐被朝阳染上一层淡淡的金色。她叹了口气。

“把自己的根基都拔掉是件容易的事情吗?就没有一个人值得

你怀念的？我能想象得出，这么多年来，你一直渴望回到家乡，而真当这一刻到来的时候，你的脑子会感觉像受了当头一棒似的。”

“我很高兴抽身离开。我受够了，再也不想看到那个国家，或是那里的任何一个人。”

一两个早起的乘客走上甲板，哈姆林太太想起自己还衣冠不整，就下到船舱里去了。

以后两天，她几乎没有见过加拉格尔先生，而加拉格尔先生也一直呆在吸烟室里。因为罢工，轮船没有停靠科伦坡，而乘客们也开始享受起这段印度洋上的愉快旅程。他们玩起甲板游戏，互相品头论足，打情骂俏。圣诞节即将来临，这给他们提供了打发时间的主题，有人建议可以在圣诞节举办一个化装舞会，女士们甚至着手准备各自的服装。一等舱的乘客召集会议，决定是否让二等舱的乘客也参加舞会，虽然天气热得要命，讨论还是很热烈。女士们认为这只会让二等舱的乘客感觉不安。可以想见，在圣诞节那天，他们肯定会喝过量的酒，紧接着就会弄出些不愉快的事来。每一个发言的人都坚称他们根本没有等级差别的想法，谁也不会那么势利，认为一等舱和二等舱的人有什么大不了的差别，可是他们也觉得不应该把二等舱的人放在错误的位置，那才是较为友善的做法。让他们在二等舱里自己举办他们自己的舞会，那样会让他们感觉更加自在。另一方面，大家都无意去伤害他人的感情，当然了，现如今都在讲民主（这是回应一位中国传教士的夫人，她说她乘坐铁行公司的轮船已经三十五年了，还从未听说过有人邀请二等舱的乘客来参加一等舱的会客厅里举办的舞会），即使他们并不感到愉快，他们还是很想来参加的。眼看着很快就要投票了，加拉格尔先生必须很不情愿地从牌桌前退出，因为领事要征求他的意见。二等舱有他的一个种植园的雇工，这次他带他一起回家。他从沙发椅上抬起他庞大的身躯。

“要问我的意见嘛，我只能说：我带着的那个伙计和我一起照看我们的机器。他是个顶呱呱的家伙，他和我一样，都有权参加你们这个舞会。但他是不会来的，因为我打算在圣诞节晚上六点之前把他灌醉，他什么事也干不了，只能上床去睡觉。”

领事杰夫森先生尴尬地笑了笑。由于他的官方职务，他被挑选出来主持会议，他希望能稳妥地处理好这件事。他的口头禅是：凡事要做好，否则就不做。

“我听取了大家的意见，”他不无讽刺地说道，“大家都觉得，我们现在开会讨论的这个问题不是什么大问题。”

“根本不需要大惊小怪的。”加拉格尔先生眨着闪亮的眼睛说道。

哈姆林太太笑了起来。最终想出的办法是，邀请二等舱的乘客，但私下里再到船长那里去，向他指出，他最好能对邀请他们来参加一等舱的舞会一事保留意见。那天晚上，哈姆林太太身穿晚礼服走上甲板，正好跟加拉格尔先生不期而遇。



“你正好赶上喝一杯鸡尾酒，哈姆林太太。”他用欢快的语调说道。

“我想来一杯。说实话，我正想找点乐子。”

“为什么？”他微笑着问道。

在哈姆林太太看来，他的微笑很迷人，但她并不想回答他的问题。

“前两天早晨我告诉过你，”她愉快地答道，“我四十了。”

“我没见过哪个女人会老提这件事的。”

他们走进休息室，他给她要了一杯干马提尼，给自己要了杯鸡尾酒。他在东方呆得太久，已经不习惯喝别的了。

“你在打嗝，”哈姆林太太说。

“是的，我整个下午都在打嗝，”他无所谓地答道，“很奇怪，看不见陆地之后，我就开始打嗝。”

“我敢说，吃了晚饭你就不打嗝了。”

他们喝完酒，等第二通铃声响起，就走进了餐厅。

“你不玩桥牌？”分手前他问她。

“不玩。”

哈姆林太太没有意识到自己已有两三天没见加拉格尔先生了。她满腹心事。当她缝纫时，它们挥之不去；当她想借着读小说来分散注意力时，它们横在眼前，叫她一个字也读不下去。她本指望乘船远离伤心地之后，她内心的折磨就能得到缓解，可恰恰相反，随着一天天地离英国越来越近，忧虑也与日俱增。一想到那凄凉而空虚的生活在前面等着她，她就忧心忡忡；她为那令她畏缩不前的未来费尽了心思，结果还是把思想转到她此前不知尝试过多少次，但从来也没能从中解脱出来的那个境地。

她结婚已经有二十个年头了。二十年是漫长的，当然，她不能指望丈夫依然像刚结婚时那样疯狂地爱她，再说，她也没有疯狂地爱过他。他们现在是彼此了解的好朋友。他们的婚姻，就婚姻而言，表面上是很成功的。只是突然有一天，她发现，他恋爱了。如果是偶尔调调情什么的，她也并不反对，他以前也有过，她甚至还拿那些事打趣，他也毫不介意，还把这些事当成恭维呢。有时候，他们还会一块儿嘲笑那些个既不深刻也不严重的倾向。可这次却不同，他像个十八岁的毛头小伙儿那样投身其中了，他都五十二了，这太荒唐了。这件事有失体面。他爱得不理智、不慎重，这件丑事如今已经在横滨的外国人中间闹得沸沸扬扬了。最初她感到十分震惊和愤怒，因为全世界再也找不到第二个人会干出这种蠢事，但脾气发过之后，她也试着说服自己去理解。要是他能爱上个姑娘，那就随他去吧。中年男人总难免被那些轻佻的少女们搞得昏头昏脑的，结果丢人现眼。在远东呆了二十年，她早就明白，五十岁是个危险的年龄。但他没有这种借口。他爱上的是一个比她还要大八岁的女人。这简直太不可思议了，这使得她，也就是他的妻子，成了大家的笑料。多萝西·拉贡快五十岁了。她跟哈姆林先生一样，都是横滨的丝绸商，因此，他认识她已经十八年了。一年又一年，他们每周都会有三四次见面，有一次，他们在英国碰上了，还曾经一起住在海边的一幢房子里。但是什么事也没发生！即使是一年前，他们也还只是打打趣的朋友关系。真是不可思议。当然，多萝西是个标致的女人，她身材好，可能有些过于丰满，但是胖得并不难看；她有一双坦率的黑眼睛，红唇、秀发，但那些都是几年前的事了，如今她已经四十八岁了。四十八呀！



哈姆林太太果断地和她丈夫摊牌了。起初，他还发誓根本没那回事儿，纯粹是子虚乌有，但她握有证据，于是他的脸沉下来，最后没法否认了，只得乖乖地承认。接着，他说出了一句令人震惊的话。

“你何必在意呢？”他问她。

这话使她发狂，她愤怒而嘲讽地回敬了他。她变得伶牙俐齿，她在内心的极度痛苦中寻找各种伤人的言辞，而他只是静静地听着。

“我们结婚二十年，我还不至于是那么差劲的丈夫吧。不错，在很长一段时间内，我们只是朋友关系。但我对你有很深厚的感情，而且随着时间的推移，丝毫也没有削减过。我给多萝西的一切，没有一分一毫是从你这里取走的。”

“那我有什么地方可以让你埋怨的吗？”

“没有。没人能娶到比你更好的妻子了。”

“你待我这么冷酷，竟然还能说出这种话？”

“我没想过要冷酷地待你，只是我管不住自己的心。”

“可到底是什么让你爱上她的？”

“我怎么知道？你不见得会认为是我故意的吧？”

“难道你就不能抵抗一下？”

“我试过。我想我和她都试过。”

“你说这话，好像你才二十岁一样。要知道，你们都是中年人啦。她比我还大八岁呢。这事情把我弄得就像一个十足的白痴。”

他没再吭声，她也不清楚心底里翻滚的是什么样的情感。是嫉妒攫住了她的喉咙？还是气愤？或许只是自尊心受伤？

“我不会听之任之的。要是只有你和她，那我可以同你离婚，可现在还牵涉到她丈夫，还有孩子们。天哪，你有没有想过，要是他们是女孩而不是男孩，她现在没准都成奶奶了？”



“没错。”

“感谢上帝我们没有孩子！”

他深情地伸出手好像要抚摸她，但她厌恶地向后退缩着。

“你让我成了我朋友中的大笑料。为了我们大家好，我宁愿保持沉默，但条件是，一切都必须结束，现在、立刻、永远。”

他低着头，若有所思地抚弄着桌上的一件日本装饰品。

“我会把你说的话告诉多萝西。”这是他最后的回答。

她一语不发，稍稍向他欠了欠身，走过他的身边，出了房门。她气愤得甚至没有意识到自己的举止略微显得有些做作。

她等着他和多萝西·拉贡商量的结果，但是他再也没有提起这件事。他很安静、彬彬有礼、沉默寡言；最后她不得不主动开口。



“你没有忘记前两天我和你说过的话吧？”她冷冷地问道。

“没有啊，我和多萝西谈过了，她希望我转告你，对于她对你造成的伤害,她感到非常抱歉。她本想来看看你,但又担心这么做会令你反感。”

“你们怎么决定?”

他犹豫了一下。他很镇定,但是声音还是有一点颤抖。

“要是作出承诺而又无法实现,那恐怕对谁也没有好处。”

“这也算是个了结吧。”她答道。

“我想我可以告诉你,如果你提起离婚诉讼,那我们只能应诉。你会发现你根本找不到有用的证据,你会败诉的。”

“我没想过要这么做。我要回英国去,咨询一下律师。现在这种事情办起来很容易,希望你能高抬贵手。我想你有能力还我自由,不必把多萝西·拉贡也拖进来。”

他叹了口气。

“这真是一团糟,是吧?我不想和你离婚,不过当然,我会尽一切努力满足你的要求。”

“你究竟想要我怎么做?”她哭了,怒气又一次发作。“你就希望我什么也不做,就当个傻子?”

“我真的太抱歉了,让你受了这么大的委屈。”他看着她,眼里充满了忧愁。“我很清楚,我和她的本意并不想相爱的。我们都知道自己有多大年纪了。多萝西,正如你说的,已经足以当奶奶了,而我也是个又秃又肥的五十二岁的男人。当你二十岁陷入恋爱时,你觉得那会是永恒的,而当你五十岁,你把生活,把爱情都看透了,你知道这不过是转瞬即逝的玩意儿。”他的声音低沉,充满悔恨。似乎在他的眼前呈现出秋天的悲哀和纷纷落下的枯叶。他严肃地看着她,“同样在这个年纪,你知道自己再也不能虚掷这个由反复无常的命运送来的机会。不出五年,或许六个月,这一切都会结束。生活是单调的、灰色的,而快乐是珍奇而稀有的。我们的死亡是漫长的。”

听到丈夫的这番话，哈姆林太太心里感到一阵刺痛，这个男人一向讲求实际，就事论事，如今却换上这样一副对她来说全新的腔调。在他身上，陡然生出一种她完全不熟悉的热情而悲剧的性格。二十年的共同生活，没有给他留下任何痕迹，在他的决绝面前，她无能为力。她只能一走了之。现在，她满怀怨恨，决定离婚，就像她威胁他的那样，踏上了回英国的旅途。

阳光照射在光滑的海面上，海面熠熠发光，好像一面明镜，空洞、冷漠，就像她面对的生活，那里没有她的立锥之地。整整三天，海面上没有别的船只来打破这片广袤的寂静。偶尔地，因为飞鱼的疾游，平滑的海面转瞬间波光粼粼。天气酷热，就连最好动的乘客也放弃了甲板游戏，比如现在（这时正好是吃完午餐之后），他们就没有睡在船舱里，而是横七竖八地躺在椅子上。林赛尔踱着步子向她走来，坐下。

“林赛尔太太在哪儿？”哈姆林太太问道。

“哦，不知道啊。就在附近吧。”

他的冷漠令她愤怒。他怎么可能看不出他的妻子和那个医生正打得火热？不然，他老早就应该开始在乎了。他们的婚姻也浪漫过。林赛尔太太还在中学的时候他们就订婚了，那时他也不过是一个稍大一些的男孩儿。他们肯定曾经是一对可喜可爱的可人儿，他们的恋爱故事也肯定十分感人。但是现在，就在这么短的时间内，他们就彼此厌倦了。这真让人心碎。她的丈夫又说过些什么话呢？

“我猜想，你回去后，是准备在伦敦定居吧？”林赛尔懒洋洋地问道，显然是想找话说。

“我想是的，”哈姆林太太说。

事实上，她回去以后无处可归，而且她住在哪里，也没人会关心,想到这一切,她的心情很难平静。一些纠结成团的想法令她想起加拉格尔。对于他回国的迫切心情,她感到忌妒,也很感动,对于他热情洋溢地描绘他计划中的房子,还有他计划娶的妻子,她都感到很有意思。她那些横滨的朋友,在暗地里得知她决定和丈夫离婚之后,都确信她还会再婚。她倒并不怎么急于再婚,毕竟那场婚姻太让她失望了。再说了,大多数男人在向一个四十岁的女人求婚之前,都会犹豫再三的。加拉格尔先生想要找的是身材丰满、圆润的年轻女子。

"加拉格尔先生哪儿去啦?"她向谦和的林赛尔问道。"我这两天都没见到过他。"

"你不知道吗? 他病了。"

"可怜的人。他怎么了?"

"他一直在打嗝。"

哈姆林太太笑了起来。

"打嗝,怎么会让人生病呢?"

"那位医生也很困惑。他什么方法都试过了,就是不奏效。"

"真奇怪。"

从这以后,她也就没再多想,但是第二天早上,当她偶尔遇见医生时,她问起加拉格尔先生的情况。看见他那张孩子气、乐呵呵的脸上显出阴沉、迷茫的神情,她感到十分吃惊。

"恐怕很糟糕,可怜的家伙。"

"因为打嗝吗?"她不解地大声说道。

那只不过是一种生理失调,没有人会觉得那是什么大不了的事。

"是这样的,他咽不下东西。他没法入睡。他已经疲惫不堪。我能想到的方法都试过了。"他迟疑了一会儿。"除非我能很快止住他打嗝,否则,我真不知道会发生什么后果。”

哈姆林太太大惊失色。

“但是他很强壮啊。他看起来精力挺旺盛的。”

“我希望你能去看看他现在的样子。”

“他会要我去看他吗?”

“来吧。”

加拉格尔已经被人从船舱转移到了船上医院,当他们走近医院时,就听到一阵阵剧烈的打嗝声。那声音,可能让人联想起饮酒过度,所以听起来有点儿可笑。但加拉格尔的样子,使哈姆林太太感到震惊。他掉了不少肉,脖子上的皮肤松松垮垮的,耷拉着,即使在日光下,他的脸色也是一片死灰。他的眼睛,以前总是笑盈盈、充满快乐的,现在由于饱受折磨,已经深陷了。他的强壮的身躯因为打嗝而不停地摇晃,这时,那打嗝的声音已经再也没了可笑的成分;对于哈姆林太太,出于一种莫名的原因,那声音听起来怪异而可怕。当她走进房间时,他朝她微笑了。



“看见你的样子,我真的很难过,”她说。

“我死不了,你知道的,”他喘着气说。“我会平平安安地回到爱尔兰的绿色海滩。”

有个男人坐在他旁边,当他们进来时,他站起身。

“这位是普赖斯先生,”医生说。“他负责加拉格尔先生种植园里的机器。”

哈姆林太太朝他点了点头。他就是那天讨论圣诞节晚会时,加拉格尔提到的那个住在二等舱的乘客。他身材十分矮小,但是很敦实,一副快活放肆的神气,自信满满的。

“你要回家了,感觉开心吗?”哈姆林太太问他。

“那还用说,夫人。”他回答道。

就凭这几个词的语音语调，哈姆林太太就可以断定他是伦敦人，而且属于那种乐观、敏感、脾气很好的一类，这使她感到有点儿亲切。

“你不是爱尔兰人吧？”她微笑着问。

“我可不是，小姐。我家在伦敦，我很乐意回去，不骗你。”

哈姆林太太从来不觉得别人称自己是小姐有什么冒犯的。

“好吧，先生，我要走了。”他对加拉格尔说道，做了个手势，好像要抬手去触一下帽子，可其实他并没戴帽子。

哈姆林太太问那个病人有什么事情她可以效劳的，过了一两分钟，她就和医生一同离开了。那个矮个子伦敦人在门外等着。

“能占用你几分钟吗，小姐？”他问道。

“当然可以。”

医院的舱室位于船尾，他们倚着栏杆，俯身看着下面的凹甲板，不当班的水手和乘务员正在舱口盖上闲逛。

“我不知道这是怎么回事儿，”普赖斯说，语气含糊，一种严肃的表情以奇怪的方式改变了他原先活泼而满是皱纹的脸。“我和加拉格尔先生共事四年，他是个难得的好人。”

他又迟疑了一会儿。

“我不太喜欢，但这是事实。”

“你不太喜欢什么？”

“好吧，既然你问我，我就告诉你，他没救了。这一点连医生也不相信。我跟他说过，但他不听我的。”

“你别这么沮丧，普赖斯先生。医生是很年轻，但我想他也不笨，打嗝是不会致命的，你也清楚。我敢说，加拉格尔先生过两天就会好了。”

“你知道这是什么时候发生的吗？就在我们离岸那会儿。她说过，他绝对到不了家。”

哈姆林太太转过身，面对着他。她站直了，足足比他高出三英寸。

“你说什么？”

“我确信，这是一种施在他身上的魔法，我不知道你是不是理解了我说的话。药物对他不起作用。你不了解那些马来女人，我了解她们。”

哈姆林太太十分震惊，她太震惊了，于是耸了耸肩，笑了起来。

“哦，普赖斯先生，那真是无稽之谈。”

“当我告诉医生的时候，他也这么说。但你记住我的话，他等不到看见陆地就会死的。”

这个男人那么顶真，哈姆林太太在隐约之中感到一种不祥，这事儿不由得她不当真。

“为什么有人要对加拉格尔先生施魔法呢？”她问道。

“嗯，这事跟女士说起来有点儿尴尬。”

“请告诉我。”

普赖斯十分窘迫，要是换个场合，哈姆林太太也许会难以抑制自己的好奇心。

“加拉格尔先生在内地生活了很长时间，这话你能理解吧，一个人是很孤独的，男人嘛，你也懂的，小姐。”

“我已经结婚二十年了，”她笑着答道。

“请原谅，夫人。事实上，他曾经跟一个马来女孩同居。我不太清楚有多久，我想应该有十年、十二年吧。当他决定回家不再回来时，那个女孩一句话也没说。她就独自坐在那儿。他以为她会一直坐在那里，但是没有。当然，他把她养得挺好的，还给她留下一幢小房子，修整得好好的，保证她每个月的收入跟原来差不多；他不是个小气的人，我得这么说。她一直都很清楚，总有一天他要回家乡的。她一点都不哭不闹。当他把所有的物品都打包，把它们运走，她就坐在那儿看着。直到他把所有家具全都卖给当地的中国人，她都没说过一句话。她想要的一切，他都留给了她。等到他要出发去赶着上船的时候，她还是坐着，坐在孟加拉式平房前的台阶上，呆呆地望着，一句话也不说。他想和她道别，就像普通人做的那样，你相信吗？她竟然一动也不动。‘你不想和我道别吗？’她的脸上显出一种很滑稽的表情。你知道她怎么说？‘你走，’她说；他们那些当地人，说话跟我们不一样，很滑稽，‘你走，’她说，‘但我告诉你，你绝对到不了家。当陆地沉到海里去的时候，死神就会降临到你身上，在重新看到陆地之前，死神会把你带走，就像陆地沉下去一样。’这话把我吓得半死。”

“加拉格尔先生怎么说？”哈姆林太太问道。

“这个嘛，你知道他是什么样的人啦。他只是大笑一声。‘你要开开心心的，’他对她说，然后跳进汽车，我们就这样走了。”

哈姆林太太眼前浮现出那条阳光明媚的道路，它穿过幽寂的种植园，穿过那些修剪得整整齐齐、分布均匀的绿树，然后蜿蜒上山，又取道密林而下。司机是个马来莽汉，车上坐着两名白人。车子向前疾驰，经过马来人远离大道、安静地隐退在椰林里的房屋，穿过繁忙的乡村，集市上到处都是身穿明丽纱笼、皮肤黝黑的矮小个子。傍晚，车子终于抵达整洁、现代的城镇，这里有俱乐部、高尔夫球场、整洁的客栈、在那儿定居的白人、火车站，这两个人将从这里搭火车前往新加坡。而那个女人坐在孟加拉式平房前的台阶上，等着新主人搬进这幢房子，看着汽车引擎突突启动的那条路，看着汽车绝尘而去，望着它，直到它消失在夜色之中。

“她长什么样？”哈姆林太太问道。

“嗯,依我看,那些马来女人都长一个样儿,你知道,”普赖斯先生答道。“当然她也不是那么年轻了,你知道那些本地人,她们会胖得吓人。”

“胖?”

这个怪异的想法使哈姆林太太感到沮丧。

“加拉格尔先生可是个从来不会亏待自己的人,你明白我的意思吧?”

想到身材肥胖,哈姆林太太立即回复到常人的看法。一时间,她似乎有点儿接受这个矮个子伦敦人的看法,这使她对自己都有点儿讨厌了。

“这真是荒唐,普赖斯先生。肥胖的女人怎么可能在千里之外对一个男人施魔法呢!事实上,肥胖的女人自己生活都很不容易。”



“你尽管笑话吧,小姐,但是除非我们做点什么,否则你就听着我这句话,我的主人没救了。而且药对他不管用,反正白人的药没用。”

“说点正经的吧,普赖斯先生。那个肥胖的女士应该不会对加拉格尔先生怀有什么深仇大恨的。按照东方人的办事方式,他算对她不错的啦。她何必要伤害他呢?”

“我们不了解他们的想法。即使一个男人在那里和一个本地女人过上二十年,你就以为他懂得那个女人阴暗的心里到底在想些什么啦?至少他不懂!”

对于他那些夸张的言辞,她笑不出来,因为他的紧张情绪是感人的。她知道,男人,不管他们的肤色是黄色的、白色的还是棕色的,他们的心都是难以捉摸的。



“但是,就算她感到愤怒,就算她恨他,想杀了他,她能怎么样呢?”奇怪,哈姆林太太提这些问题时,下意识里已经开始相信这是真的了。“世界上哪有什么毒药可以在六七天后再起作用的呀。”

“我可没说过是毒药。”

“对不起，普赖斯先生，”她笑道。“但我可不愿相信什么巫术，你知道。”

“你可是在东方生活过的人哪。”

“断断续续差不多二十年吧。”

“就是啊，你知道他们能做什么，不能做什么，反正我是做不到的。”他突然愤怒地攥紧拳头，猛地一拳打在栏杆上。“我真受够了那个该死的国家。一想起来我就生气，那个鬼地方。我们没办法跟他们走到一块儿，我们是白人，事实就是这样。请原谅，我得去喝几杯，我心里直打鼓。”

他朝她硬生生地点了点头，离开了。哈姆林太太注视着他，这个敦实矮小的男人，穿着破旧的卡其布衣服，拖着脚跟，跌跌撞撞地走下升降口，来到船腰，低着头穿过去，然后消失在二等舱的大厅里。不知道为什么，他使她感到一阵隐隐的不安。她无法从脑海里去掉这幅场景——那个矮小的女人，已经不再年轻了，穿着纱笼和斑斓的上衣，戴着黄金首饰，坐在一座孟加拉式平房前的台阶上，望着空荡荡的路面。她的胖脸上施了脂粉，但是那双没有眼泪的大眼睛里，没有任何表情。开车离去的男人们活像回家度假的学生。加拉格尔舒了一口长气。这天清晨，在明丽的天空下，他的精神异常活跃。未来就像一条洒满阳光的道路，蜿蜒穿过一望无际、树木繁茂的大平原。

那天傍晚，哈姆林太太向医生询问病人的情况。医生摇了摇头。

“我没办法。该做的我都做了。”他皱着眉头。“真是倒霉，碰上这么一个病例。不过，就算是在英国也照样没辙，更别说是在船上了……”

他是爱丁堡人，最近刚通过医师资格认证，他这次来度假，回去以后就可以行医了。他真想替自己鸣冤哪，他本想玩得开开心心的，可面对这神秘的病灶，简直让他郁闷死了。虽然他经验不足，但他已经尽力而为了。让他懊恼的是，他怀疑别的乘客可能觉得他是一个无知的傻瓜。

“你有没有听普赖斯先生说过他的想法？”哈姆林太太问道。

“他那种瞎话，我可是闻所未闻。我跟船长说了，他也气得发疯。他希望大家不要谈这件事，认为这会在乘客中引起骚动。”

“我会守口如瓶的。”

大夫用锐利的眼神看了她一眼。

“你该不会相信那种胡说八道吧？”他问道。



“当然不会。”她环顾着四周的海景，蔚蓝而宁静的海面上闪着油光。“我在东方住的时间不短啦，”她加了一句，“那里偶尔会发生一些古怪的事。”

“这话让我有点儿紧张，”医生说道。

在他们俩的近旁，有两个小个子的日本绅士，正在玩掷绳圈的游戏。他们身穿整洁的网球衫，白长裤和麻布鞋。他们看起来很欧化，甚至在用英语相互记分。可是在那一刻，当哈姆林太太看着他们的时候，却隐约地感到有些不安。这些人似乎很会伪装自己，所以在他们身上总有一份邪恶。她的神经也快崩溃了。

很快，加拉格尔被施了魔法的说法在船上不胫而走，没人知道是怎么传出去的。女乘客们坐在甲板的躺椅上，一边为圣诞节的化装舞会编织晚装，一边压低声音聊起了这件事，而男士们则在吸烟室里一边啜饮鸡尾酒一边闲谈。他们中许多人都在东方生活过很长时间，在他们记忆的某个隐蔽处，总能挖掘出一些古怪的、令人费解的故事。当然,要是当真以为加拉格尔先生中了魔法,那也太荒唐了,这种事是不可能的,可是各种事实摆在面前,却又没人能够解释。医生不得不承认他无法解释加拉格尔的病因,他能给出一个生理上的解释,但对于这可怕的痉挛为什么突然降临在他身上,他却未置一词。他隐约感到一点自责,所以竭力为自己辩护。

"要知道,这种情形,恐怕你干到退休都不会碰到,"他说。"真是倒霉透了。"

与此同时,他跟过往的船只进行无线通讯,不时地收到各种诊治意见。

"他们说的每一种方法我都试过啦,"他不耐烦地说道。"日本轮船上的医生建议注射肾上腺素。亏他想得出来,我们现在正漂浮在印度洋的中央,我从哪里去搞肾上腺素啊!"

当这艘轮船在广袤的海洋上全速航行时,一些看不见的信息从不同的角落传到这艘船上来。想到这些,实在有些令人感动。在那一刻,她猛然感到特别孤单,宛如身处世界的中心。隔离舱里正躺着那个病人,痛苦的痉挛使他摇晃着身体,他在拼命地喘息。随后,乘客们发现轮船改变了航线,他们听说船长决定要在亚丁①停靠,因为船上的医疗条件有限。加拉格尔将被送到岸上,带到医院接受治疗。总工程师接到命令,要他开足马力。这艘轮船上了年纪,浑身震颤着,需要加倍卖力才能前行。乘客们早已习惯了轮船的噪音和引擎的震动,这时,由于震动加剧,他们的神经重又获得了一番刺激。虽然不会进入他们的潜意识,但它震撼了他们的感官,使每个人都感到有切身的危险。海面上依然没有过往的船只,他们就像穿越在一个空荡荡的世界。这时,早已降临在轮船上、但谁也不愿意

① 亚丁(Aden),也门港口城市,在红海的南端、亚丁湾的北岸。

承认的不安情绪,演变成了证据凿凿的危机。乘客们变得暴躁,为了一些小事而大吵大闹,要是在平时,那些事情根本就无足轻重。杰夫森先生还在讲述他那些老掉牙的笑话,但是不再有人报以微笑。林赛尔夫妇有过一次口角,有人听见林赛尔太太跟她的丈夫深夜在甲板上走来走去,她压低嗓门,用紧张而激烈的言辞指责她的丈夫。吸烟室里,一天晚上,有人在玩桥牌时大打出手,最后的和解是所有的人都酩酊大醉。人们很少谈起加拉格尔,但这个人始终萦绕在大家的心头。他们查看航海路线图。医生表示,加拉格尔顶多只有三四天了,于是他们热烈地讨论着最早什么时候能到达亚丁。至于他上岸后会怎么样,跟他们没有任何关系;他们只是不希望他死在船上。

哈姆林太太每天都去探望加拉格尔。就像热带的春天,一场阵雨过后,你似乎可以看着青草在你的眼前长出来,她就这么眼睁睁地看着他衰竭下去。他的皮肤已经变得松弛,耷拉着,双颊凹陷,双下巴就像火鸡的满是皱褶的赘肉。你可以看见他硕大的身躯,透过他身上盖着的床单,一副瘦骨嶙峋的身子像是史前巨人的骨架。大多数时候,他因为注射了吗啡,双目紧闭地躺着,但仍然在随着可怕的痉挛而摇晃;他有时会睁开眼睛,那双眼睛异常巨大;从那只剩骨头的深陷的眼窝里,那双眼睛含混地、困惑而不安地看着你。但是当他从昏迷中醒过来,认出是哈姆林太太时,他便努力抽动嘴唇,挤出一丝笑意来。



"加拉格尔先生,你感觉怎么样了?"她问道。

"好些了,好些了。等过了这场该死的炎热,我就会好的。主啊,我多么希望能一头扎进大西洋里。要能尽兴地游个泳,让我干什么都行啊!我真想再感受一下戈尔韦那冰冷、灰色的海水拍打胸膛的感觉。"

接着,一阵打嗝使他从头顶一直摇晃到脚底。普赖斯先生和女服务生轮班照顾他。小个子伦敦人的脸上再也看不见原先的那副无拘无束的快活神情了,现在变得愠愠不乐。

"船长昨天把我找去了,"当他和哈姆林太太单独在一起时,他对她说道,"他给了我一次警告。"

"他说什么啦?"

"他说他不愿意听到这些不吉利的话。说是这些话已经在乘客中间引起了恐慌,我最好管住自己的嘴,否则他就要跟我算账。可这事不是我说的。除了跟你和医生说过,其他人我可一个字也没说过。"

"船上的人都听说了。"

"我知道。你难道认为就我一个人在谈这事吗?那些印度水手和中国人,他们都知道他是怎么回事儿。你不会觉得他们需要你的教导吧?他们都清楚这不是平常人得的病。"

哈姆林太太沉默不语。从有些乘客的女仆那里她了解到,在这艘轮船上,除了白人,现在已经没人再怀疑这个事实:加拉格尔抛弃的那个女人正在遥远的南方对他施以魔法。所有人都深信不疑,当他们看到阿拉伯岛上那荒芜的岩石时,他的灵魂就会跟他的肉体分离。

"船长说了,要是他再听到我搞什么鬼把戏,他就要把我锁在船舱里,直到我们上岸。"普赖斯突然说道,他眉头紧蹙,皱巴巴的脸上阴云密布。

"鬼把戏是什么意思?"

他狠狠地瞪了她一眼,就好像她也和船长一样成了他发火的对象。

"医生已经把他知道的所有狗屁办法都用上了,他还跟各个地方的人进行了无线通讯,可是有什么用?告诉我。难道他看不出来这个人快死了吗?现在只有一个办法可以救他。”

“你是什么意思?”

“现在是巫术在杀他,所以只有巫术才能救他。你可不要说这个不管用,我亲眼见过。”他抬高了嗓音,暴躁而刺耳。“我看见过一个人就是这么从死亡边上被拖回来的,他们请了一个‘巴旺’,我们叫巫医,他会要一些小把戏。跟你说吧,这可是我亲眼看见的。”

哈姆林太太没有吭声。普赖斯询问地看了她一眼。

“甲板上的水手当中有一个是巫医,他跟我们在马来州的‘巴旺’一样。他说他可以做,但他需要一只活物。一只公鸡就行。”

“要一只活物做什么?”哈姆林太太问道,眉头微微一蹙。

小个子伦敦人很快地用怀疑的眼光看了她一眼。



“你要是听我的劝告,就最好什么都别问。但我告诉你,我会不惜一切代价把我的主人救回来。如果被船长知道,他把我关进船舱,那就随他的便好了。”

正在这时,林赛尔太太上来了,普赖斯做了一个优雅的手势,跟她们道了别。林赛尔太太想让哈姆林太太试试她特地为化装舞会编织的服装。当她们走下船舱的时候,她突然紧张兮兮地对哈姆林太太说,加拉格尔先生可能会死在圣诞节那天。要是他真的死在那天,那他们就不可能举办舞会了。她已经跟医生说过了,要是真的发生那种事,她就永远不会再理他,他很诚恳地向她保证,他会尽量想办法让加拉格尔活过圣诞节的。

“这样对他也好,”林赛尔太太说。

“对谁?”哈姆林太太问。



“对可怜的加拉格尔先生啊!没有人会愿意死在圣诞节的,不是吗?”

“我真不知道。”哈姆林太太说。

那天晚上，她睡着有一会儿了，可是却哭醒了。她居然从睡梦中哭醒，这使她感到惶恐，似乎肉体的脆弱使她无法反抗，她的意志被击垮了，面对不知不觉中产生的悲哀，她毫无招架之力。跟往常一样，她反复回想这深深地影响着她的不幸事件的种种细节；她的脑子里重复着她和丈夫之间的对话，后悔自己当时蛮好说过某一句话，又为当时不该说而说出口的话感到自责。她现在真心希望自己对丈夫所做的荒唐事情一无所知，她责问自己为什么就不能明智地收起自己的自尊，对那令人不快的事实睁只眼闭只眼。她是这个世界上的一个女人，跟自己的丈夫分离，她失去的是比他的爱多得多的东西，这一点她太清楚了；她失去稳定的家业、确定的地位、富足的家产，还有来自优越的社会背景的支撑。她认识许多离婚后的妻子，靠一点微薄的收入过活，她们的朋友很快就开始嫌她们无趣了。这时的她感到寂寞。她就像这艘匆匆驰过无人海域的轮船一样寂寞，就像那个举目无亲、躺在隔离舱里的垂死的男人一样寂寞。哈姆林太太知道她现在的思维正活跃得很，而且她不会很快就重新入睡的。她的船舱里很热。她抬头看了看时间，四点过几分；在安心的白昼来临之前，她必须捱过这难捱的两个钟头。

她披上一件和服式的晨衣，走上甲板。夜色沉穆，虽然天上没有一丝云迹，却也看不见一颗星辰。这艘衰老的轮船喘息着、震颤着，在夜色中隆隆作响，笨重地向前移动。这种静穆有点儿诡异。哈姆林太太赤着脚，慢慢地沿着无人的甲板摸索前进。一片漆黑，什么也看不见。她来到散步的甲板的尽头，身体靠在栏杆上。突然，她吃了一惊，眼睛一眨不眨：下层甲板上，她看见一团忽明忽暗的光。她小心地向前探了探身子，原来那是一小团火，她只能看见光，因为那里有许多男人围成一圈，他们佝偻着身子，赤露的背脊把火焰挡住了。在这一圈人的旁边,与其说是她看到还不如说是猜到的,有一个矮壮的穿睡衣的身影。其他人都是本地人,只有他是欧洲人。那肯定是普赖斯,她立刻猜出来他们正在举行某种黑暗的驱魔仪式。她竖起耳朵,听到一个低沉的嗓音吐出一串神秘的词语。她的身体开始颤抖。她知道,这些人专注于眼前的事情,是不会料到有人在看着他们的,但她不敢移动脚步。突然间,就像丝帛裂开一般,一声鸡叫打破了这片沉闷的静寂。哈姆林太太差点尖叫起来。普赖斯先生正在向那怪异的东方诸神献上祭品,试图挽救他的那位朋友兼主人的性命。刚才那个声音还在继续,音色低沉、连绵不绝。然后,那黑暗的一圈人里有了一些骚动,那里发生了一些事情,但她不知道究竟是什么;那只公鸡发出一阵愤怒而惊恐的咯咯声,接着听见一声奇怪的、难以形容的声响;巫师正在割断公鸡的喉咙,然后是一片寂静;还有一些模糊的动作,但她看不太清,过了一会儿,好像有人踩灭了火。她模模糊糊地看见这群人隐没在夜色之中,甲板上重又恢复了平静。她再次听到引擎有规律的震动声。



哈姆林太太怔怔地站了一会儿,心里有一种奇怪的情绪在骚动。她慢慢地在甲板上挪着步子。她找到一把躺椅,于是躺了下来。她的身体还在颤抖。对于刚才发生的一切,她只能猜测。她不知道自己在那里躺了多久,反正她知道黎明将近了。虽然还不是白天,但也不再是黑夜了。在茫茫的夜空下面,她能依稀辨认出轮船的栏杆。然后她看见一个人影向她走来。这人穿着睡衣。

“谁在那里?”她紧张地叫道。

“是医生,”传来一个亲切的声音。

“哦! 晚上这种时间,你在这儿做什么?”

“我一直和加拉格尔在一起。”他坐在她边上,点着一支烟。“我给他注射了一针强力镇静剂,现在他总算安静下来了。”

"他一直病得很厉害吗?"

"我以为他快不行了。我一直看着他,突然他从床上坐起来,说起了马来语。当然,我一个字也听不懂。他一遍又一遍地重复一个词。"

"也许是一个名字,一个女人的名字。"

"他想起床。都快死的人了,还是那么有劲儿。天晓得,我竟然跟他扭打了起来。我真怕他会投海自尽。他好像以为有人在叫他。"

"那是什么时候的事情?"哈姆林太太缓缓地问道。

"四点过几分吧。怎么啦?"

"没什么。"她打了个冷战。

这天上午,当船上的生活重又恢复到常态时,哈姆林太太在甲板上和普赖斯擦肩而过,但他只跟她简短地打了个招呼,就迅速地移开目光,径直向前走去。他看上去既疲惫又紧张。哈姆林太太忽然又想起那个胖女人,厚密的黑头发上戴着黄金首饰,坐在阒无一人的孟加拉式平房前的台阶上,望着那条蜿蜒穿过修剪得整整齐齐的橡胶林的道路。

天气热得实在可怕。她现在懂得了为什么夜那么黑。天不再是蓝色的,而是一片死一般的惨白;天空的表面太过均匀,即使有云也显不出来;炎热就像一个大罩子,悬吊在空中。没有一丝儿风,大海和天空一样惨淡无色,平滑闪光,像是染缸里的染料。乘客们无精打采,喘着粗气在甲板上晃来晃去,豆大的汗珠从他们的额头上渗出来。他们都压低嗓门说话。一种诡异而不安的气氛笼罩在船上,谁也笑不出声。他们的心里升起一股怨气;他们活得健健康康的,可就在他们近旁,有个人快死了,这让他们恼怒。这个事实虽然并不是他们关心的,但它以一种神秘的方式影响着他们。吸烟室里，一个种植园主把一杯杜松子酒灌下肚子之后，粗暴地把大家感受到却不敢承认的事情说了出来。

“说实话，如果他当真要死，”他说，“那就死得痛快些，把这事了结了。这样子真叫人瘆得慌。”

白天是难熬的。晚餐时间终于到了，哈姆林太太感到无比感激。经历了这么多事情，熬过了这么长时间。她在医生的桌子前坐下。

“我们什么时候到亚丁？”她问他。

“明天什么时候吧。船长说，我们大概会在早晨五六点看到陆地。”

她用锐利的眼神看了他一眼。他也盯住她看了一会儿，然后垂下眼睛，脸红了。他想起了那个女人，那个坐在孟加拉式平房前的台阶上的胖女人，她曾经说过，加拉格尔绝对不会看见陆地的。哈姆林太太心想，眼前这个怀疑一切的、总是相信眼见为实的年轻医生，是否也开始犹疑了呢？他皱了皱眉头，然后，好像要打起精神的样子，他重新抬起眼睛看着她。

“我把这个病人交给亚丁那边医院里的人，我可以说，我不会感觉有什么遗憾的，”他说。

第二天是圣诞节前夕。哈姆林太太夜里睡得不好，当她醒来时，天已经蒙蒙亮了。从舷窗里向外望去，天色清朗如银；雾气已经在夜间散去，晨光很美。她走上甲板，感觉轻松多了，于是她走到尽可能靠近船头的地方。在天边贴近地平线的地方，一颗晨星正闪着黯淡的光芒。海面上泛起粼粼的一片波光，好像是闲散的微风伸出它那调皮的手指，轻轻地抚弄着海面。那光线显得优雅而温和，纤薄得好像春日里刚刚抽芽的树木，而且晶莹剔透，令人想起山间小溪里潺潺的流水。她转过身，望着玫瑰色的旭日从东方冉冉升起，这时，她看见医生向她走来。他依然穿着制服；他整宿都没靠过枕头；他蓬头垢面的，走路的时候身子佝偻着，看上去已经累坏了。她一下子就明白了，加拉格尔死了。当他走到她跟前时，她看出他在哭。他看上去那么年轻，她不禁对他十分同情。她拉过他的手。

“可怜的孩子，”她说道，“你累坏了。”

“我什么都做了，”他说，“我真的很想救他。”

他的声音直发颤，她看得出他已经近乎歇斯底里了。

“他什么时候死的？”她问。

他闭上眼睛，竭力控制着自己，他的嘴唇颤抖着。

“几分钟前。”

哈姆林太太叹了口气。她不知道该说什么。她的目光在平静、冷漠、亘古不变的大海上游移。大海在他俩的四周无限地伸展，恰似人类的无限的悲哀。突然间，她的目光停住了，那儿，就在他们的前方，在地平线上有样东西，看上去像是一大团高耸的云，但是它的轮廓又太清晰了，不太像是云。她碰了碰医生的手臂。

“那是什么？”

他定睛望了片刻，虽然他的脸晒得有点儿黑，但她还是看得出他的脸色发白了。

“是陆地。”

这时，哈姆林太太再一次想起那肥胖的马来女人，她静静地坐在加拉格尔的那个孟加拉式平房前的台阶上。她知道这一切吗？

在太阳升到天顶的时候，他们把他埋葬了。一等舱和二等舱的乘客、白人乘务员、欧洲官员，他们都站在下层甲板和舱口。传教士念诵礼文。

“由女人所生的男子只享有短暂的生命，他的一生充满痛苦。他像花朵一般成长起来，然后被刈倒；他像影子一般消逝，一刻也不停留。”

普赖斯低头看着甲板，眉头紧锁。他的牙齿咬得紧紧的。他并不感到悲哀，因为他的内心充满了愤怒。医生和领事紧挨着站着。领事的脸上恰如其分地表现出作为一个官员应有的哀悼的神色，而医生已经剃净了胡子，穿着干净挺括的制服，佩戴着他的金色肩章，脸色苍白而疲惫。哈姆林太太把目光从他的身上移到林赛尔太太的身上。她紧靠在她的丈夫身边，哭泣着，而他正温柔地握着她的手。哈姆林太太被这情景莫名地打动了。在这个悲伤的时刻，她感到烦躁，这个小妇人本能地渴望得到丈夫的保护和支持。但她随即感到身上一丝寒颤，她的眼睛盯着甲板上的缝隙，因为她不想看到眼前的一切。念诵礼文的声音中断了片刻。人群中有一些骚动。一名官员发了一道命令。传教士的念诵声继续响起。



“由于万能的上帝出于伟大的仁慈希望将他的灵魂收回，我们亲爱的兄弟在此与我们永别；我们将他的肉体沉入海底，愿它化为腐土，在大海放弃它的时候，它的肉体将得到复活。”

哈姆林太太感到热泪从她的脸颊上滚下来。泪水滴下来时没有声响。传教士的念诵声还在继续。

葬礼结束后，乘客们四散开去；二等舱的乘客回到他们的船舱，铃声响起，示意午餐的时间到了。但是一等舱的乘客们还在散步甲板上漫无目的地闲逛着。男人们多数走到吸烟室，准备喝点威士忌加苏打水和杜松子酒，抖擞一下精神。领事在餐厅外的布告栏上张贴了一份通知，召集所有乘客开会。大多数人都在猜测开会的目的，到了约定的时间，他们都聚集在一起了。这一个礼拜以来，他们从来没有这样高兴过，他们畅快地侃侃而谈，只是偶尔会出于礼节，稍事克制一下而已。领事戴着单片眼镜，他告诉大家，这次召集会议是为了讨论明天举办的化装舞会。他知道大家对加拉格尔先生都怀有深切的同情，他提议大家联名给死者的亲属发一份措词得体的唁函；但是事务长已经检查过他的证件，没有发现可以联系到他的任何亲属或朋友的任何线索。已故的加拉格尔先生在世的时候，似乎相当孤单。同时，他（领事）斗胆向医生致以诚挚的慰问，因为他很确信，医生在当时的情况下，已经竭尽他的所能了。

"同意，同意！"乘客们说道。

大家都经历了一个非常严峻的时期，领事接着说道，有些人可能认为，把化装舞会延后到新年的前夕举办，那样可以更加尊敬地纪念死者。但是他坦言，这并不是他一个人的想法，而且他确信，加拉格尔先生本人也不会希望这样的。当然，这个问题还要看大多数人怎么决定。医生站起身来，对领事和乘客的善意言辞表示感谢，这固然是个非常严峻的时期，但同时他也表示，船长授权他明确希望所有庆祝活动都在圣诞节举行，就当什么事都没有发生过一样。他（医生）还向大家透露说，船长认为乘客们这一阵子都沉浸在可怖的气氛中，要是大家能在圣诞节找点乐子，对大家都有好处。接着，传教士的妻子站起身来，说他们不应该只想着自己；娱乐委员会已经作好了安排，一等舱乘客的晚餐一结束，就立即给孩子们把圣诞树支起来，他们可一直都盼着见到大家穿上化装舞会的服装呢；让他们失望真是太不好啦；至于说纪念死者，她不比别人更缺少尊敬，而对那些沉浸在悲痛之中无心跳舞的人们，她也抱有同情。她的心情十分沉重，但她依然觉得放纵于那种对任何人都没有好处的情感，实在是自私的表现。要多替孩子们想想。这一席话深深地打动了轮船上的乘客。他们既想抛弃这么多天以来笼罩着整艘轮船的恐怖气氛,他们是活人,他们要追求快乐;同时他们又有一个不安的念头,觉得应该适当表示一下哀伤才显得较为得体。但是,要是他们既能按照自己想做的去做,同时又能从利他主义的角度得到解释,那就没有什么不安的了。当领事要求大家举手表态时,除了哈姆林太太和一位患有风湿病的老妪之外,所有人都急吼吼地举手赞成。

"既然赞成者占绝对多数,"领事说,"那我就大胆地恭贺会议达成了一项明智的决定。"

正当散会之际,突然有个种植园主站起来,说他有一个建议。像现在这种情形,难道他们不想邀请二等舱的乘客也来参加吗?他们那天早上可都来参加了葬礼的呀。传教士一跃而起,对这个提议表示赞同。他表示,过去几天发生的一切,把所有人的距离都拉近了,死亡面前,人人平等。领事再次发话,其实这个问题上次会议就已经讨论过了,讨论的结果是,让二等舱的乘客自己举办他们自己的舞会,可能会让他们感觉更加自在。但是现在时过境迁,他现在很确信,上次所作的决定应该彻底推翻。



"同意,同意!"乘客们说道。

一时间,在乘客中掀起了一股民主的激情,这一提议立即赢得了一片赞扬声。他们散会时都松了口气,感到自己既仁爱又慈善。大家在吸烟室里互相敬酒致意。

于是,第二天傍晚,哈姆林太太穿上了她的化装舞会的服装。她对眼前的娱乐活动实在打不起精神,有那么一刻她甚至想装病,但她知道谁也不会相信她的,甚至害怕别人以为她是假惺惺的。她扮成卡门的样子,况且她也确实抵挡不住那份让自己看起来魅力四射的虚荣。她把眉睫染黑,两颊搽红。服装也正合身。集合号响起，当她款款走入会客厅时，一片艳羡之声扑面而来。领事（他总是那么幽默）穿上了芭蕾舞裙，逗得大家一边喝彩，一边大笑。传教士和他的妻子则显然有点儿害羞，但他们对自己倒还满意，他们打扮得像高贵的满清官员。林赛尔太太扮成喜剧人物科伦巴茵，尽情展示她那双美腿。她的丈夫扮成阿拉伯酋长，而医生则扮成马来苏丹①。

大家凑了一些小钱，在晚餐上提供香槟，因此餐桌上热闹非凡。轮船公司提供了彩包拉炮，爆出来的是各式各样的纸做的帽子，这些帽子后来都被乘客们戴上了。还有纸做的彩带，他们互相投掷着，还有小气球，他们从会客厅的这头打到那头。他们大声地笑着，叫着。每个人都很快活。可以说没有人玩得不开心。晚餐一结束，他们就走进布置了圣诞树的会客厅，树上点着蜡烛，一切准备就绪，孩子们被带进来，兴奋地尖叫着，领受各种礼物。然后，舞会开始了。二等舱的乘客羞怯地站在甲板上辟为舞池的那个地块的周围，偶尔有两个人结伴跳舞。

"我很高兴他们来参加，"领事一边和哈姆林太太跳着舞，一边说。"我是非常民主的，我觉得他们这样规规矩矩的，十分明智。"

但她发现普赖斯不在他们当中，她找到一个恰当的机会，向二等舱的一名乘客打听他在哪里。

"醉得一塌糊涂，"那人回答道，"我们下午就把他弄到床上去了，现在被锁在船舱里。"

领事表示，她还欠他一支舞。他是个油腔滑调的人。突然间，那支业余乐队的演奏、领事的调笑、那些跳舞的人们的欢乐气氛，这一切让哈姆林太太觉得无法再忍受了。她不知道这是为什么，只是

① 苏丹（Sultan），殖民时期对马来亚各州统治者的称谓。

那些人们在这整个夜晚给轮船带来的快乐景象，和这片孤寂的大海，突然使她感到恐惧。领事一松手，她就飞快地溜走了，回头瞥了一眼，发现没人注意到她，她就从升降口攀到救生艇甲板上。那里一片漆黑。她悄悄地走到一个地方，确信在那里不会受到打搅。但是她却听到一声轻微的笑，在一个隐蔽的角落，她看见科伦巴茵和马来苏丹在一起。看来，林赛尔太太和医生已经重新拾起了曾经被加拉格尔先生之死打断的调情。

那个可怜而孤单的人在他们中间离奇地死去，可是现在，所有那些人都已经用残忍的方式把他抛诸脑后了。他们不再同情他，反而心生怨恨，因为正是因为他，那些人心神不安。他们贪婪地抓住了生活。他们开玩笑、调情、闲聊。哈姆林太太想起领事说的话，在加拉格尔先生的证件中找不到任何信件，找不到一个朋友的名字能让他们告知其死讯，她不知为什么她会觉得这件事情悲惨得令她无法承受。一个能够如此寂寞地走过一生的人，身上总有些神秘色彩。她想起他怎样在新加坡上船，那是很短时间以前的事儿哪，当时他是多么粗壮、充满活力，还有他对未来的野心勃勃的计划，于是，她感到极度沮丧。葬礼上的那段礼文使她内心充溢着肃穆和敬畏：由女人所生的男子只享有短暂的生命，他的一生充满痛苦。他像花朵一般成长起来，然后被刈倒……年复一年的，他为未来制订计划，他是那么渴望生活，他有那么多的生活理想，可是，正当他伸出手来，啊，多么遗憾哪；跟他相比，世界上的一切痛苦都变得微不足道了。死亡，和死亡的神秘，那才是世界上唯一重要的事情。哈姆林太太倚着栏杆，眺望着点点星空。人为什么要让自己不快乐呢？让他们为所爱的人流泪吧。死亡总是可怕的，可是，难道一脸苦恼、心怀恶意、自以为是、缺乏仁爱，那就值得吗？她又想起她自己和她丈夫，还有那个他莫名其妙爱上的女人。他也曾说过，而我们快乐地生活的时间是短暂的，我们的死亡是漫长的。她沉吟良久，突然间，好似夏天一道闪电划过黑暗的夜空，一阵强大的惊喜贯注她的全身，她有了一个发现；在她内心里，对她丈夫的愠怒，对情敌的嫉妒，都不复存在了。一个念头就像一轮旭日，在意识的遥远的地平线上升起，温柔和狂喜的光辉充盈她的灵魂。从那陌生的爱尔兰人的悲剧中，她欣喜地汲取了孤注一掷的勇气。她的心跳加快，她迫不及待地要将这个想法付于实施。一种自我牺牲的激情攫住了她。

音乐已经停止，舞会结束了；大部分乘客都要回去睡觉了，剩余的人要到吸烟室去。她走进自己的船舱，路上没有碰见任何人。她打开拍纸簿，给丈夫写信。

亲爱的，今天是圣诞节，我想对你说，我的内心充满对你们的亲切之情。我很愚蠢，也不够理智。对于那些我们关心的人，我想我们应该允许他们以自己的方式开心，我们应该给他们再多一些关心，不要因为他们的开心方式而使我们变得不开心。我想让你知道，我不再因为那以特别的方式进入你生活的快乐，而对你怀恨在心。我不再嫉妒，不再感到受伤，不再心怀怨恨。不要觉得我会不快乐，感到孤单。只要你感到需要我，就来找我，我会满心欢喜地欢迎你的到来，没有责备，没有怨恨。我很感激你这些年给我带来的快乐，还有你的温柔，为此，我愿意向你表示一份不带任何要求的情意，而且我希望这份情意是完全没有私心的。别再恨我了，愿你开心、开心、永远开心。

她签上名，把信塞进一个信封。虽然这信要到赛德港①才能发

① 赛德港（Port Said），在埃及境内，位于埃及的北部，红海的北端。

出，但她还是恨不得立刻把它投进邮筒。做完这一切，她开始宽衣就寝，她看着镜子中的自己。一双眸子闪闪发光，在她的脂粉底下，肤色依然鲜亮。未来不再是贫瘠的，而是光明的，充满希望。她钻进被褥，很快就进入了无梦的熟睡之中。

## 驻地分署

新的助手是下午到的。驻地长官沃伯顿先生接到报告说，已经看见普拉胡帆船了，于是他戴上硬壳遮阳帽，朝下向码头的方向走去。在他经过时，他的警卫队，那八名矮个子迪雅克①士兵，都立正站定。他满意地注意到，他们的姿势是军人式的，制服打理得干净整洁，枪也擦得锃亮。他们给他挣足了面子。他站在码头上注视着河道转弯的地方，不一会儿，小船就会从那里掠过。他身穿一尘不染的帆布裤，脚上蹬着白皮鞋，看上去十分潇洒。他的腋下夹着一根带黄金头饰的马六甲藤杖，那是从前霹雳州②的苏丹送给他的。他等着新人的到来，心里七上八下的，什么滋味都有。这个地区的工作由他一个人来承担，着实有点儿吃力，他定期要到他所管辖的内地去巡察，每次出巡时，就必须把这个驻地分署交给当地职员来管理，那样总是不太方便，但话又说回来，很久以来，他一直是这里唯一的白人，现在有别的白人要来，没有顾虑是不可能的。他已经习惯了独来独往。大战期间有三年，他没见过一张英国人的脸，当他接到指示要接待一位造林官时，他竟然感到惊惶失措，所以当那位客人行将抵达之时，他早早地把接待工作安排停当，并解释说自己要到上游去一趟，就这么跑了。一直等到送信的通报说他的客人已经离开了他才回来。

这时，普拉胡帆船出现在河道开阔的河面上。船由囚犯们操



① 迪雅克(Dyak)，加里曼丹或沙捞越的土著居民。
② 霹雳州(Perak)，马来亚地区州名。

纵，他们都是被判了各种刑期的迪雅克人，两三个看守正等在码头上，准备把他们押回监狱。他们都是身强力壮的小伙子，对这条河很熟悉，划起船来很有力道。船靠岸时，有个人从聂帕榈叶盖的遮棚下面钻出来，一步跨上了岸。警卫队举枪表示致敬。

"总算到啦。谢天谢地，我都快被挤死了。我给你带来了邮件。"

他说话时透着一股狠命的快活劲儿。沃伯顿先生彬彬有礼地伸出手。

"我想，您就是库珀先生吧？"

"没错，你还会在等谁呢？"

这个问题原本是想逗人一乐，可是驻地长官并没有笑。

"鄙人姓沃伯顿。我带您去看您的住处。他们随后就会把您的行李送过来。"



他领着库珀，沿着狭窄的小道走进一个院子，当中是一座孟加拉式平房。

"我已经让人打扫过，做到尽量可以住人，当然啦，这里面已经好多年没人住了。"

屋子是建在木桩上的。一间长长的起居室，门开向一个宽敞的廊台，房子后面，走道的两旁各有一间卧室。

"我觉得这儿不错。"库珀说。

"我想您一定想洗个澡，换个衣服。今晚要是您能和我共进晚餐，我将不胜荣幸。八点钟，意下如何？"

"随便什么时候都行。"

驻地长官礼貌但稍显窘迫地微笑着，走开了。他回到"屯堡"他自己的住处。艾伦·库珀给他的印象不那么讨人喜欢，但他是个公平的人，知道仅以一面之交就下结论未免有失公正。库珀看上去有三十来岁，瘦高个儿，脸色灰黄，没有半点血色。这是一张索然无味的脸。他有一个大大的鹰钩鼻，一双蓝眼睛。他还没走进孟加拉式平房，就摘下遮阳帽，掷给一个小跟班。这时，沃伯顿先生注意到他的大脑壳，覆盖着一层短短的褐色头发，与之相比，下巴过于弱小，不太相称。他穿着卡其布短裤、卡其布衬衫，但是又破又脏；那顶破旧的遮阳帽也有些日子没洗了。沃伯顿先生想到，这个年轻人在沿岸航行的蒸汽船上呆过一个礼拜，此前四十八个小时还一直躺在普拉胡帆船的舱底。

“他过来用晚餐时，我再看看他是什么样儿。”

他走进自己的房间，房间里的东西都摆放得井井有条，就像他有一个英国仆从一般。他脱了衣服，下楼来到浴室，用凉水冲浴。他向气候所做的唯一妥协是穿上一件白色的无燕尾的礼服；除此之外，浆过的衬衫、高领、丝袜和漆皮鞋一样不缺，衣着正式得就像在蓓尔美尔街①上的俱乐部就餐。他是个事必躬亲的东道主，他走进餐厅查看餐桌是否布置妥当。兰花盛开着，银制餐具闪着光。餐巾叠成精致的形状。银制烛台里的带罩蜡烛发出一片柔光。沃伯顿先生微笑着表示赞许，回到起居室等候他的客人。过了片刻，库珀出现了。他穿着卡其布短裤、卡其布衬衫，外头是他上岸时穿着的破烂不堪的夹克。沃伯顿先生表示问候的笑容在脸上凝固了。

“呼喂，你穿得山青水绿的，”库珀说，“我都不知道你打扮成这样。我本想穿条纱笼就来的。”

“没关系。我知道你们年轻人都很忙。”

“你没必要为了我穿得这样正式，你知道的。”

---

① 蓓尔美尔街（Pall Mall），伦敦大街名，以其绅士俱乐部闻名。可能源于17世纪一种名为 paille maille 的铁圈球游戏。

“不，没有。我总是穿戴整齐之后才来就餐的。”

“哪怕是你一个人的时候？”

“特别是我一个人的时候，”沃伯顿先生说道，目光冷峻。

他从库珀的眼神里发现一丝讪笑的意味，于是气得脸都红了。沃伯顿先生是个性情暴烈的人；你可以从他的外表看出他好斗的性格，他那张红红的脸，那渐次发白的红棕色的头发，那暴怒时会充血发红的、冰冷而警觉的蓝眼睛。可他又是一个见过世面的人，他希望做到公正。他必须尽力与这个家伙和平相处。

“我在伦敦的时候，我们那个圈子里的人都觉得，每天晚上用餐，要是不穿戴整齐，就好像每天早上不洗澡一样的古怪。来到婆罗洲以后，我觉得没有任何理由不继续保持这个良好的习惯。战争期间，整整三年，我连一个白人都没见过。只要我能来用餐，我是从来不放过穿正装的机会的。您到这个国家的时间不长，相信我，如果想要维持您本身应有的自豪感，这个办法是再好不过了。一个白人，哪怕稍微有一点屈服于他周围环境的影响，他就会很快丧失自尊，而一旦丧失了自尊，那就可以肯定，当地人也很快不再尊重他。”

“话是这么说，可要是你指望我在这种大热天穿着浆过的衬衫和高领，恐怕你会失望的。”

“如果您在自己的孟加拉式平房里用餐，那随您的便，您想怎样都行。但是如果您肯屈尊与我共进晚餐，恐怕您会同意说：只有按照文明社会的要求穿戴整齐，才是礼貌的表现。”

两个腰里围着纱笼、头戴宋谷帽①的马来男仆走了过来，他们身穿整洁的白色外套，外套上还钉了黄铜纽扣，一个提着果子酒，另一个托着一只盛有橄榄和海蜓的托盘。随后，沃伯顿先生和库珀走

① 宋谷帽(Songkok)，马来亚和印尼的一种椭圆形无边帽。

进去用餐。沃伯顿先生吹嘘说,他的厨师是个中国人,是全婆罗洲最棒的,他不辞辛苦,即使条件再困难,也会尽量做出可口的饭菜。他在充分利用原材料方面,也动足了脑筋。

“您是否有意看一看菜单?”他一边说着,一边把菜单递给库珀。

菜单是用法文写的,各种菜肴都有响亮的名称。那两个男仆在一旁伺候。房间的另一头还有两个男仆,他们挥动着硕大的扇子,好让室内闷热的空气流动起来。菜肴很是铺张,香槟也是上等的。

“你每天都像这样吃饭吗?”库珀问。

沃伯顿先生不经意地瞥了一眼菜单。

“我看不出这顿晚饭和平日里有什么区别,”他说。“我自己吃得很少,但是我每天晚上必须要有一顿像样的饭菜。这样可以让厨子不荒废厨艺,对仆人们也是很好的锻炼。”

谈话在艰难中进行。沃伯顿先生竭尽待客之礼,或许是因为他的同伴为此感到不好意思,他感到了一丝略带恶意的好玩劲儿。库珀在森布卢①还没住上几个月,所以沃伯顿先生问起他在吉所罗的朋友的情况,这个话题很快就枯竭了。

“顺便问一下,”过了一会儿,他问道,“您见过一个叫亨纳利的小伙子吗?我想他最近挺出名的。”

“噢,是啊,他是个警察。一个俗气的暴发户。”

“我很难设想他会是那种人。他的叔叔巴勒克拉夫爵士是我的朋友。前几天我还收到巴勒克拉夫夫人的来信,让我去找他哩。”

“我听说他和什么人有点儿关系,我猜他就是那样子弄到工作

① 森布卢(Sembulu),可能是作者虚构的地名。

的。他在伊顿①和牛津上过学,他总是忘不了跟人炫耀这点历史。"

"您真让我吃惊,"沃伯顿先生说。"他的家族都是伊顿和牛津出来的,这都有好几百年历史了。我觉得他对此事应该是处之泰然的。"

"我觉得他是个可恶的假正经。"

"那您是在哪儿求学的呢?"

"我出生在巴巴多斯②,在那儿上的学。"

"哦,明白了。"

沃伯顿先生在他简短的回答中透露出的鄙薄之意,让库珀闹了个红脸。他沉默了半晌。

"我从吉所罗收到了两三封信,"沃伯顿先生继续说道,"我的印象是,年轻的亨纳利是个成功人士。大家公认他是一流的运动好手③。"



"噢,是啊,他很受欢迎。他是那种在吉所罗很吃香的类型。我其实不太喜欢一流的运动好手。说到底,高尔夫或网球玩得比别人好,又有什么大不了的?谁又在乎他能在台球桌上连续打出七十五分来呢?他们英国人把这种事情看得未免太重了点儿。"

"您这么看吗?我的印象是,一流的运动好手打起仗来,可一点也不比其他人差呀。"

"哦,要是谈起打仗,那我可是最有发言权的。我跟亨纳利在一个团里呆过,告诉你吧,那儿谁都瞧不起他。"

"您怎么知道?"

---

① 伊顿(Eton),又称伊顿公学,英国最著名的贵族中学。

② 巴巴多斯(Barbados),拉丁美洲国家名,原为英殖民地,1966年宣布独立,成为英联邦成员国。

③ 运动好手(sportsman),在这里指贵族。英国上流社会经常在周末出去打猎、玩高尔夫或网球等,以显示自己的贵族身份。

“因为我也是其中一员呢。”

“哦,可您没有军衔哪。”

“我哪有什么机会得到军衔哪。我是所谓的殖民地居民。没上过公学,也没有影响力。我在军队里那会儿,真他妈的不是人过的日子。”

库珀眉头紧皱。他似乎很难控制自己的嘴巴不蹦出几个骂人的词儿。沃伯顿先生审视着他,小蓝眼睛眯缝起来,他审视着他,心里全都明白了。他转换话题,开始跟库珀谈起可能需要他去从事的工作。钟敲十下时,他站起身。

“好吧,我不再留您了。我想旅途之后您一定很累了。”

他们握了握手。

“哦,对了,”库珀说,“我想你是不是可以给我找个男仆。我前头那个男仆,在我从吉所罗过来之前就跑掉了。他把我的行李拿到船上就没影儿了。直到我们的船开到海上,我才知道他没上船。”



“我要问一下我的那个仆役长,他肯定能为您物色到一个。”

“好吧。叫他把仆人带过来就行,只要他长得还好,我就会把他留下。”

天上有月亮,不需要打灯笼。库珀穿过“屯堡”回到自己的孟加拉式平房。

“我真不明白他们为什么要给我派这么个家伙过来?”沃伯顿先生思忖着。“要是他们还要派这种家伙过来,我是很不喜欢的。”

他在自己的花园里散步。“屯堡”建在一座小山的顶上,园子一直延伸到小河的岸边,岸上有一个凉亭。他有个习惯,就是饭后走到那里,抽一支方头雪茄。经常地,从他下面的河面上会传来一些说话声,那些怯生生的马来人不敢在大白天里说的话,或是一声抱怨或者责骂,轻柔地飘送进他的耳朵;那些在切切私语中披露给他的一点信息,或一个有用的暗示,要不是他坐在这儿,绝对不会进入他官方的视野。他重重地坐进一把长藤椅。库珀!这个满怀嫉妒、没有教养的家伙,傲慢无礼、狂妄自大、倔强自负。但沃伯顿先生的怒气抵挡不住这沉静幽美的夜色。凉亭入口处的一棵树上开出的花朵把空气熏得甜丝丝的,还有萤火虫隐隐约约地闪烁着,晃晃悠悠地在空中跳着银色的舞蹈。月光在开阔的河面上为湿婆的新娘①那轻快的步履铺出一条道来,在远处的河岸上,一排棕榈树以天空为背景衬出精致的剪影。平和与宁静悄悄地渗透到沃伯顿先生的内心。

沃伯顿先生是个古怪的人,他有过一段奇特的经历。二十一岁时,他继承了一笔相当可观的遗产,十万英镑。离开牛津后,他就尽情享受着一个出生于良好家庭的年轻人在那个年纪(如今沃伯顿先生已经五十有四了)所能享受的放荡生活。他在芒特街②上有自己的寓所,有私人马车,在沃里克郡有自己的狩猎小屋。他走遍了上流人士云集的各种场所。他英俊、风趣、慷慨。九十年代③初期,他在伦敦社交界也算是个人物,而当时的社交界依然是壁垒森严,也还没有失去它的光环。震撼社交界的布尔战争④是出人意料的事情,摧毁社交界的一次大战也只是悲观主义者的一种预言。在那个时代,一个阔绰的年轻人是无忧无虑的,每当进入社交季节,沃伯顿先生家里的壁炉架上就堆满了请帖,都是请他出席各种各样的重大宴会的。他展示这些请帖,心里洋洋自得。因为沃伯顿先生是个势



---

① 湿婆的新娘(Siva's bride),湿婆是印度教神话中的最高神之一,其新娘指乌摩,又称雪山女神,象征光明、美丽。
② 芒特街(Mount Street),伦敦的高级住宅区。
③ 九十年代,这里指1890年代。
④ 布尔战争(Boer War),1880—1902年英国人与布尔人为争夺南非殖民地而进行的两次战争。所谓布尔人是指荷兰、葡萄牙、法国殖民者的后裔。

利鬼。他不是那种胆怯的势利鬼,不会受到更加优越的人的影响而感到些许羞愧,也不是那种跟在政界有声望或在艺术界声名大噪的人套近乎的势利鬼,他也不是那种见钱眼开的势利鬼;他是个彻头彻尾的、不掺水分的标准势利鬼,对有权有势的贵族怀着由衷的热情。他敏感而易怒,但他宁愿被贵族冷落,也不愿被平民恭维。他在伯克编的《贵族名册》①中处于很不起眼的地位。他在谈话中会巧妙地提到某个贵族世家,然后说他和这个世家有一层远亲关系,但却只字不提他母亲那一支的老实巴交的利物浦工厂主,可事实上,他正是因为他母亲(出嫁前的姓氏叫格宾斯)的关系才获得了他那笔遗产。看他运用这些谈话技巧,真叫人叹为观止。要是在考斯②或者阿斯科特③那一类地方,他正和一位公爵夫人甚至一位皇家贵族周旋时,那些亲戚中的一个声称认识他,那对他的上流社会生活可真是一件恐怖的事情。

他的缺陷是显而易见的,所以他很快就声名扫地,不过,他花钱大手大脚,倒使他的缺陷并不完全令人鄙视。那些受他崇拜的上流人士都嘲笑他,但是扪心自问,他们也未必认为他的崇拜不是发自内心的。可怜的沃伯顿确实是个恶心的势利鬼,但不管怎么说,他也是个好人。他总是乐意为一个不名一文的贵族付账,而且要是你陷入绝境,他准会借给你一百英镑。他会用好菜好饭招待你。他的惠斯特牌④打得很烂,但是如果牌友都是上等人,他就不在乎输掉多少。他逐渐变成了赌徒,但总是运气不好,但他是个上品的输家,

① 伯克编的《贵族名册》(Burke's Peerage),联合王国的贵族系谱,最初由爱尔兰系谱学家约翰·伯克(1787—1848)于1826年编成。
② 考斯(Cowes),英格兰南部海港城市,以帆船比赛著称。
③ 阿斯科特(Ascot),英格兰地名,在伯克郡,以赛马会著称。
④ 惠斯特牌(whist),流行于18、19世纪的一种英国纸牌游戏,共52张牌。玩法与桥牌相似,通常有四个玩家,二对二。

他一次输掉五百英镑而依然能够镇定自若,这不由得让人心生敬意。他对纸牌的热情程度,不亚于他对贵族头衔的热情,而这正是他失败的原因。他过着奢靡的生活,可他在赌桌上的损失却大得惊人。他开始越赌越大,起初是赌马,接着是投资于证券交易所。他的性格中带有一点质朴,而那些无耻之徒就把他当作一个单纯的猎物。我不知道他是否意识到他的那些精明的朋友在背后讥笑他,但我觉得他有一个模糊的直觉,他必须装得根本不在乎他那些钱。于是他落到了放债人的手里。三十四岁那年,他破产了。

他在那个阶层的精神世界里浸淫太久,这使他面临下一步抉择时变得犹豫不决。像他那样的人,在花完所有的钱之后,通常都会跑到殖民地去。没人听到沃伯顿先生有过一声抱怨。他不抱怨,因为一个贵族朋友曾经做过一个灾难性的预测,他不要求任何一个向他借钱的人还钱,自己还了债(或许他并不知道,那正是他血液里利物浦工厂主的那些卑琐因素起了作用),不向任何人求助,尽管在他一生中从没干过一点儿活,他还是努力寻求谋生的出路。他依然是那么开朗、无忧无虑、充满幽默。他不希望因为他絮叨自己的不幸往事,使那些恰好跟他在一起的人感到不快。沃伯顿先生是个势利鬼,但他也是个绅士。



只有一次,他向多年以来他一直陪伴左右的上流社会的朋友中的一个开口求情,那是请他写个推荐信。那个帮忙的朋友当时正好是森布卢的苏丹,是他给沃伯顿先生提供了现在这个职位。启航之前的那个晚上,他最后一次在俱乐部里用餐。

“我听说你要走了,沃伯顿,”赫里福德老公爵对他说。

“是啊,我要去婆罗洲。”

“上帝啊,你去那里做什么?”

“哦,我破产了。”

“是吗？我很遗憾。好吧，要是你回来了，可一定要通知我们。希望你过得愉快。”

“噢，那当然。那里有许多打猎的机会，你知道的。”

公爵点点头走开了。几个小时之后，沃伯顿先生眺望着英国的海岸线渐渐隐没到迷雾之中，他已经远离那些他认为值得为之生活的一切。

从那以后已经过去二十年了。他和多名贵妇人保持频繁的书信往来，他的信总是写得逗趣而亲切。他一直没有丧失对名门贵族的热情，密切地关注《泰晤士报》上那些贵族行踪的报导，尽管要到报纸出版六个礼拜之后他才能收到。他总是仔细阅读报纸上记录出生、死亡和婚姻的专栏，也总是随时准备发出他的恭贺和吊唁的信函。那些图文并茂的报纸让他了解到那些人的相貌，这样当他定期回英国去的时候就能捡起那些线索，认识那些可能在社交界崭露头角的一张张新面孔，仿佛那些线索从来没有中断过。他对于上流社会的兴趣丝毫不亚于他置身其中的时候。对他而言，那些依然是这个世界上唯一要紧的事情。

然而不知不觉地，另一种乐趣进入了他的生活。他现在的职位满足了他的虚荣心；他不再为博得上流人士的笑脸而溜须拍马，他现在是主人了，他的话就是法律。他对于在他经过时举枪致敬的迪雅克士兵警卫队十分满意。他喜欢坐在公堂上，替那些与他共同生活的人们主持公道。调解那些势力相当的首领之间的争执，对他来说是一件愉快的事情。从前，每当拿敌人的首级作战利品的土人滋扰生事时，他就会亲自出征讨伐他们，并为此感到自豪。他虚荣心太强，所以他勇猛无比。他曾经单枪匹马冲进一个四周围着栅栏的村子，向一个嗜血成性的海盗劝降，那份镇定自若，一时传为佳话。他已经是一个处事干练的长官。他严格、公正、诚实。

渐渐地，他开始深深地爱上了马来人。他对那里的风俗习惯很感兴趣。他们的交谈从来不会叫他厌烦。他赞赏他们的美德，而对于他们的恶行，他会报之以微笑或耸耸肩膀，表示谅解。

"想当年，"他会说，"我和英国的一些最上流的绅士过从甚密，但要论起绅士风度，我还从来没见过比某些出身良好的马来人更好的呢。和这些人做朋友，我感到自豪。"

他欣赏他们的礼节和高贵举止，他们的憨厚与热情。他本能地清楚该如何对待他们。他对他们怀有真诚的温柔之情。但他一刻也没有忘记自己是个英国绅士，对于屈从于当地风俗的白人，他是无法容忍的。他自己是绝不屈服的。他也没有去效仿众多的白人，讨个土著女人做老婆，这类事情虽说是入乡随俗，无可厚非，但对他来说不仅是令人震惊的，而且有失尊严。一个曾经被威尔士亲王阿尔伯特·爱德华唤作乔治[①]的人，是断然不可以跟一个土著人有什么瓜葛的。这一次，当他结束他的英国之旅返回婆罗洲之后，他却感觉如释重负。他在英国的朋友和他一样都不再年轻了，新的一代都把他看成是一个讨厌的老家伙。看起来，如今的英国已经失去了许多他年轻时在英国所热爱的风采。但是婆罗洲却一如既往。现在这里成了他的家。他打算尽量延长他的任期，而在他的内心深处，他希望最好在他死之前不要被人逼着退休。他立下遗嘱说，无论今后他死在哪里，希望自己能被带回森布卢，埋葬在他深爱的人民中间，耳畔能听到江河的潺潺流水声。

但是他的这份情感并没有溢于言表；没有一个人，面对这位整洁、健壮、精心装扮的男人，还有他那刮得干干净净的有力的脸庞，他那渐次花白的头发，会想到他拥有如此深沉的情感。

① 乔治是沃伯顿的名；威尔士亲王以名相称，是表示关系亲近。

他知道驻地分署的工作该如何运作，接下来的几天，他满腹狐疑地关注着他的助手。很快，他就发现这个助手吃苦耐劳，而且十分能干。在他身上他发现的唯一缺点，就是他对待土著人非常粗暴。

“马来人天生害羞，而且非常敏感，”他对助手说道。“我想您会发现，要是您更有礼貌，多点耐性，待他们更友善一些，事情会进展得更顺利。”

库珀发出一阵短促而刺耳的笑声。

“我出生在巴巴多斯，整个战争期间我都在非洲。我懂得该怎么和黑鬼打交道，不用人教。”

“我倒不太懂，”沃伯顿先生讥讽地说道。“但我们不是在说黑鬼，我们是在说马来人。”

“他们不是黑鬼么？”

“您太无知了，”沃伯顿先生回答道。

他不再吭声了。

库珀到这里以后的第一个礼拜天，沃伯顿先生邀请他来吃晚餐。他在礼节上极为周到，虽然他们前一天还在办公室里见过面，而且六点钟，他们还在“屯堡”的廊台上一起喝过杜松子酒和苦啤酒，但他还是请男仆给库珀的孟加拉式平房送去一封彬彬有礼的请帖。库珀虽然不太情愿，但还是穿着晚礼服到场了。沃伯顿先生对于自己的愿望得以实现颇为自得，但也注意到这位年轻人的衣服裁剪得很差，衬衫也不合身，不免有点儿轻蔑。但是沃伯顿先生那天晚上的心情很好。

“忘了跟您说了，”他握着他的手说道，“关于您的仆人，我跟我的仆役长说过了，他推荐了他的侄子。我见过他，看上去挺机灵，也很勤快。您想见见他吗？”

“无所谓。”

“他在等着呢。”

沃伯顿先生叫来他的男仆，吩咐把仆役长的侄子带过来。不一会儿，来了一个高高瘦瘦的二十来岁的年轻人。他有一双大大的黑眼睛，长相还好。他的衣着非常洁净，一条纱笼、一件小白褂子，头戴一顶紫红色天鹅绒制成的非斯帽①，顶上没有缨带。他的名字叫阿巴斯。沃伯顿先生用赞许的眼光看着他，当他用流利地道的马来语同年轻人说话时，他的态度在不知不觉中变得柔和了。他常常以讥讽的态度对待白人，但是对马来人，他的态度却是优越感和亲切的巧妙杂糅。他的身份相当于苏丹。他很清楚怎样才能既保住自己的尊严，又让土著人感到自然。



“您看他还可以吗？”沃伯顿先生转向库珀说道。

“可以，我敢说他跟其他人一样也不过是个混蛋。”

沃伯顿先生告诉那个男仆他被雇用了，就打发他走了。

“您很幸运，能得到这样一个男仆，”他对库珀说。“他的血统很好。他们是近一百年前从马六甲过来的。”

“我并不介意给我擦鞋、送饮料的仆人有没有贵族血统。我只需要他听我的使唤，而且做得干净利落。”

沃伯顿先生噘着嘴，没有回答。

他们走进餐厅去吃饭。晚餐很丰盛，葡萄酒也非常好。这很快就对他们起了作用，他们这时的交谈已经没有了刻薄的成分，甚至可以说颇为友好了。沃伯顿先生平时就吃得不错，而礼拜天晚上则习惯比平时吃得再好一点。他开始觉得自己对库珀并不公平。当

① 非斯帽(fez)，地中海沿岸某些国家的男子所戴的红色毡帽，圆筒形，通常顶部饰有黑色的缨带。

然,他不是个绅士,但那不是他的过错,当你跟他混熟以后,就会发现他其实是个挺不错的小伙子。他的缺点可能只是在举止上。毫无疑问,他干起活来是不差的,迅速、认真、周到。当晚餐进行到甜点的程序时,沃伯顿先生感觉到自己对全人类都充满了仁慈。

"这是您到这儿的第一个礼拜天,我想给您尝一瓶非常特别的波尔图葡萄酒①。现在我只剩下大约两打了,是为特殊场合预备的。"

他命令男仆去拿酒,一会儿,酒拿来了。沃伯顿先生看着男仆把酒瓶打开。

"这是我从一个老朋友查尔斯·霍林顿那里搞到的。这些酒在他那儿就已经藏了四十年,后来我又藏了好多年。霍林顿以拥有全英国最好的酒窖而闻名。"

"他是个卖酒的商人吗?"

"不完全是,"沃伯顿先生微笑着说道。"我说的是莱格城堡的霍林顿勋爵。他是英国最富有的贵族之一。跟我相识很久的老朋友。我和他兄弟是伊顿的同窗。"

这是沃伯顿先生绝对不会放过的好机会,他讲述了一件小小的轶事,其唯一的目的似乎就是想说他认识一个伯爵。波尔图葡萄酒真的很好;他喝了一杯,接着又喝了一杯。此前的矜持一扫而光。他已经好几个月没有跟一个白人说过话了。他开始讲故事。他尽情表现自己当初跟上流社会混得有多熟。听他说话,你会以为曾几何时,那些政府部门的设立或者那些政策的决定,都是由于他在一位公爵夫人耳朵里吹进一些建议,或是在晚餐桌上抛出一些想法,

① 波尔图葡萄酒(port),一种原产于葡萄牙的葡萄酒。波尔图为葡萄牙西北部港口城市。

然后由君主的机要顾问满怀感激地照章执行的。阿斯科特、古德伍德①和考斯的旧时光再一次在他心里复活了。再来一杯波尔图葡萄酒。然后是他每年都去的在约克郡和苏格兰召开的盛大的家庭派对。

“当时我有个贴身男仆,我管他叫‘领班’,他是我用过的最好的仆从。你知道他为什么不干了吗?要知道,在‘管家的食堂’里,贵妇人的侍女和贵族的侍从是根据他们自己主人的身份入座的。他对我说,他对接二连三地参加那种派对烦透了,因为我是他们当中唯一的平民,这就意味着他总是坐在餐桌的最末一个,等到碟子里的菜传到他跟前的时候,好的部分都被挑走了。我把这件事情告诉了赫里福德老公爵,他当场叫了起来。‘我对上帝发誓,先生,’他说道,‘要是我当上英国国王,就为了给你的仆从一个机会,我也一定要封你为子爵。’‘您留下他吧,公爵,’我说。‘他是我用过的最好的仆从。’‘好吧,沃伯顿,’他说,‘要是您觉得他很好,那我也一定会觉得他很好的。把他带来吧。’”

后来就是沃伯顿先生和费奥多尔大公在赌城蒙特卡洛,两人搭档,在一个晚上让庄家倒闭的故事;再后来就是马伦巴。在马里昂巴德,沃伯顿先生和爱德华七世一起玩巴卡拉②纸牌。

“当然,那时候他还只是威尔士亲王。我记得他对我说,‘乔治,你要是再投五块钱下去,你连衬衫都要输掉了。’他说得对,我觉得那是他这一辈子说过的最灵验的话了。他非常优秀。我一直认为他是欧洲最伟大的外交家。可我那时候年轻,很傻,只把他的话当作耳旁风。要是我听了他的话,要是我没有再投下五块钱,我敢

---

① 古德伍德(Goodwood),英格兰地名,在西苏塞克斯郡,以赛马会著称。
② 巴卡拉(baccarat),又称“百家乐”,一种流行于欧洲赌场、通常由三人玩的纸牌游戏。

说,我今天就不会在这儿了。”

库珀注视着他。他那双棕色的眼睛深深地陷在眼窝里,冷峻而傲慢,嘴角上挂着一丝嘲讽的微笑。他在吉所罗就已经听说过不少有关沃伯顿先生的事情。算不上坏人,他们都说,他把他那个地区治理得井井有条,只可惜啊,他就是太势利了!他们嘲笑他,但都是出于善意的,因为像他那样慷慨、亲切的人物,要让人讨厌也是不太可能的,而且库珀也早就听说过威尔士亲王和巴卡拉纸牌那些赌博故事了。但是库珀在听的时候并没有宽容的想法。他从一开始就痛恨这位驻地长官的作风。他非常敏感,沃伯顿先生对他既有礼貌又带嘲讽,这让他痛苦不堪。沃伯顿先生有一种本领,如果他不赞同别人的说法,他会报之以压倒一切的沉默。库珀几乎没有在英国住过,而且对英国人特别反感。他尤其厌恶那班公学的学生,因为他总是害怕他们会对他盛气凌人。他非常讨厌别人在他面前摆架子,于是就先发制人,先把自己装成一副难以容忍的傲慢的样子。



“嗯,不管怎么说,战争总算替我们做了件好事,”他终于开了腔。“它摧毁了贵族的势力。布尔战争起了个头,到 1914 年世界大战时就大局已定了。”

“英国的贵族家庭恐怕都没有指望了,”沃伯顿先生像一个法国大革命时期流亡国外、依然怀念着路易十五的宫廷的贵族一样,用那种自满而忧郁的口吻说道,“居住在奢华宫殿的那种开销已经没人能负担得起,而他们那王侯将相的待客之道也将烟消云散,化作一抹记忆啦。”

“照我看,那真是他妈的太好了。”

“我可怜的库珀,那些‘昨日希腊的光荣,和往昔罗马的辉煌’①,

① 这两句引自爱伦·坡的诗《致海伦》。

您哪里会知道呢?"

沃伯顿先生摆出一个宏大的姿势。一时间,他的眼睛变得迷蒙起来,仿佛眼前呈现出一派往昔的景象。

"好啦好啦,说真的,那些腐朽的玩意儿我们早就腻味了。我们要的是商人管理的商人政府。我出生在一个英国直辖的殖民地,事实上我一辈子都住在殖民地。什么贵族不贵族的,在我看来一文不值。英国人的问题是,他们都太势利了。要说是什么人最惹我生气,那就是势利鬼。"

势利鬼!沃伯顿先生的脸气得发青,眼里迸出怒火。那是个跟随了他一辈子的字眼儿。他在年轻的时候,总乐于混迹于贵妇人的上流社会,她们虽然不至于把他对她们的赞赏看得毫无价值,但是那些贵妇人有时候也会失态而骂人,沃伯顿先生自己就不止一次被她们羞辱过。他知道,他当然知道,那些可恶的人管他叫势利鬼。真是太不公平了!凭什么?在他看来,世界上最令人憎恨的邪恶就是势利。说到底,他喜欢和自己那个阶层的人相处,只有和他们在一起才有归属感,看在上帝的分上,谁能说那就是势利呢?物以类聚,人以群分嘛。

"我完全同意您的观点,"他回应道。"所谓势利鬼,就是别人的社会地位比他高,他就恭维或鄙弃别人的那种人。这是我们英国中产阶级最鄙俗的缺点。"

他看见库珀的眼睛里闪过一丝得意。库珀用手捂住嘴巴,以掩饰自己咧嘴大笑的样子,结果使他的笑更惹人注意了。沃伯顿先生的手有点儿颤抖。

库珀可能永远也不知道他已经大大地得罪了他的上司。虽然他本人是个敏感的人,但是很奇怪,他对别人的感受却十分木讷。

他们的工作要求他们不得不在白天的某些时候有几分钟的会

面。早上六点，两人要在沃伯顿先生的廊台上喝点儿酒。这是沃伯顿先生从英国本土带来的雷打不动的老式传统。但他们分头用餐，库珀在他自己的孟加拉式平房，而沃伯顿先生则在“屯堡”。工作结束后，两个人会散步直至暮色渐沉，但他们分头散步。这块地方只有几条小路，丛林就紧紧挨着村子的种植园，而当沃伯顿先生远远望见他的助手迈着散漫的步子走过来时，他就会绕个圈子，免得碰上他。库珀的坏脾气，他的志得意满，还有他的小气已经让他很不舒服，但要说到让驻地长官开始对他恨之入骨，那就不得不提到库珀来驻地分署几个月后发生的那桩事情。

有一次，沃伯顿先生因公要到乡下去巡察。他把驻地分署交给库珀打理，心里十分笃定，因为他认定库珀是一个能干的助手。他唯一不喜欢他的地方就是这人没有宽容心。他诚实、正直，也很能吃苦，但是对土著人缺乏同情心。这个人认为自己绝不比任何人差，同时又认为这么多人都不如他好，这一点让沃伯顿先生感到既痛恨又好笑。他很严厉，没有耐心去倾听土著人的想法，甚至有点儿蛮横。沃伯顿先生很快就意识到马来人不喜欢他，害怕他。对此，他倒并没有感到完全不满意。要是他的助手享有超出他的声誉，他反而不会十分开心。沃伯顿先生做了一番精心准备，踏上旅程，三周之后，他回来了。在此期间，邮包也寄到了。他走进起居室，首先闯入他的眼帘的是那一大摞摊开的报纸。库珀见过他之后，他们一起走进房间。沃伯顿先生转向身后的一个仆人，严厉地质问那些打开的报纸是什么意思。库珀赶紧解释。

“我想读一下有关沃尔弗汉普顿谋杀案的新闻，就把你的《泰晤士报》借过来看了看。我已经把它们都放回去了，我想你应该不会介意。”

沃伯顿先生转向他，气得脸色惨白。

“我很介意。我介意得很。”

“真是抱歉，”库珀说道，神情自若。“其实，我就是等不及你回来再看了。”

“我怀疑是否连我的信都被你拆开看了。”

库珀仍然无动于衷，对上司的恼怒报以一笑。

“哦，那可不是一回事儿。不管怎样，我无法想象你会介意我看你的报纸。那里面又没有什么隐私。”

“我绝不容许任何人在我之前阅读我的报纸。”说着，他走近那堆报纸。堆在那儿的差不多有三十张报纸。“我认为你这么做是极其无礼的。它们都乱成一团了。”

“很容易就能把它们按顺序排好，”库珀一边说，一边凑到桌子跟前。



“不要碰它们，”沃伯顿先生叫了起来。

“你为这么点小事就大惊小怪的，未免太幼稚了吧。”

“你竟敢这样跟我说话？”

“见你的大头鬼吧，”库珀说完，冲出了房间。

房间里只留下沃伯顿先生一个人，他激动得浑身发抖，怔怔地瞅着他的报纸。他人生的最大乐趣就这样被那双冷酷、残暴的双手给摧毁了。大多数远离家乡的人在收到邮包时都会急不可耐地扯开包装，拿起最后一份，首先看一眼来自家乡的最新消息。可沃伯顿先生并不这样。他的报刊经销商会在包装纸上注明每一份报纸派发的日期，当整卷报纸到沃伯顿先生这里时，他会看一遍这些日期，然后用蓝色的笔标上序号。每天早晨，他的仆役长要负责将一份报纸和他的早茶一块儿放在廊台上。啜一口茶，再慢慢拆开报纸卷，阅读晨报，这是沃伯顿先生特殊的乐趣。这让他产生一种幻觉，以为自己身在故乡。每个礼拜一的早晨，他会阅读六个礼拜之前的礼拜一的晨报，整个礼拜的每一天都按这种程式度过。礼拜天他会读《观察家》。就好像他盛装出席晚餐一样，这是与文明社会保持联系的纽带。使他感到自豪的是，不论新闻多么令人激动，他从来不会被诱惑驱使，在指定的时间之前打开报纸。在战争期间，那种悬念有时会令人无法忍受。有一次，当他读到军队开始推进的时候，他就经历过那种悬念的煎熬，而实际上，只要简单地打开架子上等待他阅读的下一份报纸，就可以将他从那种煎熬中解脱出来。这是他经历过的最严峻的考验，但是他最终战胜了它。而现在那个拙劣的笨蛋就这样拆开了包装得如此紧密的报纸，就因为他想知道一个臭女人是否谋杀了她的那个烂丈夫。

沃伯顿先生打发他的男仆去拿一些包装纸。他把报纸尽量卷紧，给每卷报纸裹上包装纸，然后在每卷上都加上序号。但这是一件令人感伤的事情。

“我绝不会原谅他，”他说，“绝不会。”

当然，他的男仆在旅途中一直跟随着他，他每次出差都带着他，因为他的男仆知道他的喜好，而沃伯顿先生也不是那种在丛林中旅行就会打算放弃享乐的人。但是在他们回来之后的一段时间里，他时常到仆人的宿舍里去聊天。他听说库珀和他的男仆们有些麻烦。除了那个叫阿巴斯的年轻人，其他人都离开了他。阿巴斯也想走，可因为当初是他叔叔听从驻地长官的命令才让他干了这份差事，没有他叔叔的允许，他不敢走。

“我跟他说他做得很好，老爷①，”男仆说。“但他很不高兴。他说，这个人家不好，他想知道自己可不可以走，因为其他人都走了。”

“不，他一定要留下来。老爷必须有仆人伺候。那些走掉的人

① 原文是 Tuan，马来语。

有人补缺吗?”

“没有,老爷,没人愿意去。”

沃伯顿先生皱起了眉头。库珀是一个傲慢的傻瓜,但他好歹是个官员,必须配备合适的仆人。他的住处没有打理好,总有些不太妥当。

“那些男仆跑到哪儿去了?”

“他们都呆在村子里,老爷。”

“今天晚上去看看他们,跟他们说,我希望他们明天一大早就回到库珀老爷的住处。”

“他们说他们不会去的,老爷。”

“要是我命令他们去呢?”

这个男仆跟从沃伯顿先生有十五年了,他熟悉主人的每一种语音语调。他不是怕他,他们在一起经历了太多事情,有一次在丛林中,驻地长官救了他的命,另一次在急流中翻了船,多亏了他,驻地长官才没有淹死,但他很清楚什么时候必须毫无异议地遵守驻地长官的命令。



“我这就到村子里去,”他说道。

沃伯顿先生估计他的助手会在第一时间为自己的无礼道歉,但库珀具有那种缺乏教养的人在道歉方面所特有的迟钝;当他们第二天早晨在办公室碰面时,他压根儿就没提起那件事情。由于沃伯顿先生离开过三个礼拜,他们这次会面有必要延长点时间。会面结束后,沃伯顿先生表示他可以走了。

“我想没什么事了,谢谢。”库珀转身就走,但沃伯顿先生叫住了他。“听说你和你的男仆之间有些麻烦。”

库珀发出一阵刺耳的笑声。

“他们想勒索我。他们都无耻地逃跑了,除了那个无能的家伙阿巴斯——他知道在什么地方日子好过——可我就是按兵不动。他们现在都乖乖地回来了。”

“你这话是什么意思?”

“今天早上他们都各就各位了,那个中国厨子,还有其他所有人。他们装模作样,搞得好像他们是那里的主人。我猜他们在想,我毕竟不像看起来那么蠢吧。”

“完全不是那么回事儿。他们回来是因为我明令要求他们这么做的。”

库珀的脸微微红了。

“你能不能行行好不要干涉我的私事?”

“他们可不是你的私事。你的仆人们逃跑会让你显得很可笑。你想被当成笑料,随你的便,可我不能容许你被当成笑料。你的住处不配备合适的人员是很不妥当的,所以当我听说你的仆人都离你而去的时候,我就要求他们天一亮回到自己的岗位上去。只有那样才行。”



沃伯顿先生点了点头,表示会面结束了。但库珀没有理睬他。

“你想知道我做了些什么吗? 我把他们叫过来,然后把他们那帮人全都他妈的解雇掉了。我限他们十分钟滚出院子。”

沃伯顿先生耸了耸肩。

“你就那么肯定还能找到别人?”

“我已经叫自己人去找了。”

沃伯顿先生沉思了片刻。

“我认为你的行为很愚蠢。将来你就会明白,好的主人造就好的仆人。”

“您还有其他什么货色可以赐教的?”

“我倒想教你一点为人之道,但是恐怕会很费劲,我又没有太多的时间可以浪费。我倒想看看你是怎样找到仆人的。”

“请你不要太过操心我的事情。我完全能够找到。”

沃伯顿先生酸溜溜地一笑。他隐约感觉到库珀厌恶自己，就像自己厌恶库珀，而且他也知道要被迫接受一个厌恶的人的帮忙，是再别扭不过的了。

“让我提醒你一句，你在这里找一个马来仆人或中国仆人，不会比找一个英国管家或法国厨师的机会更大。除非我下命令，没有人会来。要不要我下个命令呢？”

“不。”

“那就随便吧。再会。”

沃伯顿先生幸灾乐祸地关注事态的发展。库珀的职员没法劝说任何一个马来人、迪雅克人或中国人踏进这样一个主人的宅子。阿巴斯，那个勉强留在他身边的男仆，只知道烹制土著人的食物；库珀，一个不太挑剔的食客，看到那永远不变的米饭就想呕吐。没有挑水的伙计，而天又热得要命，他每天都得冲好几次凉。他对着阿巴斯怒骂，但阿巴斯总是以沉默表示反抗，而且只做他愿意做的事。那家伙留下来，只是因为驻地长官坚持要这么做，他知道这件事之后感到很别扭。这种情况持续了两个礼拜，有一天早上，他发现先前被他赶走的那些仆人又重新出现在他的住处。他突然间怒火中烧，但这一次，他学乖了点儿，一声不吭，让他们留了下来。他忍受着屈辱，可是他对沃伯顿先生那些癖好所怀有的难以克制的轻蔑，逐渐转化为默默的仇恨；驻地长官的恶意攻击，让他成为所有土著人的笑柄。

这两个人如今是井水不犯河水。以前，他们尽管并不喜欢对方，但还是坚持和六点钟出现在驻地分署里的某个白人一起喝酒，现在他们打破了这个由来已久的习惯。两人各自生活在自己的住处,好像另一个人压根儿就不存在。由于库珀正忙于事务,他们在办公室里就自然没有什么接触了。沃伯顿先生会派一名勤务兵将消息通报给他的助手,而他的指示则通过正式信函传达。虽然他们经常碰面,那是不可避免的,但是一周之内互相交流也不会超过五六句话。事实上,他们无法避免看到对方,这使他们彼此都感到十分紧张。他们被这种对立的局面折磨着,而沃伯顿先生在每天的例行散步途中,除了想着如何憎恨自己的助手,没法去思考任何其他事情。

可怕的是,他们这种互相敌对的状态,很可能会维持到沃伯顿先生离任的那一天。那样的话,大概需要三年时间。他没有理由向总部抱怨,因为库珀工作干得很出色,而且那时也很难找到人手。不错,他听到过一些含糊的抱怨,土著人反映说库珀的性格粗暴。土著人当中确实已经滋生了一些对他的不满情绪。但是每当沃伯顿先生具体调查一桩案子的时候,他所能说的无非就是,在原本可以温柔一点的时候,库珀显得非常严厉,他无动于衷,换上自己也许会表现出一点同情。他所做的一切还够不上被人指责。但是沃伯顿先生在关注着他。仇恨常常会使人增强眼力,他怀疑库珀在指使土著人干活的时候毫不体恤,但又不超越法律的界限,因为他觉得用这种方法可以激怒他的上司。也许总有一天,他会失去控制。没有谁比沃伯顿先生更加清楚,那漫长的燥热会使人变得多么急躁,而经过一个不眠之夜,要保持自控有多么困难。他暗自轻声笑了笑。库珀迟早会自己落到他的手心里。

机会终于来了,沃伯顿先生放声大笑。库珀负责管理囚犯;他们铺路、建造大棚,在普拉胡帆船往上游或下游去的时候还要拉纤,他们负责镇子的清洁,还有其他用得着他们的事。要是表现得好,他们还有可能会当上家仆。库珀让他们不停地忙活。他喜欢看他们劳作。他饶有兴致地想出一些活来让他们去干;这些囚犯很快就发现自己干的活是没有意义的，于是开始磨起洋工来。作为惩罚，他延长他们的劳动时间。这是违反规定的，沃伯顿先生听说这件事之后，没有向他的助手了解情况，就直接下令按原来的劳动时间下班；库珀出去散步时，发现囚犯们走回牢房休息，很是惊讶；他本来是命令他们不到天黑不许收工的。他问看守是怎么回事儿，看守告诉他那是驻地长官的命令。

他气得脸色发白，大步向"屯堡"走去。沃伯顿先生身着一尘不染的白色帆布裤，头戴整洁的遮阳帽，拄着手杖，牵着狗，正预备开始他的午后散步。他早就看见库珀出去，也知道他走的是河边那条路。库珀跳上台阶，径直冲到驻地长官面前。

"我要你解释你这该死的家伙为什么撤回我的命令，让囚犯们不到六点就收工，"他叫嚣着，怒气冲天。



沃伯顿先生瞪大了他那双冷冰冰的蓝眼睛，一副大为吃惊的神情。

"你脑子有问题吗？难道你不知道该用什么语气跟你的上司说话吗？"

"见你的大头鬼吧。犯人归我管，你无权干涉。你管你的事，我管我的事。你让我丢尽了脸面，我想知道你究竟想干什么。这里所有人都会知道是你撤回了我的命令。"

沃伯顿先生十分镇定。

"你没有权力下达那种命令。我撤回它是因为它过于苛刻和残暴了。其实呢，与其说我让你丢了脸面，还不如说是你自己让自己丢了脸面。"

"打从我来这儿那天起，你就瞧不上我。你为了让我在这儿日子不好过，可真是费尽了心思啊，就是因为我不愿拍你的马屁。你对我恶意中伤，就是因为我不愿奉承你。"

库珀满腔愤怒，不停地说着，已经接近危险的边缘，而沃伯顿先生的眼神突然变得更加冰冷，射出刺骨的寒光。

“你错了。我原以为你是个无赖，可是我对你的工作还是十分满意的。”

“你这个势利鬼，该死的势利鬼。你认为我是个无赖，只是因为我没有上过伊顿。是啊，我在吉所罗的时候就有人告诉我在这儿会遇上个什么样的人。哼哼，难道你不知道在这整个地区人家都在笑话你吗？当你告诉我那个威尔士亲王的著名故事时，我简直连肠子都要笑出来了。我的上帝啊，他们大呼小叫地在俱乐部里讲你这个故事。看在上帝的分上，我宁愿做我这样的无赖，也不愿做你那样的势利鬼。”

他戳到了沃伯顿先生的痛处。

“你马上给我从这房间里滚出去，否则我揍扁了你，”他叫喊道。

对方反倒凑得更近，还把他的脸朝他扬着。

“来啊，来啊，”他说，“上帝作证，我倒要看看你怎么揍扁我的。想不想再听我说一遍？势利鬼。势利鬼。”

库珀比沃伯顿先生高出三英寸，肌肉发达，年轻力壮。沃伯顿先生体形肥胖，而且已经五十四岁了。他抡起了攥紧的拳头。库珀抓住他的胳膊，把他朝后一推。

“你这该死的笨蛋，别忘了我可不是什么绅士。我知道怎么用手打人。”

他发出一阵呼哨声，灰白而削尖的脸上露出奸笑，然后从廊台的台阶上一跃而下。沃伯顿先生感到怒不可遏，心都要从胸腔里跳出来了，他乏力地倒在椅子上。他浑身刺痛，好像生了痱子一样。他突然感到一阵恐惧，觉得自己都要哭出来了。但是猛然间，他意识到他的仆役长正站在廊台上，于是他出于本能地恢复了自控。男仆向他走过来，给他倒了一杯威士忌加苏打水。默默地，沃伯顿先生接过杯子，一饮而尽。

“你想对我说什么？”沃伯顿先生问道，从抽搐的嘴唇上挤出一丝笑容。

“老爷，那位助手老爷是个坏人。阿巴斯又提出要离开他。”

“让他再等一等。我会给吉所罗写封信，申请把库珀老爷调走。”

“库珀老爷待马来人不好。”

“退下去吧。”

男仆安静地退下了。沃伯顿先生独自陷入了沉思，眼前浮现出吉所罗的俱乐部。夜色降临，身穿法兰绒上衣的男人们不得不结束高尔夫和网球比赛，到这里聚会，他们围坐在窗前的桌子边，喝着威士忌和果子酒，一边说着威尔士亲王和他自己在马里昂巴德的著名故事，一边纵声大笑。他臊得满脸通红，内心痛苦不堪。一个势利鬼！他们都认为他是个势利鬼。他一直都把他们当成是好人，尽管他们的地位也不过区区二流，可他一直都像对待绅士一样待他们，在礼数上一点不差。现在他恨他们。但他对他们的痛恨，比起他对库珀的痛恨来，就微不足道了。要是他们俩真的打起来，库珀很可能会把他揍得够呛。屈辱的泪水从他那又红又胖的脸上淌下来。他在那儿坐了好几个小时，一支连一支地抽着雪茄烟，感觉生不如死。



终于，那个男仆走回来，问他是否要换一身衣服去用晚餐。当然！他总是穿戴整齐去用餐的。他艰难地从椅子上爬起来，穿上他的浆过的衬衫和高领。他坐在那张装点漂亮的餐桌前，像往常一样，由两个男仆伺候着，另外两个摇动手中的大扇子。而在另一边，两百码开外的地方，在一个孟加拉式平房里，库珀穿着一条纱笼和一件长袖衫，正吃着一顿脏兮兮的晚饭。他打着赤脚，吃饭的时候，他很可能会读一本侦探小说。晚餐之后，沃伯顿先生坐下来写信。苏丹不在，于是他就以私人身份给苏丹的代表写了一封密函。库珀工作干得很好，他说，但是他们相处得不太融洽。他们彼此都感到十分苦恼，因此他恳请代表能够开恩，将库珀调到别的分署去工作。

次日早晨，他派专人把信送了过去。两个礼拜之后，回信和当月的邮包一起寄到了。这是一封私人便笺，全文如下：

亲爱的沃伯顿：

我不想用公函回复你的来信，所以我亲自提笔，给你写上几句话。当然，如果你执意坚持，我也可以把这件事情提交给苏丹，但是我想你还是不要这样固执为好。我了解库珀，他是一块需要雕琢的玉。他很能干，而且在战争中吃了不少苦头，我觉得你应该给多他一点机会。我认为你有点儿过于看重一个人的社会地位了。你要知道，时代变了。当然，一个人要能成为一个绅士，是一件好事，但是如果他有能力，又吃得起苦，那就更是一件好事了。我想如果你多一点耐心，就一定会和他相处融洽。

你真诚的

理查德·坦普尔

信纸从沃伯顿先生的手上滑落。言下之意已经很明显了。迪克·坦普尔[1]，这个他认识了二十年的人，迪克·坦普尔，一个家境

① 迪克（Dick）是理查德（Richard）的昵称。

阔绰的乡绅的后代,觉得他是一个势利鬼,由于这个原因,他没有耐心倾听他的请求。沃伯顿先生突然对生活失去了信心。他曾经生活过的那个世界已经成为过去,而未来属于更加平庸的一代。库珀就是这个时代的代表,而他对库珀恨之入骨。他伸出手,想把酒杯加满,他的仆役长见到这个手势,立刻走了上去。

"我不知道你在那儿。"

男仆捡起公函。哦,他就是为了这个才候在一旁。

"库珀老爷会走吗,老爷?"

"不会。"

"那么会出事情的。"

一时间,由于疲倦,他没有听出这话里有话。但那只是一会儿。他从椅子上坐起来,盯着那个男孩,警觉起来。



"你这是什么意思?"

"库珀老爷待阿巴斯不好。"

沃伯顿先生耸了耸肩。像库珀这样的人怎么会懂得如何对待仆人呢?沃伯顿先生了解这种人:前一分钟还亲密无间,后一分钟就粗暴无礼。

"让阿巴斯回到他家人身边吧。"

"但是库珀老爷怕他逃跑,扣了他的工钱。他已经三个月没给他工钱了。我告诉他,要有耐心。但他很生气,不听人劝。如果老爷还是这样虐待他,就一定会出事情的。"

"你把这件事告诉我很对。"

笨蛋!难道他对马来人无知到这个地步,以为他可以随意欺侮他们吗?要是他被马来人从背后用曲刃短剑刺死,那真是死得其所。一把曲刃短剑。沃伯顿先生的心脏似乎停了一拍。他只要任由事态发展下去,总有一天,他会永远摆脱库珀。"以静制动"——

当这个词语掠过他脑际时，他微微一笑。这时，他的心跳加快了，他看见那个让他痛恨的人，正脸朝下倒在丛林的小路上，背上插着一把刀。这是那个无赖恶棍应得的下场。沃伯顿先生叹了口气。他有责任警告他，他当然必须这么做。他给库珀写了一封很短的正式信函，让他立刻到"屯堡"来一趟。

十分钟之后，库珀站在他的面前。自从沃伯顿先生差点打他之后，他们就再没有说过话。此刻，他也没有让库珀坐下。

"你想见我？"库珀问道。

他的样子邋里邋遢，很不整洁。脸上和手上都是被蚊子咬的小红包，而且被他挠出了血。他那瘦削的长脸上一副闷闷不乐的神情。

"我听说你和仆人们又闹了点不愉快。阿巴斯，我的仆役长的侄子，抱怨说你克扣了他三个月的工钱。我认为这种做法太专横了。他想离开你，我当然不能责备他。我必须坚持要求你把他该得的工钱付给他。"

"我不想让他离开。我克扣他的工钱，是为了保证他能够规规矩矩。"

"你不了解马来人的脾性。他们对于伤害和嘲弄非常敏感。他们很容易激动，报复心很强。我有责任警告你，如果你把这个男仆逼到一定份儿上，你会非常危险。"

库珀发出轻蔑的一笑。

"依你看，他能把我怎么样？"

"依我看，他会杀了你。"

"你是过分操心了吧？"

"哦，我才不操这份心呢，"沃伯顿先生回答道，报以淡淡的一笑。"我会以最坚强的意志忍耐这一切。但我觉得应该给你一个正式的警告，这是我的职责所在。”

“你以为我会怕一个该死的黑鬼？”

“这件事跟我毫不相干。”

“好吧，让我告诉你，我知道怎么照顾自己；那个男仆阿巴斯是个肮脏的小偷、流氓，他要是胆敢跟我玩什么把戏，上帝作证，我就拧断他的狗脖子。”

“我想跟你说的就是这些，”沃伯顿先生说，“好自为之吧。”

沃伯顿先生向他微微一点头，打发他走。库珀脸一阵红，一时间不知道该说什么、该做什么，他转过身，跌跌撞撞出了房间。沃伯顿先生注视着他离开，嘴唇上凝着一层冰冷的笑意。他已经仁至义尽了。但他没有想到，当库珀回到自己那个死气沉沉的孟加拉式平房时，一阵悲凉和凄苦袭上心头，他顿时失去了控制，猛地扑倒在自己的床上。痛苦的抽泣撕裂了他的胸膛，眼泪从他瘦削的脸颊上扑簌簌地掉下来。要是沃伯顿先生看到这幅场景，又会作何感想呢？

在那以后，沃伯顿先生就很少见到库珀，也从不跟他说话。他每天早上阅读《泰晤士报》，在办公室里办公，锻炼身体，穿戴整齐去就餐，在河边抽他的方头雪茄烟。要是他碰巧见到库珀，他会装着没看见。尽管他们每时每刻都意识到对方近在咫尺，可行动起来却仿佛对方并不存在。时间无法削减他们之间的仇恨。他们互相关注对方的行动，也知道对方在干些什么。虽然沃伯顿先生年轻时热衷于打猎，但是随着年纪的增长，杀死丛林里的野生动物开始有点儿让他反感。但是库珀就不同了，只要是礼拜天和节假日，他就会带上枪去打猎；要是他有所收获，那是对沃伯顿先生的示威；要是没有收获，沃伯顿先生就会耸耸肩，暗自发笑。这帮站柜台的伙计还想当上流社会的运动好手呢！圣诞节对这两个人来说都很难熬：他们单独吃饭，各自呆在自己的住处，而且喝得烂醉。在方圆两百英里以内,他们是仅有的两个白人,又住得那么近。年初的时候,库珀发高烧,沃伯顿先生再次见到他时,他那副消瘦的样子使他大为震惊。他看上去病怏怏的,憔悴不堪。那份孤独,由于并非必要而显得更不自然,使他精神上备受折磨。那份孤独同样折磨着沃伯顿先生,使他经常彻夜难眠。他躺在床上,但却是醒着,思虑重重。库珀酗酒成瘾,几乎到了不可收拾的地步;但是他在跟土著人打交道的时候,却十分小心地避免做出可能被他上司指责的任何事情。他们在沉默中进行着一场生死搏斗。这是一场耐力的考验。几个月过去了,双方都没有显出缓和的迹象。他们就像两个永远居住在黑夜里的人,他们的灵魂由于知道黎明永远不会降临,所以备受压迫。看起来,他们的生命将处于这阴森恐怖的仇恨的氛围之中,直到永远。

于是,当那不可避免的事情终于来临之际,沃伯顿先生还是十分震惊,似乎从来没有想到过。库珀指责那个男仆阿巴斯偷了他几件衣服,男孩不承认,库珀就拎着他的后脖子,把他踢下了孟加拉式平房的台阶。男仆向库珀索要工钱,库珀劈头盖脸给了他一顿辱骂,并且告诉他,要是他不在一个小时之内滚出院子,他就要把他交给警察。第二天一早,库珀去办公室,男孩在"屯堡"外面堵住了他,再次向他索要工钱。库珀握紧了拳头,朝他脸上抡去。男孩倒在地上,当他爬起来时,鲜血从鼻子里流了出来。

库珀只管自己走到办公室,准备开始工作。但他无法集中心思。因为揍了人,他稍稍消了点火,但他知道自己做得有点儿过分。他有些担心。他感到郁结、苦恼和气馁。旁边的办公室里就坐着沃伯顿先生,他有一种冲动,想跑去告诉他刚才发生的事情;他在椅子里动了一下,可他知道沃伯顿会用怎样的冷嘲热讽来听他讲述这桩事情。他可以想见他那副傲慢的笑容。有那么一会儿,他有点儿不安，害怕阿巴斯会有些什么举动。沃伯顿的警告是对的。他叹了口气。他真是个笨蛋！但他又不耐烦地耸了耸肩。他不在乎；他要活着去干好多事情呢。这都是沃伯顿的错；要是他不惹他，这种事情就不会发生。沃伯顿从一开始，就把他的生活搅得一团糟。这个势利鬼。但是天下乌鸦一般黑：因为他是殖民地的居民。他在战争中没能混上个军衔，这真是奇耻大辱；他跟任何人相比都不算差呀。他们都是一批肮脏的势利鬼。他要是现在讨饶了，那才叫丢人呢。当然沃伯顿肯定会有所风闻；这个老恶棍什么都知道。他才不怕呢。他根本就不怕婆罗洲的任何马来人，叫沃伯顿去死吧。

他猜得没错，只要出了事，沃伯顿不会不知道。他在吃午餐的时候，他的仆役长告诉了他。

“你侄子现在上哪儿去了？”



“我不知道，老爷。他已经走了。”

沃伯顿先生沉默了半晌。按照惯例，午饭后他会小睡片刻，但是今天，他发现自己没有一点儿睡意。他的眼睛情不自禁地转向库珀正在休息的那座孟加拉式平房。

这个白痴！沃伯顿先生的脑子里迟疑了片刻。难道这个人不知道自己正面临着什么样的危险吗？他觉得应该派人去找他过来谈谈。可是每次他试图跟库珀争论时，他总是让他难堪。愤怒，潮水般的愤怒，突然从沃伯顿先生的心里涌出，他太阳穴上的青筋暴起，拳头也攥得紧紧的。这个无赖已经得着警告了。现在就让他恶有恶报吧。这和他已经没有关系，即使发生什么意外，也不是他的过错。说不定，吉所罗那边还会后悔没有采纳他的提议，把库珀调到别的驻地分署去呢。

那个夜晚，他感到有些异样的心神不宁。用过晚餐之后，他在廊台上来回踱步。男仆刚要离开他回自己的住处时，沃伯顿先生问他是否有关于阿巴斯的新消息。

“没有，老爷，我想他可能回到他舅舅的村子里去了。”

沃伯顿先生向他投去凌厉的一瞥，男仆正好看着地上，没有和他的眼神对上。沃伯顿先生走下坡道来到河边，坐在他的凉亭里。但他的内心无法平静。河水在不祥中默默地流淌。它像一条巨蛇慵懒地向大海游去。丛林里的沉沉树影低悬在水面上，也好像因恐惧而屏住了呼吸。没有一声鸟鸣。没有一丝微风撩动肉桂树的叶子。他周围的一切似乎都在等待着什么。

他穿过花园向大路走去。从那里可以看到库珀的孟加拉式平房的全景。他的起居室里点着灯，从路那边飘过来拉格泰姆[①]的音乐声。那是库珀在放他的留声机。沃伯顿先生打了个寒颤；他一直无法克服对那种机器的与生俱来的厌恶。要不是这一点，他完全可以走过去跟库珀说两句话。他转过身，回到自己屋里。他读书一直到深夜，最后睡着了。睡着没多一会儿，他就开始做起噩梦，他似乎被一声叫喊惊醒了。当然，那肯定也是一个梦，因为从他的房间里是听不到任何叫喊的——譬如从孟加拉式平房那边传来的叫喊。直到黎明时分，他都没有合上眼。随后，他就听到急促的脚步声和说话声，他的仆役长一头撞进他的房间，连非斯帽也没戴上，沃伯顿先生的心都提到嗓子眼了。

“老爷，老爷。”

沃伯顿先生从床上跳下来。

“我马上就来。”

他穿上拖鞋，穿上纱笼和睡衣，穿过自己的院子，走进库珀的院子。库珀躺在床上，嘴巴大张着，一把曲刃短剑刺穿了他的心脏。

① 拉格泰姆(ragtime)，美国的一种早期爵士音乐。

他在睡梦中被人刺杀了。沃伯顿先生感到震惊,他感到震惊并不是因为此情此景让他始料未及,而是因为他感到从未有过的狂喜。他肩头那副沉重的担子终于卸下了。

库珀已经浑身冰冷。沃伯顿先生把曲刃短剑从伤口里拔出来,短剑刺得太深,他费了好大劲才把它拔出来,然后端详了一番。他认出来了。这是几个礼拜前一个商人说要卖给他的,他知道后来被库珀买下了。

“阿巴斯在哪儿?”他厉声问道。

“阿巴斯在他舅舅的村子里。”

当地警署的警官此时正站在床脚边。

“带上两个人到村子里去,把他抓回来。”

沃伯顿先生立即采取了必要的行动。他板着面孔发布命令,言辞简短,不容置疑。然后他回到“屯堡”,刮好脸,洗完澡,穿戴整齐,走进餐厅。在他的餐盘边上,《泰晤士报》卷在包装纸里等候他开启。他吃了点水果。仆役长给他倒茶,第二个仆人递给他一碟子鸡蛋。沃伯顿先生吃得津津有味。仆役长伺候在一旁。

“有什么事吗?”沃伯顿先生问道。

“老爷,我的侄子阿巴斯整个晚上都呆在他舅舅家里。有人可以证明。他的舅舅发誓说,他整晚都没有离开过村子。”

沃伯顿先生转过身,皱起眉头望着他。

“库珀老爷是阿巴斯杀的。你和我都很清楚。必须主持公道。”

“老爷,你不会绞死他吧?”

沃伯顿先生犹豫了片刻,虽然他的声音还是坚定的,但眼神已经发生了变化。马来人很快就察觉到这一细微动作,并报之以理解的眼神。

“他捅了一个很大的娄子。必须对阿巴斯判处监禁。”沃伯顿先生停顿了一下，抹上一层果子酱，说，“等他在监狱里服刑一段时间，我会让他到我这儿来做男仆。你可以负责培训他。我敢说，他在库珀老爷那里学了不少坏习惯。”

“阿巴斯应该自首吗，老爷？”

“那应该是一个明智的做法。”

男仆退下了。沃伯顿先生拿起他的《泰晤士报》，细心地撕开包装。他喜欢展开那厚重的、沙沙作响的纸张。早晨如此新鲜、清凉，如此赏心悦目，他不由得将视线转到花园外面，投去温柔的一瞥。现在他终于如释重负。他将报纸翻到公布出生、死亡和婚姻的专栏。那总是他最先浏览的部分。一个他熟识的名字引起了他的注意。奥姆斯柯克夫人终于生了个儿子。天哪，老夫人该多高兴啊！他要在下一批邮件中给她发去一份贺电。

阿巴斯会成为一个非常好的家仆。

库珀这个笨蛋！

## 环境的力量

她坐在廊台上，等着丈夫回家吃午饭。早晨的凉爽一过，她的马来仆人就把遮帘放下了。这时，她把垂下的遮帘掀起一角，想眺望一下河上的景色。中午的太阳火烧一般，河上泛起一层死灰色。一个马来土著人划着一只独木舟从河上经过，那只独木舟很小，刚露出水面一点儿，几乎看不见。天空呈现出白茫茫的一片，这种色调只是表明其炎热的程度不同而已。（这有点儿像在小调上奏出的一支东方乐曲，重复着相同的旋律，令人烦躁；听众们急切地等待着和谐的旋律出现，但只是徒劳。）蝉不停地发出尖利的叫声，像溪水在乱石上流过，发出连续、单调的声响。突然，一阵嘹亮的鸟叫声淹没了蝉鸣，那叫声婉转悦耳；一时间，这触动了她的心弦，使她想起了英格兰的画眉。



这时，她听见自己丈夫的脚步声从孟加拉式平房后面那条石子路上传来，那条路直接通往法院，他就在那儿办公。她从椅子上站起来迎他。他飞快地跑上那段不太长的台阶，因为这座小屋高出地面，下面用木桩支撑着。仆人在门口恭候他，接过他的遮阳帽。他走进他们那间兼作起居室和餐厅的房间，一眼望见她，眼里闪出喜悦的光芒。

"哎，多丽丝，饿了吧？"

"都快饿瘪了。"

"我去洗个澡，回头就吃饭。"

"快点吧，"她微笑着说。

他钻进了更衣室。多丽丝听见他欢快地吹着口哨，然后把衣裤脱下,随手扔在地板上。这种大大咧咧的样子,经常受到她的批评。他都二十九岁了,还像个中学生样的,总是长不大。可她对他情有独钟,没准还就是为了这一点,因为她即使再有激情,也不至于认为他是个俊男吧。他是个矮个子,体形圆鼓鼓的,长着一张圆月似的红脸,一双蓝眼睛。他的脸上满是粉刺。有一回,她仔细地观察过他,最后只得跟他说了句实话:他的长相没有哪一点值得赞扬。她还说,他根本就不是自己的菜。

他笑着回答说:“我也没说过自己是个俊男呀!”

“真不知道我看上了你的哪一点。”

当然,她心里是十分明白的。他是个快活、乐观的小伙子,对什么事情都不是一本正经的,整天嘻嘻哈哈的。有时他还会逗她开心。他觉得生活是件有趣的事情,没必要搞得那么严肃,而他的微笑是迷人的。跟他在一起,她觉得幸福快乐、心情舒畅。他那双快活的蓝眼睛里流露出来的柔情蜜意打动着她的心弦。能得到这份爱情,她感到心满意足。在他们的蜜月期间,有一回,她坐在他的膝头,捧着他的脸说道:

“你是个又矮又胖的丑男人,盖伊,可是你很迷人。我忍不住会爱你。”

说着,一阵激动的热流涌上她的心头,不禁泪水模糊了双眼。她发觉,盖伊的面庞一时间感动得抽搐起来,回答时的声音也有些颤抖。

“我跟一个智商有问题的女人结了婚,这真是一件可怕的事情。”

她咯咯地笑出声来。这正是她期待于他的独特的回答。

回想起来,九个月前的今天,她还没有听说过这个人,这简直令人难以置信。当时,多丽丝正和母亲在海滨的一个小镇上度假,为期一个月，于是他俩邂逅了。多丽丝是一名国会议员的秘书。盖伊则正值回家探亲。他们住在同一家旅馆，初次见面，盖伊就把自己的身世向她和盘托出了。他出生于森布卢，父亲在第二任苏丹手下工作了三十年。他中学一毕业就到父亲那个部门里工作。他做到了尽忠报国。

“毕竟，英国对我来说是异国他乡，”他对她说。“森布卢是我的家。”

现在，森布卢也是她的家了。当一个月的假期结束时，他就向她求了婚。她早就料到这一点，而且打定主意拒绝他。她母亲守寡，而她又是母亲的独生女，她不能离开母亲那么远，可是真到了那个时刻，她也不知道自己怎么了，只觉得一阵冲动，不由自主地接受了他的求婚。如今，他们在他管辖的那个小小的驻地分署里已经住了四个月。她感到非常快乐。



有一次，多丽丝向盖伊透露说，她原先是打定主意要拒绝他的。

“可你没有拒绝我，你现在后悔吗?”他问道，那双蓝眼睛里闪着光，满含着快活的笑意。

“我要是真的拒绝了你，那才叫傻呢。当时是命运之神，或许是机缘或者是别的什么，他们对我进行干涉，完全改变了我的决定，真是太幸运了!”

这时，她听到盖伊踩着响步，下楼去浴室。他这个人响动很大，即使光着脚走路也不会安静。突然，他大叫了一声。然后，他用当地土话嚷了几句，那是多丽丝听不懂的话。接着，她听到有人在跟盖伊说话，声音很低，像是切切私语一般。在人家去洗澡的时候拦着人家说话，那真是不像话。接着又传来盖伊的说话声，虽然声音很低，但她能听得出他很恼火。这时，另一个人的说话声提高了；那是个女人的声音。多丽丝猜想，她大概是来向他投诉的。马来女人总是那样偷偷摸摸地过来的。但她显然没有从盖伊那儿得到什么，因为她听见盖伊对她说“滚吧”。这句话她还是听得懂的。接着，她听见他闩上门。底下传来哗啦哗啦的水声，那是他往身上浇水（她觉得那里的洗浴设施很有趣：浴室在卧室下面，在地面上；里面放一大桶水，用一只小铅桶舀水往身上浇），两分钟后，他回到餐厅。他的头发湿漉漉的。他们坐下来吃午饭。

“好在我不是一个生性多疑、爱吃醋的女人，”她笑着说。“可是你在洗澡的时候不停地跟别的女人聊天，我不知道该不该连这个也赞成呢。”

他进屋的时候脸色阴沉，没有了往常的喜气，不过这会儿又活跃起来了。

“我真的很不情愿见到她。”

“这一点，我从你的话音里也听出来了。说实话，我觉得你刚才对那个年轻女子有些粗暴呢。”

“死不要脸的，居然那样拦着我！”

“她想干什么？”

“这个，我也不知道。她是那个村里的。或许是她跟老公吵了一架吧。”

“我怀疑她就是今天早上在这附近不停转悠的那个女人。”

他皱了皱眉头。

“有人在这附近转悠吗？”

“是的，早上我去你的更衣室收拾东西，然后下楼去浴室。我走下台阶时，看见有人溜出门去，我出门去察看，发现一个女人站在那儿。”

“你跟她说话了吗？”

“我问她想干什么，她说了几句话，但是我听不懂。”

“我不想看见那些闲杂人员在这儿晃悠，”他说，“他们没有权利到这儿来。”

他笑了，但是多丽丝凭着热恋中的女人所特有的敏锐的观察力，发现他的笑只停留在嘴唇上，不像往常那样，眼睛里也满含着笑意。她纳闷：究竟是什么事情让他烦恼呢？

“你今天上午一直在做什么？”他问。

“哦，没做什么，只是散了一会儿步。”

“到村子里去了吗？”

“是的。我看见一个男人把链子拴在猴子身上，让它到树上去摘椰子，把我吓坏了。”

“但是很好玩，对吗？”

“哦对了，盖伊，有两个小男孩在看猴子上树，他们的皮肤比别的孩子白得多。我想他们不会是混血儿吧，就上前跟他们说话，可他们一句英语也听不懂。”

“村里的确有那么两三个混血儿，”他回答说。

“是谁的孩子呢？”

“他们的母亲是村里的一个女人。”

“父亲呢？”

“哦，亲爱的，在我们看来，向别人打听这种事情是有点儿危险的。”他停顿了一下。“许多白人都有当地的老婆，等到他们回国或结婚的时候，就会给她们一笔生活费，打发她们回到原来的村里去。”

多丽丝默不作声。他说话时那种满不在乎的样子，在她看来似乎有点儿冷漠。在她应答时，她那张坦诚、开朗而漂亮的英国人的脸上，隐隐地露出一丝愠色。她又问道：

“可那些孩子怎么处理呢？”

"我敢肯定他们都获得了很好的赡养。父亲一般都会尽力提供足够的钱,让孩子们受到良好的教育。他们有些人还在政府机关当办事员呢;他们过得挺好的。"

她冲着盖伊苦涩地一笑。

"别指望我会说这种做法很好。"

"你也别太苛求了,"他也还她以一笑。

"这倒不是苛求。幸好你没有娶过马来女人,否则我会记恨的。没法想象,要是那两个小家伙是你生的该有多么可怕。"

男仆为他们换了餐盘。他们的食谱一向花样不多。他们每次吃午餐,第一道菜总是河鱼,淡而无味,因此需要放好多番茄酱,才能使鱼变得可口些;接着是炖肉之类的。盖伊在上面滴了些伍斯特风味的辣酱油。

"以前,老苏丹认为,这儿不适合白人妇女居住,"他接着说。"他倒是鼓励大家跟当地女孩子——同居。当然,现在情况都变了。现在这个国家相当平静,我们也更加懂得如何应付这里的气候了。"

"可是盖伊,说起那两个孩子啊,大的还不到七八岁,小的只不过五岁上下呀。"

"驻地分署的生活是很寂寞的。唉,你会连续六个月见不到另一个白人,那是常有的事儿。驻地分署里的人刚到这儿的时候,还都是小伙子呢。"他朝多丽丝露出迷人的微笑,那微笑给他那张平凡的圆脸增色了不少。"那是情有可原的,知道吧。"

她总是感到他的微笑里有一种不可抗拒的力量。那是他最有力的论据。她的眼神又变得温柔起来。

"当然是情有可原的,"她隔着小餐桌伸过手来,按着他的手。"能在你这么年轻的时候就得到你,我真是幸运。说句真心话,要是有人跟我说,你也有过那种生活经历,我会难过死的。"

他抓过她的手，捏了一把。

“亲爱的，你在这儿快乐吗？”

“简直乐开了花！”

她身穿亚麻布上衣，看上去非常凉爽、清新。炎热并没有给她带来烦恼。如果说她漂亮，那是因为她年轻，虽然她那双褐色的眼睛还算好看；然而，她大胆、开朗，这一点很讨人喜欢，而且她有一头黑色的短发，剪得整齐而光鲜亮丽。她给人以朝气蓬勃的感觉，而且让人确信，她为那位国会议员当秘书的时候一定非常称职。

“我一到这个地方就爱上它了，”她说。“尽管没人做伴儿，但我从来没感到过寂寞。”

当然，她早就读过一些关于马来群岛的小说，在她的印象里，那是一片暗黑色的土地，那里有凶险的大川，有寂静而无法穿越的丛林。当一艘沿海岸航行的小汽艇把他们送到河口的时候，那儿停泊着一艘由十几个迪雅克人驾驶的大船，准备把他们送到驻地分署去。一时间，她被眼前的美景惊呆了，那感觉不是惊恐，而是亲切。这景象充满了欢乐的气氛，是她从来没有想到过的，就像鸟儿在树丛里婉转地歌唱。河的两岸生长着茂密的海榄雌和聂帕榈，后面是郁郁葱葱的森林。极目远望，只见绵亘的青山，峰峦重叠，茫无边际。她丝毫没有感觉到局促和郁闷，在这广阔的天地间，可以任凭自己的遐想作快乐的遨游。阳光下，青山绿野发出熠熠的光辉，天朗气清，使人心旷神怡。这片仁慈的大地似乎在微笑着欢迎她的到来。



他们划着船桨，沿着河岸缓慢地行进，一对鸽子在他们头顶上空飞翔。忽然，他们眼前有一道闪光，像一颗天然的宝石，划过他们的航道。啊！原来是只翠鸟。两只猴子摇着尾巴，并排地坐在树枝上。在天地之间，开阔的河面上水气蒸腾，在河对岸的丛林后面，飘浮着一排纤细的白云，那是天空中仅有的云彩，看上去就像一队身穿洁白轻纱的芭蕾舞女，在后台紧张而兴奋地等待着帷幕升起，登台表演。多丽丝心中洋溢着幸福感；回想起当时那一幕，她禁不住用感激的、充满柔情的眼神望着自己的丈夫。

当时，他们布置自己的起居室时是多么有趣啊！起居室很大。她刚到的时候，地上铺着又破又脏的草席；还没有上漆的木板墙上，挂着（可惜太高了）皇家艺术协会印的凹版印刷画、迪雅克盾牌，还有帕兰刀。桌子上铺着颜色深暗的迪雅克土布，上面放着很久没有擦拭过的文莱铜器，还有空的烟盒和几件马来银器。屋里有一只粗糙的木书架，上面放着一些廉价版的小说和几本皮封面已经破烂的旧旅游书；另一只木架上堆满了空瓶子。这是个单身汉的房间，杂乱、无趣；她觉得好笑，但又不禁感到一阵悲悯。盖伊一直在这里过着枯燥、毫无乐趣的生活，想到这些，她搂住盖伊的脖子，吻了他一下。

"你这个小可怜儿，"她笑着说。

她的手十分灵巧，很快就把房间收拾得可以住人了。她整理这个，又整理那个，把不需要的东西都清理掉。她的结婚礼品使这个房间增色不少。现在，这里变得亲切而舒适了。玻璃花瓶里插着可爱的兰花，大花盆里种着一大丛花草。她感到无比自豪，因为这是她自己的家（从前她只住过简陋的公寓房），而且是她替盖伊把房间布置得如此温馨。

"你对我满意吗？"收拾完之后，她问他。

"还算满意，"他微笑着说。

这种刻意的轻描淡写的回答正合她的心意。他们之间是如此了解，这多么令人高兴啊！他们都羞于感情直露，即使偶尔有所流露，也是采用相互打趣的方式。

吃完午饭，盖伊躺在长椅上，想睡个午觉。她走向自己的房间。当她经过他身边时，他拉住她，让她弯下腰，吻了她的嘴唇，这让她有点儿惊讶。在大白天，他们从来没有随时拥抱亲吻的习惯。

“你肚子填饱了就变多情了嘛，我的乖宝宝。”她逗趣地说。

“走远点，至少两个钟头别让我看见你。”

“可别打呼噜哦。”

她走开了。他们那天一大早就起床了，所以没过五分钟就睡着了。

多丽丝被丈夫在浴室里的泼水声吵醒了。这座孟加拉式平房的墙壁就像是一块传声板，他们俩不论谁在隔壁做了什么，另一个都能听得见。她懒得动弹，听到仆人端着茶点进来，她便蹦了起来，跑进自己的浴室。水不太冷，凉丝丝的，令人感到惬意、清爽。洗完澡，她回到起居室，盖伊正把网球拍从拍夹里取出来，因为他们会趁傍晚的凉爽时分打一会儿网球。六点钟天就黑了。



网球场离住处大约有两三百米，他们用过茶点之后，急匆匆地赶到球场。

“唉，你看，”多丽丝说，“我早晨见到的那个女人，就站在那儿呢。”

盖伊迅速地转过身，眼睛盯着那个土著女人看了一会儿，没有作声。

“她的纱笼真漂亮啊，”多丽丝说。“不知道是从哪儿弄来的。”

他俩从她身边走过。她身材瘦小，长着她那个种族特有的乌黑亮丽的大眼睛，还有一头乌油油的黑发。他俩经过时，她站在那儿纹丝不动，神情异样地盯着他俩。这时，多丽丝发现，那个女人并不像她想象的那么年轻。她的五官比较肥厚，肤色黝黑，但看上去非常漂亮。她怀里抱着个婴孩。多丽丝看见那个小孩时露出一丝微笑，但那个女人的嘴唇凝然不动，并没有报以一丝笑容。她的脸上始终是木然的表情。她没有看盖伊，只是盯着多丽丝，而盖伊独自向前走着，似乎根本没看见那个女人。多丽丝转身对他说：

“那小孩儿真可爱呀！”

“哦，我没注意。”

对于他的表情，她感到迷惑不解。他脸色煞白，原本就让她触眼的那些粉刺，这会儿更是红得有点儿异常。

“你注意到她的手和脚了吗？简直就像个公爵夫人呢。”

“这儿的女人手脚都长得很好看，”他回答道，但是不像平时那样快活的样子；好像他在强迫自己说话似的。

但是多丽丝倒来了兴趣。

“她是谁，你知道吗？”

“她就是村里的一个女人而已。”



这时，他们已经到了网球场。盖伊走向前去查看球网有没有拉紧，回头望了一眼。那女人还是站在原地。两人的目光相遇了。

“我来发球好吗？”多丽丝问。

“好的，球都在你那边。”

盖伊打得糟透了。往常他让她十五分还能赢她，可今天，多丽丝很轻易就取胜了。今天他打球时一直默不作声。往常他总是吵吵闹闹的，从头叫到尾，失掉一个球就骂自己是笨蛋，打得她够不着就笑话她。

“你今天不在状态啊，小伙子，”她喊道。

“没有的事，”他说道。

他开始用力扣球，想打败她，可是球却一个接一个地落网。多丽丝从没见他像现在这样板过脸。莫非他因为球打得不好而发火？天黑了，他们收起球拍。他们来时经过的那个女人，现在还站在原地，他俩从她身边走过时，她还是那样神情木然地盯着他们。

廊台上的遮帘已经拉起，两张长椅之间的餐桌上放着瓶子和苏打水。这是他俩每天喝第一杯酒的时候，盖伊配好了两杯杜松子酒。在他们的眼前，那条长河无限地延伸，夜色逐渐降临，给对岸那一片丛林笼罩上一层神秘的色彩。一个土著人站在船头，无声地划着两支桨，沿河而上。

“我刚才打球的时候真是笨透了，”盖伊打破了沉默。“我有点儿不舒服。”

“你真可怜，你不会是发烧了吧？”

“哦，不会的，我明天就好了。”

黑暗笼罩在他俩的周围。青蛙在大声地叫着，不时还能听见夜鸟的几声短促的啾啾声。萤火虫闪烁着柔和的光，在廊台上飞来飞去，把廊台周围的树木装扮得像点上蜡烛的圣诞树。多丽丝好像听见盖伊的一声轻叹。这让她隐隐地感到有些不安。因为盖伊平时总是无忧无虑的。

“怎么啦，老伴儿？”她温柔地说道。“告诉妈妈。”

“没什么。再喝一杯吧。”他轻松地回答说。

第二天，盖伊又变得跟往常一样快活，邮件也送到了。海岸小汽艇每月两次经过河口，一次是去煤田的时候路过，另一次是返航的时候路过；小汽艇外出的那一次会顺便把邮件带过来，盖伊派小船到河口去取。他们的生活平淡无奇，小汽艇的到达会给他们增加一点新鲜感。头一两天，他们会把带来的所有邮件都浏览一遍，包括信件、英国的报纸、新加坡的报纸、书籍等，然后几个星期里再仔细地阅读。他们你争我夺地读着带插图的报纸。要不是多丽丝埋头看报，她或许会察觉到盖伊身上发生的变化。而且她会觉得这种变化难以形容，更难以解释。他的眼睛里充满了警觉，他的嘴角因担忧而微微下垂。

大约过了一个星期，一天早上，多丽丝坐在落下遮帘的房间里，正读着一本马来语语法书（她这段时间正在勤奋地学习马来语），听见院子里一片嘈杂声。她听见仆人正在怒气冲冲说着什么，另外还有一个男人的声音，大概是那个挑水夫，还有一个女人的尖利的叫骂声和拉拉扯扯的声音。多丽丝走到窗前，掀起遮帘，看见挑水夫正抓着一个女人的胳膊往外拉，而那个仆人正在用两手往外推她。多丽丝一眼就认出来，她就是那天早晨在院子里转悠，后来又在网球场外边站着的那个女人。她怀里紧抱着个婴儿。三个人都愤怒地叫嚷着。

"别吵了，"多丽丝喊了一声。"你们在干什么？"

听见她的声音，挑水夫立即松了手，但是那个女人还在被人推着，一下子跌倒在地上。院子里一下子安静下来。仆人阴沉着脸，望着天空。挑水夫犹豫了片刻，悄悄地溜走了。那个女人慢慢地爬起来，把孩子抱好，表情木然地站在那儿，盯着多丽丝。仆人对那个女人说了些什么，声音很轻，多丽丝即使听得懂也听不见。那个女人脸上毫无反应，根本不理睬他的话，独自慢慢地走开了。仆人跟着她走到院子门口。他走回来时，多丽丝叫他，但他装作没听见。她开始生气了，更加严厉地喝住了他。

"你给我马上过来！"她叫道。

突然，他避开多丽丝愤怒的目光，径直朝孟加拉式平房走来。进屋后，他站在门口。他板着脸望着她。

"刚才你们跟那个女人在干什么？"她粗声粗气地问。

"老爷说不让她到这儿来。"

"不准你们那样对待女人。我不允许！我要把刚才看见的事情如实地告诉老爷。"

仆人没有回答。他看着别处，但她能感觉到那个仆人正透过他长长的睫毛观察着她。她打发仆人走了。

“你下去吧。”

仆人一句话也没说，转身回到了仆人们的住处。她感到很气恼，不能继续集中精力学习马来语了。过了一会儿，仆人进来铺好桌布，准备吃午饭。忽然，他转身走向门口。

“怎么啦?”多丽丝问。

“老爷回来了。”

仆人走出去，接过盖伊的帽子。多丽丝还没听见盖伊的脚步声，仆人那双灵敏的耳朵就听见了。盖伊没有像往常那样立刻走上台阶；他在下面呆了一会儿，多丽丝马上猜出，仆人下去接他，是为了把上午发生的事情告诉他。多丽丝耸了耸肩。仆人显然是想抢先说出他的那个故事版本。可是盖伊进来时，她却吃了一惊。盖伊的脸色苍白。



“盖伊，到底是怎么回事儿?”

他的脸刷地一下红了。

“没什么事儿。怎么啦?”

她对此感到惊愕，原先准备要说的话都被噎回去了，眼看着他从身边走过，进到自己的房间。这一回，他洗澡和换衣服的时间比以往长，当他回来的时候，午餐已经准备好了。

“盖伊，”他们坐下来之后，她说，“我们那天看见的那个女人，今天早晨又来了。”

“我听说了，”他应声道。

“仆人们对她态度很粗暴。我不得不制止他们。你必须好好地跟他们说一下。”

那个马来仆人知道多丽丝在说什么，但他并没有表露出听见的样子。他把烤面包递给她。

“已经告诉过她不要来这儿了。我吩咐过,要是她再来,就把她赶出去。”

“他们能不能不对她那样粗暴呀?”

“她自己不肯走。我觉得他们那样粗暴是出于不得已。”

“看见一个女人那样被人欺负,真是太可怕了。她还抱着个婴儿呢。”

“已经不是婴儿了。都三岁了。”

“你怎么知道?”

“我对她了解得一清二楚。她根本没有权利到这儿来纠缠大家。”

“她想干什么?”

“她想干的就是她刚才干的事。她想捣乱呗。”



多丽丝一时没有再说什么。她对丈夫说话的口气感到惊讶。他的话语那么简短。他说话的样子,似乎这一切都跟她无关。她感到盖伊有点儿不通人情。他的情绪紧张,而且烦躁。

“今天下午我们恐怕不能打网球了,”他说。“我觉得我们会见到一场暴风雨。”

她醒来的时候正在下雨,出门是不可能了。喝午茶那会儿,盖伊没有说话,一副忧心忡忡的样子。多丽丝拿起针线,开始干活。盖伊坐下来,读起那些还没有从头到尾读过的英文报纸;不过他心绪不宁;他在宽敞的房间里来回踱步,然后走到门外的廊台上。他望着淅淅沥沥的雨。他在想什么?多丽丝隐约感到有些不安。

直到吃完了晚饭,盖伊才开始说话。他吃着并不丰盛的饭菜,竭力装得跟平时一样轻松愉快,但那份刻意是明显的。雨停了,夜空中布满星星。他们俩坐在廊台上。为了不招引虫子,他们把起居室里的灯熄了。在他们脚下，那条大河，虽然具有强大的力量，势不可当，但它平缓地流淌着，显得沉静、神秘而不祥。它像命运一般，从容不迫、冷酷无情，令人生畏。

“多丽丝，我想跟你说件事。”盖伊突然开口说。

他的声音听起来很怪。他无法让自己的声音保持平稳，莫非这是她的错觉？他痛苦得不能自拔，这使多丽丝感到有点儿难受，于是把手轻轻地放在他的手上。但他却缩了回去。

“这事儿说来话长。这不是什么光彩的事儿，我怕我很难说出口。我想请你不要打断我，什么也别说，等我说完。”

四周没有光亮，多丽丝看不清他的脸，但她能感到他面容憔悴。她没有答话。他的声音很低，几乎没有惊扰这黑夜的宁静。

“我到这儿来的时候才十八岁。那时候刚念完高中。我在吉所罗住了三个月，然后被派到森布卢河上游的一个驻地分署去了。当然，那里有一个驻地长官，还有他的夫人。我住在公署里，不过我常在他们家里吃饭，晚上跟他们在一起消磨时光。那段日子，我很开心。后来，长驻这个地区的长官生病了，只能回国。由于战争，我们人手不足，我就来到这儿接替他的职务。当然，我当时还很年轻，可我的马来语讲得跟土著人一样流利，当然也有点儿看在我父亲的分上。我能独当一面，感到非常自豪。”

他沉默了一会儿，把烟斗里的烟灰磕出来，重新装上了烟丝。他在划亮火柴的时候，多丽丝没有看他，但她感觉到他的手在发抖。

“在这以前，我从来没有独自生活过。在家的时候有父母，通常还会请一个仆人。到了学校，身边自然是一直有好友相随的。后来我离开英国，在船上的时候，身边一直是有人的，在吉所罗，甚至到我第一次上任的时候，也都是那样。那儿的人跟我们大家没什么两样。我像一直都生活在一群人中间。我喜欢跟人交往。我天生就喜欢说说笑笑的。我喜欢过愉快的生活。周围的一切都会让我高兴,可你总得有个说笑的对象吧。可是,这里的情况就不同了。当然,白天倒没什么;我有工作,可以和迪雅克人说话。尽管那时候他们还是拿敌人的首级做战利品的土人,也不时给我找点麻烦,但他们还是很讲义气的。我跟他们相处得很好。我当然是希望有个白人跟我吹牛的,可既然办不到,有那些土著人也聊胜于无,可能比别人还强点儿,因为他们并没有把我当外人看待。我也喜欢自己的工作。到了傍晚,就相当孤单了,我只能坐在廊台上,独自喝着杜松子酒和苦啤酒。但我可以看书,另外,周围还有仆人。我的仆人名叫阿卜杜尔。他过去认识我的父亲。我看书看腻的时候,只要叫他一声,我就可以跟他聊天。

“最难熬的是夜晚。晚饭之后,仆人们关上门窗就回村子里睡觉去了。只有我孤零零一个人。孟加拉式平房里,除了壁虎会不时发出沙沙声以外,没有一点响动。这种动物爬出来的时候一般是悄无声息的,所以总会吓我一跳。村子里时常会传来敲锣声或爆竹声。他们过得很愉快,他们住得离我不远,但我必须驻守在自己的岗位上。我看书看得厌烦了。我觉得自己比关在监狱里还难受。就这样,我度过了一夜又一夜。我尝试着一连喝三四杯威士忌,但独自一个人喝酒,虽乐犹苦,无法让我打起精神;这样反倒使我第二天更加萎靡不振。我尝试着吃完晚饭后立即上床,可我睡不着。我躺在床上,越躺着越烦躁,越想睡越清醒,最后自己也不知道如何是好。天哪,那几个夜晚,真叫是漫长哪!你知道,我当时情绪低落,时常自怨自艾——现在想起来真是好笑,可那个时候,我才十九岁半哪——有时候,我还会哭泣。

“后来,有一天晚饭之后,阿卜杜尔收拾好餐桌,正要离开的时候,轻轻地咳了一声。他问我一个人独自过夜是不是寂寞。我说,

‘呃，不，还好。’我不想让他知道我是个倒霉蛋，但我猜他心里全都明白。他站在那儿，一声不吭，我知道他有话要对我说。‘有什么事吧？’我说道。‘开口说话。’于是，他就问我是否想要一个女孩来跟我一起住，他知道有个女孩愿意来。那是个好女孩，他可以把她介绍给我。她不会给我添乱的，而且屋子里总得有个人来收拾。她还可以替我缝缝补补……我心里乱成了一团麻。雨下了一整天，我一点户外运动也没做。我知道又要失眠几个小时了。这事儿不会破费我很多钱，他说，她家里很穷，只要给点小礼物，他们就满足了。只要两百叻币。‘您看吧，’他说。‘要是您不喜欢，可以打发她走。’我问他那个女孩在哪儿。‘已经来了，’他说。‘我去叫她。’他朝门口走去。原来，女孩和她母亲一直在台阶上等着。她们走进屋子，就地坐了下来。我递给她们一些糖果。女孩有点儿害羞，但是相当镇定，我跟她说话时，她报之以微笑。她非常年轻，说她是个孩子也不算过分，据他们说，她十五岁。她长得非常漂亮，而且穿着她最好的衣服。我们开始聊了起来。她话不多，不过我逗她的时候，她就笑个不停。阿卜杜尔说，我会发现，等她跟我熟了以后，她会有很多故事可以说。他叫她挪到我身边坐下。她咯咯地笑着，不肯过来，可她妈妈让她过来，我也在椅子上给她腾出位置。她红着脸，笑了起来，不过还是过来了，而且很快就依偎在我的身边。阿卜杜尔也笑了。‘您瞧，她已经喜欢上您了，’他对我说。‘您愿意把她留下吗？’他问我。我转过头问她，‘你愿意留下吗？’她笑着，把脸躲在我的肩膀上。她的身材温柔而娇小。‘很好，’我说，‘就让她留下吧。’”



盖伊俯身向前，给自己倒了一杯威士忌加苏打水。

“我现在可以说话了吗？”多丽丝问道。

“等一会儿，我还没说完。我没有爱过她，即使在刚开始的时候也没有。我留下她，只是想让这个屋里有个人。我想，要是当初我不留下她，我准会发疯，要不就是酗酒。我当时真的是没辙了。我太年轻了，没法一个人过活。除了你，我没爱过别人。”他停顿了一下。“她一直住在这儿，直到我去年回国休假时才离开。她就是你前几天看见在附近转悠的那个女人。”

“哦，我猜到了。她还抱着个婴儿，那是你的孩子吗？”

“是的。是个小女孩。”

“只有这一个孩子吗？”

“你看见在村子里还有两个男孩。你提起过的。”

“那么她有三个孩子啦？”

“是的。”

“你这个家还挺像样的。”

她觉得这句话说重了，盖伊突然做了个手势，但没有说话。

“在你带着妻子突然出现在这里之前，她并不知道你结婚了是吗？”多丽丝问。

“她知道我打算结婚。”

“什么时候？”

“回国之前，我把她送回村子里去了。我告诉过她，我们到此为止了。我给了她我答应给的一切。她一直明白，她留在这里不过是临时的。我已经厌烦了。我跟她说过，我要娶一个白人。”

“但那时候你还没见过我呀？”

“是的，我知道。但我已打定主意，一回国就结婚。”他笑呵呵的，样子跟从前一样。“不妨跟你说吧，刚见到你的时候，我还在为以前的事情懊恼呢。我对你一见钟情，后来我发现，我非你不娶。”

“那你为什么不早告诉我呢？你不觉得，给我一个机会自己作判断，才是最最公平的吗？你应该想到，要是一个女孩发现自己的丈夫跟另外一个女人生活了十年，而且有三个孩子，这对于她是多么大的打击。”

“当时我想你不会理解的。这里的环境很特别。这是很平常的事情。六个男人中有五个都这样。我觉得这种事情会吓着你，可我不想失去你。你知道，当时我正疯狂地爱着你。我现在依然爱着你，亲爱的。你本来没有必要知道这一切，我本来也不打算再回到这里。很少有人回国休假之后再回到原来的地方。我们来了之后，我答应过她，如果她肯到其他村子里去住，我会给她钱。开始时她是同意的，后来她改变了主意。”

“那你为什么现在跟我说这些？”

“她总是在这儿捣乱。不知怎么的，后来她发现你并不知情。她了解到这一点之后，就跟我敲竹杠。我没办法，只好给了她一大笔钱。我吩咐过，不许她到这个院子里来。今天早上她来捣乱，就是想引起你的注意。她想威胁我。不能再这样下去了。我想，唯一的办法就是把事情和盘端出。”



在他说完之后，是长时间的沉默。最后，他把手放在她的手上。

“多丽丝，你是理解我的，是吗？我知道，这都怪我不好。”

她没有抽回手。盖伊感到她的手冰冷。

“她妒忌吗？”

“我敢说，从前她住在这儿得了不少便宜。现在没了，我想她一定很不痛快。她从来就没爱过我，比我对她也好不了多少。土著女人是从来不会真正爱上白人男人的，这你知道。”

“那孩子们呢？”

“哦，他们过得不错。我出钱抚养他们。男孩们到了读书的年龄，我会送他们到新加坡去上学。”

“你对他们就没有一点怜惜之情吗？”

他迟疑了一下。

“不妨跟你坦率地说吧。如果他们发生什么意外,我会很难过。第一个孩子快出生的时候,我觉得我会喜欢他超过喜欢他的妈妈。要是那孩子是个白人的话,我想我真的会那样喜欢他。当然,他还是婴儿的时候很好玩,很招人怜,但我没有像孩子是自己亲生的那种特别的感情。我想问题就在这儿;你懂吧,我没有孩子是属于我的那种感觉。有时候我也自我谴责,因为这种想法不合情理,但是说真的,在我看来,他们跟别人的孩子没什么两样。当然,喜欢对孩子问题高谈阔论的,都是那些没有孩子的人。”

到现在为止,她已经听完了整个故事。盖伊在等她开口,但她沉默不语。她坐着,一动不动。

“你还有什么要问我的吗,多丽丝?”他终于问道。

“没有。我头痛得厉害。我想去睡觉。”她的声音还像往常那样镇定。“我不知道该说些什么。当然,你所说的一切让我感到很意外。你要给我一点时间好好想想。”

“你对我很生气吧?”

“不,一点儿不生气。只是——只是我想独自呆一会儿。你别动。我去睡了。”

她从长椅上站起来,把手搭在他的肩膀上。

“今晚很热。我希望你在更衣室里睡。晚安!”

她走了。盖伊听见她把卧室门给闩上了。

第二天,她脸色苍白,盖伊看得出她一夜没睡。她的举止并未流露出痛苦,她说话跟往常一样,但是不太自然;她一会儿谈这个,一会儿谈那个,毫无头绪,就像在跟一个陌生人谈话。他们从未吵过架,但在盖伊看来,她现在说话的样子就像是他们刚刚有过一段分歧,在和解之后,她的创伤还没有治愈。她的目光使他无法理解;

在她的眼神里,他似乎读出一种奇特的恐惧。晚饭刚吃完,她就说:

"我今晚不太舒服。我想现在就去睡觉。"

"噢,我可怜的宝贝儿,我很难过,"他大声说道。

"没什么。我过一两天就好了。"

"等一会儿我要到你房间去,道个晚安。"

"不,别过来。我要想办法马上睡着。"

"那好吧,吻我一下再走吧。"

他发现她的脸红了。她似乎犹豫了一下;然后眼睛看着别处,向他俯过身来。他搂住她,想吻她的双唇,但她却把脸别过去,他只吻到了她的面颊。多丽丝匆忙离开了他,盖伊又听见她轻轻地用钥匙把卧室的门锁上了。他重重地倒在长椅上。他想专心看书,但耳朵却在倾听着他妻子卧室里细微的声响。她说她要上床睡觉,但他听不见她的动静。卧室里的寂静使他感到不可名状的紧张。他用手挡住灯光,发现她房门底下透出一丝光亮;她还没有熄灯。她到底在干什么呢?他放下手里的书本。如果她气得对他大吵大闹,或者大哭一场,他都不会感到惊讶;对此,他有办法对付;但是她的冷静却让他害怕。还有,他从她眼里明显地看出的那种恐惧,意味着什么呢?他把自己前天晚上跟她说过的话又回想了一遍。他想不出有什么更好的讲述方式。说到底,他所做的不过是轮到别人也会做的事情,而且这件事早在他俩见面之前就已结束了。当然,最后他把事情弄得很尴尬,但人总得经历点事儿才会变得聪明呀。他把手放在胸口上。奇怪,那儿痛得很厉害。

"我想,这就是人们所说的伤心吧,"他自言自语道。"不知道这样子还要持续多久!"

他是否应该去敲她的门,告诉她他有话要跟她说?最好是把事情都说清楚。他必须让她理解。但是那片寂静让他畏惧。一点儿声音也没有！或许让她独自呆着更好些。当然，这件事对她是个打击。他必须给她充分的时间。说到底，她是明白自己有多么真心爱她的。耐心，只有靠耐心；也许她正在作思想斗争；他必须给她时间；他必须要有耐心。

第二天早上，他问她是否睡得比前一天好。

"嗯，好多了，"她说。

"你对我很生气吧？"他可怜地问道。

她看着他，眼神是诚实和坦率的。

"一点儿也不生气。"

"哦，亲爱的，我真高兴。我真是禽兽不如啊。我知道你非常忌恨这件事。但是请你原谅我。我也一直日子不好过。"

"我当然原谅你。我甚至都不怪罪你。"

他向多丽丝苦笑了一声，眼睛里流露出狗被人抽打之后的那种表情。

"这两天夜里，我一个人睡觉感觉别扭。"

她把目光转向别处。她的脸变得略有些苍白。

"我让人把我房间里的床搬掉了。太占地方了。我在那儿放了一张行军床。"

"亲爱的，你在说些什么呀？"

这时，她镇定地望着他。

"我不再作为你的妻子跟你共同生活了。"

"永远不啦？"

她摇了摇头，表示永远不了。盖伊茫然地望着她。他简直不能相信自己的耳朵，他感觉自己的心在痛苦地跳着。

"可是，这样对我太不公平了，多丽丝。"

"难道你不觉得把我放在这种境地，对我也有点儿不公平吗？"

“可你刚才还说不怪罪我的。”

“我的确不怪罪你。但是共同生活是另一回事儿。我做不到。”

“可我们怎么能住在一起,但又不共同生活呢?”

她盯着地板,似乎陷入了沉思。

“昨天晚上你要亲我的嘴,我——那简直让我恶心。”

“多丽丝!”

她突然盯着盖伊,她的目光冷酷、无情。

“我睡的那张床,是不是她生孩子时睡过的?”她看到盖伊满脸通红。“噢,太可怕了!你怎么能那样呢?”她扭着双手,那扭曲的手指就像扭动的小蛇。她竭力克制住自己的情绪。“我已经打定主意。我不想对你太无情,但有些事情你是不能逼我去做的。我都想过了。从你跟我说了以后,我白天黑夜都在想这件事,一直想到我筋疲力尽。我的第一个念头是站起来就走。马上就走。小汽艇两三天之后就到。”



“难道我爱你,你一点都不怜惜吗?”

“哦,我知道你爱我。我并不打算马上就走。我想给我们俩一个机会。我一直都那么爱你,盖伊。”她哽咽了,但没有哭出来。“我不想做得太过分。我对天发誓,我不想对你太绝情。盖伊,给我点时间,好吗?”

“我不太理解你是什么意思。”

“我只希望你能让我独自呆着。我对自己的感情感到害怕。”

他没有猜错;她害怕。

“什么感情?”

“请不要问了。我不想说伤害你的话。或许我会克制这种感情的。我对天发誓,我真想克制住。我会努力,我向你保证。我会努力。请给我半年时间。我为你可以做世界上的任何事情，但是那件事不行。”说着，她略微做了个恳求的手势。“我们没有理由不开开心心地在一起。如果你真心爱我，那你——那你就要有耐心。”

他深深地叹了口气。

“那好吧，”他说。“我当然是不会强迫你去做你不喜欢做的事情的。就按你说的办吧。”

他心情沉重地坐了一会儿，好像突然变老了许多，动一下都很费劲；然后他站了起来。

“我要去办公室了。”

他拿起遮阳帽，走出门去。

一个月过去了。女人比男人更善于掩饰自己的感情，要是有个陌生人来登门拜访，他绝对猜想不到多丽丝正在经受着煎熬。但在盖伊这方面，紧张的情绪是显而易见的；那张和善的圆脸拉得长长的，眼睛里流露出饥渴的、烦恼的神情。他观察多丽丝的举动。多丽丝还像往常一样欢活，跟他开玩笑；他们还在一起打网球；他们一会儿谈这个，一会儿谈那个。但是很明显，她全都在演戏，终于，盖伊忍不住了，又来跟她解释他跟那个马来女人的关系。

“噢，盖伊，那些陈年旧账，还提它干什么，”她若无其事地说。“该说的都说了，而且我又不怪罪你什么。”

“那你为什么还要折磨我？”

“我可怜的孩子，我并不想折磨你。我不是成心的，要不是……”她耸了耸肩。“人性是很难捉摸的。”

“我没听懂。”

“那就别自寻烦恼了。”

这话原本听起来很刺耳，但她带着和蔼、亲切的微笑，使它缓和了许多。每天晚上临睡之前，她都会俯身亲一下盖伊的面颊。但只是用嘴唇碰一下。就像一只飞蛾在他脸上掠过一样。

第二个月,接着是第三个月过去了,本来觉得遥遥无期的半年,一眨眼就过去了。盖伊心想,多丽丝是否还记得半年前的事情。此时,他绷紧了神经,留心她的每一句话,每一副表情,每一个手势。她依然那样深不可测。她要他等上半年;这不,他已经等到了。

海岸小汽艇经过河口,放下邮件之后接着上路。盖伊赶着写信,以便小汽艇返航时可以带走。两三天过去了。那天是星期二,那艘普拉胡帆船要在星期四凌晨出发去等候小汽艇。这几天,除了吃饭时多丽丝勉强说几句话之外,他们很少谈话;晚饭后,他们照例各自拿着书本,开始读书;可当仆人收拾了餐桌,回家歇息时,多丽丝放下了手里的书。

"盖伊,有件事我要跟你谈谈。"她喃喃地说。



他心里咯噔了一下,感到自己的脸色都变了。

"啊,亲爱的,别这样,没什么可怕的。"她笑着说。

但是盖伊感到,她的声音有些颤抖。

"那你说吧。"

"我想要你帮个忙。"

"亲爱的,我愿为你做世界上的任何事情。"

他伸出手,想握住她的手,但她缩了回去。

"我希望你让我回国。"

"让你回国?"他大惊失色地叫道。"什么时候? 为什么?"

"这段时间,我一直在尽力忍耐。现在我再也忍不住了。"

"你想回去多久? 再也不回来啦?"

"不知道。我想是不回来了。"她狠了狠心。"是的,不回来了。"

"噢,上帝啊!"

他哽咽了。多丽丝感觉到他快要哭了。

“噢,盖伊,不要责怪我。这真的不是我的错。我也没办法。”

“你要求我给你半年时间。我接受了你的条件。你总不能说,我在这段日子里让你讨厌了吧。”

“不,没有。”

“我一直努力不让你看到我这段日子有多难熬。”

“我知道。我很感激你。你一直待我非常好。听我说,盖伊,我想再说一遍,我并不为你所做的任何事情怪罪你。毕竟,你那时候还是个孩子,而且你所做的,轮到别人也会做;我知道在这儿有多么寂寞。噢,亲爱的,我真的替你感到难过。这一切,我从一开始就知道。所以我才请你给我半年的时间。我的常识告诉我,我在小题大做。我不近人情;我对你不公平。但是,你也明白,常识并不能解决问题;我的整个内心都在抗拒。每当我看见村子里的那个女人和她的孩子,我就感到两腿在发抖。这房间里的所有东西;一想到我睡过的那张床,身上就起鸡皮疙瘩……你不知道我是怎么忍过来的。”

“我想,我已经说服她离开这儿。而且我已经申请调离。”

“这没用。她永远都会在那儿。你属于他们,不属于我。我觉得,要是只有一个孩子的话,或许我还能忍过去,可是有三个呢;而且两个男孩儿还挺大了。过去的十年,你都跟她生活在一起。”她在心里郁积着的情感,现在都爆发出来了。她豁出去了。“这是个现实问题,我没办法,它比我强大。我想到她那瘦小的黑胳膊搂抱着你,我在生理上感到恶心。我想到你抱着那些黑娃娃。噢,这真令人难以忍受。你碰我时,我感到厌恶。每天晚上,当我吻你时,我得鼓足勇气。我得攥紧拳头,强迫自己去碰你的脸颊。”说着,她带着极度痛苦,神经质地把自己的手指捏紧、松开,又松开、捏紧,而且话音也失控了。“我知道,现在该受责备的是我。我是一个愚蠢而歇斯底里的女人。我以为我能忍过去。可我做不到,而且永远做不到。我是自作自受;我愿意承担后果;如果你说我必须留下,那我就留下,但是如果我留下,我就会死。我恳求你,让我走吧。”

这时,忍了很久的泪水一下子涌出眼眶,她伤心地痛哭起来。他还从来没见她哭过。

“当然,我不想违背你的意愿,让你留在这儿。”他沙哑地说。

她疲惫地向后靠在椅子上。她的面容已经扭曲而变样。平日里总是那么安详的脸,现在却充满了悲伤,看着让人心痛欲裂。

“真是对不起,盖伊。我破坏了你的生活,可我也破坏了自己的生活。我们本来是可以很幸福的。”

“你想什么时候走? 星期四吗?”



“是的。”

她可怜地看着盖伊。他双手捂着脸。最后,他抬起头来。

“我累垮了,”他喃喃地说。

“我可以走了吗?”

“可以。”

大约有两分钟,他俩坐着,一句话也没说。她起身离开时,那只壁虎发出一阵刺耳而沙哑的叫声,这叫声有点儿怪,像人类的哭声。盖伊站起来走到廊台上。他倚着栏杆,望着那慢慢流淌的河水。他听见多丽丝走进她自己的房间。

第二天早上,他比平时起得早,走到多丽丝的门前,敲了敲门。

“什么事?”

“今天我要到河的上游去,很晚才能回来。”

“知道了。”



她心里明白。他故意安排一整天在外面,是免得自己在收拾行李时,他在一旁看着。这种场景令人心碎。收拾完衣服之后,她把起居室里属于她的东西都看了一遍。全部带走有点儿不近人情。所以她只拿走了她母亲的照片,其余都留着。盖伊到晚上十点才回来。

"对不起,我没能赶回来吃晚饭,"他说。"我去的那个村子,村长有很多事情要我处理。"

她发现盖伊的眼睛在扫视着房间,并且注意到她母亲的照片已经不在原来的位置了。

"都准备好了吗?"他问道。"我已经吩咐船夫,天亮时到门口等着。"

"我已经通知仆人,明早五点叫醒我。"

"我应该给你点儿钱。"他走到写字台前,开了张支票。他从抽屉里拿出几张现钞。"这些钱足够你用到新加坡,到了新加坡,你就可以兑换支票了。"

"谢谢。"

"要我送你到河口吗?"

"哦,不了,我想我们最好还是在这儿分手吧。"

"那好。我想我该进去睡觉了。走了一整天,我都快累死了。"

他甚至没有碰一下她的手。他进到自己的房间。没过多久,多丽丝听见他重重地倒在床上。她坐了一会儿,最后环顾了一下这个曾经使她如此欢乐,也使她如此痛苦的房间。她深深地叹了口气,起身走进自己的房间。她把一切都收拾干净了,只留着一两件东西供晚上用的。

仆人叫醒他俩的时候,天色还是黑的。他们匆忙地穿好衣服,等他们洗漱完毕,早饭已经准备好了。没多一会儿,他们就听见小船划到了孟加拉式平房下面的码头,仆人们随后就把她的行李抬了下去。他们虽然安排了早餐,但那不过是个形式而已。夜色渐渐散去,河水依然是黑魆魆的。天还没有大亮,但毕竟黑夜已经过去。寂静之中,码头上土著人说话的声音格外清晰。盖伊看了一眼妻子丝毫没动的餐盘。

"如果你吃完了,我们就下去吧。我想你该出发了。"

她没有回答。她从桌边站起来。她走回自己的卧室,看是否忘了什么东西,然后和盖伊并肩走下台阶。一条弯弯曲曲的小道将他们引到河边。码头上,土著的警卫队穿着干净整洁的制服,排成一列,当盖伊和多丽丝从他们跟前走过时,他们举枪表示致敬。多丽丝跨上船时,船夫伸手去扶她。她转身看着盖伊。她竭力想最后说一句安慰的话,再一次请他原谅,可她却像激动得说不出话来。



盖伊向她伸过手去。

"那,再见吧,祝你一路顺风。"

他们握了握手。

盖伊向船夫点了点头,小船离岸了。黎明在晨雾缭绕中沿着河流慢慢侵来,但是夜色依然潜伏在幽暗的丛林之中。盖伊站在码头上,直到小船消失在凌晨的阴影之中。他叹了口气,转身离去。警卫队再次向他举枪致敬时,他心不在焉地点点头。一回到孟加拉式平房,他便叫仆人过来。他走进房间,把属于多丽丝的东西全都挑了出来。

"把这些东西全都收起来,"他说。"留在这儿不好。"

然后,他坐在廊台上,看着白昼逐渐降临,它像一种苦涩而委屈的、无法抑制的悲哀。最后,他看了看手表。他该去办公室了。

下午,他没法睡觉,头痛得厉害,于是拿着猎枪到丛林里去转悠。他什么也没打着,他只是走着,想把自己弄得精疲力竭。日落时分，他回到家里，喝了两三杯酒，这就到了换衣服吃饭的时候了。这时候，穿衣打扮也没什么用了；随便一点反倒自在；他披上一件宽松的本地上衣，穿上一条纱笼。在多丽丝到来以前，他就习惯于这身装束。他打着赤脚。他慵懒地吃完晚饭。仆人把桌子收拾干净就回去了。他坐下来阅读《闲谈者》①杂志。孟加拉式平房里静悄悄的。他读不下去，任凭杂志掉落在膝盖上。他精疲力竭。他无法思考，脑子里是异样的空虚。这天晚上，那只壁虎叫个不停，它那沙哑而突然的叫声好像是在嘲笑他。你很难相信，这种在空气中回荡的声音竟然是从那么细小的喉咙里发出来的。突然，他听见有人在轻轻咳嗽。

"谁？"他大声叫道。

咳嗽声停了一下。他朝门口望去。那只壁虎发出粗厉的笑声。一个小男孩侧身走进来，站在门坎上。他是个混血儿，穿着破烂的背心和纱笼。他是盖伊的长子。

"你来干什么？"盖伊问。

男孩走到房间里面，在盖伊的脚边盘腿坐下来。

"谁叫你到这儿来的？"

"妈妈叫我来的。她问你是否需要什么？"

盖伊定睛望着男孩。男孩不再多说什么。他只是坐在那儿等着，两眼胆怯地望着地面。盖伊双手捂着脸，陷入痛苦的沉思。有什么用呢？一切都完了。完了！他屈服了。他往椅子背上一靠，深深地叹了口气。

"告诉你妈，把你们的东西收拾一下，她可以回来了。"



① 《闲谈者》(*Tatler*)，英国上流社会的生活杂志，最早由英国散文家理查德·斯梯尔创办于1709年，如今在其名下有众多而复杂的报刊分支机构。

“什么时候?”孩子毫无表情地问。

在盖伊的那张滑稽的、长满粉刺的圆脸上,热泪滚滚地流下。

“今天晚上。”

# 胆怯

河面上,两艘普拉胡帆船正轻松地向下游划去。两艘船的间隔大约有几米的样子,第一艘船上坐着两个白人。经过七个星期的河上生活,他们高兴地得知,今晚他们就能在一个文明的房间里睡上一觉了。自从战争爆发以来,伊泽特就一直住在婆罗洲,迪雅克人的房子、迪雅克人的节日,对他来说都是家常便饭;但是对于坎皮恩来说,虽然初到这个国家,一开始还有点儿新鲜感,但这会儿也渴望有椅子可以坐,有一张床可以睡了。迪雅克人十分好客,但要是住在他们那种房子里,很难说一定会很舒服,而且他们取悦客人的方式一成不变,很快就令人厌烦起来。每天晚上,当旅客们登上河岸,他们的头人就扯着一面旗帜,家族中较为重要的人物都到河边来迎接他们。有人把他们带到连体农舍①——这是一种用木桩搭建而成的农舍,整个村子的人都共用一个屋顶;要进入农舍,必须爬上一截树干,树干上胡乱砍出几个凹坑作为台阶——从农舍出来,就去看一批人敲锣打鼓,他们排成一条长队,沿着农舍来回行走。两侧是棕色的人群,他们都坐在自己的臀上,静静地盯着白人走过。地上铺开了干净的坐垫,客人们各自坐下。头人抓来一只活鸡,拎着它的双脚,在客人的头顶上兜上三圈,大声叫着神灵的名字,求它见证,嘴里还念着某种符咒。然后,有人拿来几个鸡蛋。接着是喝亚力酒②。一个女孩,一个非常害羞的小孩子,虽然是如花似玉的年

① 连体农舍(long house),马来亚、印尼地区的一种集体农舍。
② 亚力酒(arak),一种亚洲产烈酒,由椰子酒或甜米酒提炼而成。

龄，但那张毫无表情的脸上却颇有一些僧侣的意味，她将酒杯端到白人的嘴唇边上，直到酒杯里的酒全部喝干，然后就听见人们大声欢呼。男人们开始跳舞，一个紧接着一个，每个人都佩带着自己的盾牌和帕兰刀，在锣鼓声的伴奏下，踏着自己短促的舞步。就这样持续一段时间之后，旅客们被带到一个房间；那儿可以通向长长的平台，也就是村民们居家生活的地方。在那个房间里，旅客们发现，他们的晚饭早已经准备停当；女孩子们用中国汤匙给他们喂食。等他们都喝得有了三分醉意，他们就一起聊天，直到次日的凌晨。

然而现在，他们的旅行已经结束，正朝着海岸的方向赶路。他们是一大早出发的。开始时，河水很浅，它在带沙石的河床上清澈地流淌着；岸上的树枝伸到河面的上方，往上只能看见一长溜蓝色的天空；过了一会儿，河面变得开阔起来，船夫们不再用竹篙撑船，而是改用船桨划船了。那些树木、竹林，凤尾蕉像扎起来的一丛硕大的鸵鸟羽毛，有些树叶大如盖，有些树长着羽状叶子，酷似金合欢，而椰子树和槟榔树的白色树干高大而挺拔；河岸上的树林繁茂，在大面积疯狂地生长着。到处可以看到树木光秃秃的残骸，它们或被雷电击倒，或因年老而衰亡，裸露在那儿，狼藉一片，那种白色在这一大片青翠的背景映衬下，显得格外鲜活而生动。到处可以看到互争高下的森林之王，高大的树木耸立着，压倒了丛林中的普通树种。还有各种藤本植物；在树枝交汇的地方，聚成一簇的繁枝绿叶，或花儿绽放的藤蔓植物，掩映着向四周伸展的叶盖，就像一块薄纱，笼着新娘的面庞；有时候，它们像一个金碧辉煌的剑鞘，缠绕着高高的树干，在树枝和树枝之间挥舞着长长的会开花儿的手臂。它们渴望生长，在那份热烈的狂野之中，有一些震撼心灵的东西；它就像酒神的女祭司①，恣意放纵，敢于在祭神的行列之中撒野。

日色西沉，酷热已不再那么令人难以忍受。坎皮恩看了看手腕上那只破旧的银色手表。他们不会需要很长时间就能到达目的地了。

“哈钦森那家伙怎么样啊?”他问道。

“我不认识他。但我相信他一定是个好人。”

哈钦森是当地的驻地长官，他们俩今晚就要在他家里过夜，他们已经派了一个迪雅克人划一只独木舟到他那儿去通报说，他们马上就到。

“哎，我希望他那儿会有一些威士忌。亚力酒我已经喝厌了，一辈子不想再喝了。”

坎皮恩是一名采矿工程师，当时马来苏丹去英格兰，途经新加坡的时候遇上了他。苏丹发现他闲着没事儿，就委派他到森布卢去，看他能不能发现什么有利可图的矿藏。他还给在吉所罗的那个名叫威利斯的驻地长官发出指示，关照要为他提供各种便利条件，后来威利斯把坎皮恩又托付给伊泽特来照顾，因为伊泽特会讲马来语和迪雅克语，跟土著人没有什么两样。这次是他们俩第三次进入内地，现在，坎皮恩正带着他的勘探报告回来。他们希望能够赶上“苏丹艾哈迈德”号轮船，它后天一大早就要离开河口，所以如果赶巧的话，当天下午他们就能到达吉所罗。对于回家这件事，他们俩都十分开心。回家以后可以打网球，打高尔夫，俱乐部里还有台球，食物也相对比较可口，过着文明的生活，非常惬意。伊泽特也很高兴，因为在那儿，他除了坎皮恩，还可以和更多的人交往。他斜着眼睛，看了看坎皮恩。坎皮恩个子不高，但头很大，已经谢顶，虽然他已经满五十了，但依然强壮而结实；他有一双蓝眼睛，目光敏捷，闪

① 酒神的女祭司(maenad)，原指古希腊神话人物 Maenades，或译迈娜得斯，酒神狄俄倪索斯的女伴之一。这里泛指狂暴的女人。

闪发亮，还长着一撮又短又硬的灰色髭须。在他那已经爆裂而且变色的牙齿之间，很少不叼着一把用欧石南制成的老式烟斗。他不干净也不整洁，他的卡其布短裤已经穿破，汗背心也撕烂了；这时，他正戴着一顶磨坏了的遮阳帽。他从十八岁就开始闯荡江湖，去过南非，去过中国，去过墨西哥。跟他相处是一件有趣的事情；他很会讲故事，不管遇着谁，他都可以跟他不停地喝酒，喝个没完。他们俩相处得很好，但是伊泽特跟他在一起，还是觉得不自在。尽管他们俩在一起能说俏皮话，也能开怀大笑，一起喝酒喝到烂醉，但是伊泽特感觉他们之间并没有那种亲近感；他们俩的相处是热情而友好的，但他们俩的关系充其量不过是互相认识而已。伊泽特对自己给人的印象十分敏感，在坎皮恩的轻松活泼的外表底下，他感觉到一种阴冷；他那双闪闪发亮的蓝眼睛已经把他看透了；坎皮恩对他已经形成了一种看法，而伊泽特却无从知道这是怎样的看法，这一点使他隐隐地有些气恼。他感到愠怒，因为有可能眼前这个不起眼的小男人根本就不把他放在眼里。他渴望有人喜欢他，爱慕他。他希望成为大众的宠儿。他希望自己遇到的所有人都情不自禁地爱上他，然后他可以拒绝他们，或者略微带一点倨傲的态度把自己的友情馈赠给他们。他想跟各种各样的人都混得很熟，可是他又害怕被人拒绝，因此而畏缩不前；有时候，他把自己的友情慷慨地施舍给别人，而对方却对他的热情感到诧异，这时，他心里会很不是滋味。

也许是阴错阳差吧，他从来没有见过哈钦森，虽然他对他的一切都很清楚，就像哈钦森对他的一切了如指掌，而且他们俩应该会有许多共同的话题。哈钦森上过温切斯特公学①，伊泽特也很乐意



① 温切斯特公学（Winchester），英国著名的贵族寄宿学校，创建于 1382 年。温切斯特位于英格兰东南部，历史上曾经是英格兰的首都，著名景点有温切斯特大教堂。

告诉他,自己上过哈罗公学①。

普拉胡帆船在河湾处一转,突然,他们看见了一座孟加拉式平房,矗立在一个微微隆起的小山上。没过几分钟,他们见到了码头,码头上,在一小群土著人中间,一个身穿白衣服的人在向他们招手。

哈钦森是个高个子,身材肥胖,脸色红润。看他的外表,你会以为他是一个风趣而自信的人,但是很快你就会着实感到吃惊,因为你会发现他完全是另一种人,甚至有点儿害羞。他和他的客人们握手(这时,伊泽特和坎皮恩两人先后作了自我介绍),并把他们带到通往那座孟加拉式平房的小径上。这时,虽然他明显而急切地想表现得彬彬有礼,但是不难看出,他跟人说话都已经是一件困难的事情了。他把他们俩带到外面的廊台上,他们发现,桌子上早就备好了杯子和威士忌加苏打水。于是他们都躺在长长的椅子上,尽情地享受起来。伊泽特察觉到哈钦森在陌生人面前有些许尴尬,心中一阵窃喜;他非常得意,禁不住话多了起来。他开始谈论起一些他们在吉所罗共同认识的熟人,而且很快就把他上过哈罗公学的经历巧妙地编织到谈话之中。

“您上过温切斯特公学,是吗?”他问道。

“是啊。”

“那我想您该认识乔治·帕克吧。他就在我的步兵团里。他也是温切斯特公学的。我敢说他比你还要年轻一些。”

伊泽特觉得,他们俩都上过这些特殊的学校,这件事情是他们之间的纽带,而且这样就把坎皮恩撇在了一边,因为坎皮恩显然不享有这份优势。他们喝了两三杯威士忌。还没到半个小时,伊泽特

① 哈罗公学(Harrow),英国著名的男生寄宿学校,创建于1571年。哈罗位于英格兰东南部。

已经开始把主人唤作“哈奇”了①。他频繁地提到他在战争时期认识的那个朋友所在的那个“我的步兵团”,还提到他的那些军官们有多么了不起。他提到了两三个人的名字,可是哈钦森都没怎么听说过。所有那种类型的人物,坎皮恩是不太可能遇得上的,所以当他提到他自称认识的某个人时,他会对他报以一份冷漠,而并不感到有什么歉意。

“比利·梅多斯?我倒认识一个叫比利·梅多斯的人,在锡那罗亚②,不过那是很多年以前的事了,”坎皮恩说。

“噢,我觉得那不可能是一个人,”伊泽特停顿了一下,回答说。“比利可以算得上是个世袭贵族。他是赛马场上的梅多斯勋爵。他还是‘春笋庄园’的主人呢,你不记得了吗?”

快吃晚饭了,他们梳洗了一下,喝了两杯果子酒。他们坐下来。哈钦森从来没有在一年中最好的季节造访过吉所罗,而且三个月来他没有见过一个白人。他希望利用这两个客人来访的机会好好乐一乐。他拿不出什么好酒,但他有很多威士忌,所以晚饭之后,他就捧出一瓶珍贵的法国廊酒。他们玩得很开心。他们笑着,不停地说着。伊泽特特别高兴。他觉得自己从来没有像喜欢哈钦森那样喜欢过一个人,他坚决要求他一旦有空就到吉所罗来。他们一定会盛宴招待。在谈话中,坎皮恩被伊泽特撇在了一边,伊泽特略微带着一点想制服坎皮恩的恶意,而哈钦森呢,出于羞涩,也就助成了他的目的;不一会儿,坎皮恩连打了好几个哈欠,于是表示自己想去睡觉了。哈钦森带他去了卧室,当他回来时,伊泽特对他说道:

“你还不太想睡吧?”



---

① 哈奇(Hutchie)是哈钦森(Hutchinson)的昵称。
② 锡那罗亚(Sinaloa),墨西哥西部太平洋沿岸一州。

“才不想睡呢。我们再喝一杯吧。”

他们坐下来，又谈了起来。他们都有点儿醉了。过了一会儿，哈钦森告诉伊泽特，他跟一个马来姑娘住在一起，她给他生了两个孩子。他事先吩咐过他们，只要坎皮恩在这里，他们就不许出现。

“我想她现在已经睡了，”哈钦森说着，朝门那边瞥了一眼，伊泽特知道那扇门通往他的房间，“可是我早上起床，还是很想看见那两个小家伙。”

正说着，他们听见一声轻微的哭闹，哈钦森随口说了句“呵呵，那个小屁蛋醒了”，随即走过去，打开了门。过了一会儿，他抱着一个孩子出来了。身后跟着一个女人。

“他在长新牙呢，”哈钦森说。“所以比较闹腾。”

那个女人穿着一条纱笼和一件薄薄的白色外套，光着脚。她很年轻，长着一双漂亮的黑色眼睛，伊泽特跟她说话时，她报以灿烂而可人的微笑。她坐了下来，点了一支烟。伊泽特问了她一些日常家居的问题，她都毫不掩饰地回答，但也并不很热情。哈钦森问她是否要喝一点威士忌加苏打水，她说不要。当这两个男人又开始用英语交谈起来时，她静静地坐在一旁，坐在椅子里轻微地摇着，脑子里充满了一些恬静的、谁也不知道是什么的思想。

“这个姑娘不错，”哈钦森说道。“她照顾全家人，而且不惹麻烦。不过，生活在这种地方，也只能这么做了。”

“我自己是不会这么做的，”伊泽特说道。“归根到底，人总是要结婚的，可是要结婚的话，就会引出一大堆麻烦。”

“可是有谁愿意嫁过来呢？让白种女人过这种生活真是太惨了。即使给我世界上最好的东西，我也不会让一个白种女人在这儿生活。”

“当然，这是个人品味不同。我要是有孩子，我会让他们有一个白人母亲。”

哈钦森低下头，看着自己手臂里抱着的那个深色皮肤的小娃娃。他微微笑了笑。

“说起来也怪，你会喜欢上他们，”他说。“当他们成为你自己的孩子的时候，即使他们流的是黑人的血也好像没什么关系了。”

那个女人朝这个孩子看了一眼，站起身，表示她想把孩子带回屋去睡觉。

“我觉得我们大家都该进屋了，”哈钦森说。“天知道现在已经几点了。”

伊泽特回到自己的屋里，拉开了遮帘；那个一直跟随着他的男仆哈桑，在临走之前把遮帘拉上了。他吹灭了蜡烛，免得招来蚊子，随后在窗前坐下，遥望着温柔的天空。刚才喝的威士忌，使他神志异常清醒，而且此刻他也不想上床睡觉。他脱下帆布裤，换上纱笼，点上了一支方头雪茄烟。他已经失去了耐性。哈钦森竟然用那种慈爱的眼光看着那个混血儿，这使他感到愤怒。

“他们没有权利得到这一切，”他自言自语道。“他们绝对没有机会。永远没有。”

他若有所思地来回抚摸着自己裸露而带毛的双腿。他微微颤抖了一下。尽管他已经竭尽全力锻炼自己的小腿肚子，但他的双腿还是像芦柴棒似的。他讨厌自己的双腿。一想起它们，他就觉得不是滋味。它们就像是土著人的腿一般。当然，这两条腿比较适合穿高统靴。想当年他穿制服的时候，还是挺英俊的。他身材高挑而魁梧，身高超过六英尺，长着一绺整齐的黑髭须和一头整齐的黑发。一双深色的眼睛漂亮而灵动。他长得好看，他自己也知道，而且他穿着得体：要显得自然就穿得随意一点，要显得正式就穿得山青水绿。他喜欢当兵，战争结束时没能留在部队里，至今还是他心头的痛。他的志向很简单。他希望能够年入两千，组织小型而精致的晚会，参加聚会，身穿制服。他向往伦敦。

当然，他的母亲住在伦敦，他的母亲限制了他的生活方式。他不知道，要是他能实现自己一直追求的目标，跟出身良好（有点儿钱）的姑娘订上婚，他的母亲会惊讶成什么样子。由于他的父亲已经死了好多年，在他职业生涯的后半部分，他又驻扎在偏远的马来诸州，伊泽特相当确信，在森布卢已经没有人知道他母亲的身世，但是他还是活得战战兢兢，生怕有人在伦敦遇上他母亲，会写信给这边的人说，他母亲是个混血儿。她曾经是个美人儿，当她嫁给伊泽特的父亲的时候，他父亲是一个替政府办事的工程师；但现在，她已经是一个满头灰发、肥胖的老妇人，成天坐在家里，只知道抽烟。伊泽特在他父亲死的那年才十二岁，当时他就会说马来语，而且说得比英语还要流利。一个姑妈主动替他支付了他的教育费，于是他母亲伊泽特太太就陪着自己的儿子来到英国。她习惯住在带装修、有家具的公寓里，她的房间里到处都挂着富有东方特色的幕帘，摆放着马来人特有的银器。她总是跟东家合不来，因为她会把烟头扔得满地都是。伊泽特讨厌她的交友方式：她会有一段时间跟他们要好得像什么似的，过一段时间就跟他们断绝一切来往；她会在家里大吵大闹，然后离家出走。她唯一的乐趣就是看电影，每天都要去一次电影院。在家里的时候，她披着一件陈旧而俗气的晨衣，可每当出门时，她儿子穿得衣冠楚楚的，而她却穿得花花绿绿的——那样子，噢，真叫邋遢——简直把她儿子的脸都丢尽了。伊泽特经常跟她吵架，她已经让他不耐烦了，而且为她感到羞耻；可在内心深处，伊泽特对她怀有一份温柔的深情；那几乎是他们之间的一根肉体的纽带，超乎一般母子之间常有的感情，所以尽管她的那些缺点令他愤怒，但在这个世界上，只有跟她母亲在一起，他才会感到彻底的安心。

由于他父亲曾经在马来亚供职，加上他自己会说马来语（他母亲总是跟他说马来语），战争结束之后，他一时无事可做，于是想办法弄到个职位，为森布卢的苏丹效劳。他工作得很出色。他精于打猎，而且身体强壮，是个出色的打猎能手；在吉所罗他的别墅里，放着他在哈罗公学赢得的跑步和跳高比赛的奖杯，此后他还赢得过高尔夫和网球比赛的奖杯，他也一并放在那儿。由于他肚子里有一大堆笑话，朋友聚会总缺不了他这个角色，而他为人圆滑，什么事情都能摆得平。他原本可以过上幸福的生活，但是他生不逢时。他梦里都想要成为一个大众的宠儿，他有一个印象，而且此时此刻这个印象比往常更为强烈：他错过了成为大众宠儿的机会。他生怕在吉所罗那些平日里嘻嘻哈哈、称兄道弟的朋友会突然因为什么机缘，怀疑起他的身体里流着土著人的血。他深深地明白，一旦他们知道了真相会是什么结果。到那个时候，他们不会再说他是个快乐而友好的人，他们会说他太放肆，不懂规矩；他们会说他办事懒散、粗心，就像混血儿一样；要是他谈起跟一个白种女人结婚的事儿，他们会笑掉大牙的。噢，这太不公平了！那究竟有什么区别，他血管里那一滴土著人的血，就是因为这一点，人们可能在关键时刻，总是特别留意去发现那假想中的缺点。所有人都认为欧亚混血儿是不可靠的，他们迟早会令你失望；这一点他也知道，可现在他自问：人们总是觉得他们有缺点，或许他们就改掉那些缺点了呢。他们从来就没得到过机会，可怜的人哪！

一只雄鸡高亢地叫了起来。时间一定很晚了，他开始感觉到寒冷。他上了床。第二天早上，当哈桑把茶点给他端过来时，他的头痛得像裂开似的。他起床吃早点，但是他无法正面看着放在眼前的稀粥以及腌肉加鸡蛋。哈钦森也感觉不太舒服。

“我估计,我们是谈了一个通宵吧,”主人带着微笑说道,他想掩饰自己的一丝尴尬。

“我难受得要死,”伊泽特说道。

“我想,我就喝一些威士忌加苏打水,权当作早点吧,”哈钦森说。

伊泽特也没要什么别的东西,他看着坎皮恩带着健康的胃口吃着丰盛的食物,感到十分厌恶。坎皮恩跟他们开着玩笑。

“说真的,伊泽特,你的脸色不太好看呢,”他说。“我还从来没见过这么难看的脸色呢。”

伊泽特脸红了。他那黑不溜秋的皮肤一直是他的敏感点。可他还是强迫自己快乐地大笑了一声。

“你知道,我有一个西班牙籍的外婆,”他回答说,“如果我头一天喝多了,这种颜色就会显露出来。我记得在哈罗公学的时候,我跟一个小子打架,我踢了他,因为他叫我杂种混血儿。”

“你的皮肤确实有点儿黑,”哈钦森说道。“难道马来人就没问过你,你有没有土著人的血统吗?”

“问过,那些都是混账问题。”

一艘小船载着他们的装备一大早就出发了,它要在他们前面赶到河口,告诉“苏丹艾哈迈德”号轮船的船长(如果他不巧提前到达的话),他们俩正在路上,马上就到。坎皮恩和伊泽特吃完午餐就得立刻动身,他们要赶在“涌潮”过去之前到达他们今晚过夜的地点。所谓“涌潮”是一种海潮,由于某种特别的原因,它冲向陆地,造成一些河流里波涛汹涌,他们俩这次要驶过的河流正好要发生一次涌潮。哈钦森前一天晚上就提醒过他们俩,而坎皮恩从来没有经历过这样的事件,显得兴趣盎然。

“这是婆罗洲最美的景观之一。值得一看,”哈钦森说道。

他跟他们俩讲述了土著人如何期待这一刻的到来，然后乘着波涛，站在它的浪尖上，以惊人的速度朝河流的上游漂去。他自己就曾经体验过一次。

“我后来再也没试过，”他说。“我被吓破了胆。”

“我倒想试它一试，”伊泽特说道。

“虽然这事儿很刺激，但我想说的是，你乘坐的是一只一碰就碎的独木舟，你知道，如果掌舵的土著人没有把握好时机，你就会被抛进那汹涌的激流之中，你生还的几率是万分之一……不不，我并不认为那是一件好玩的事情。”

“在我的一生中，我曾经渡过许多激流，”坎皮恩说道。

“激流算得了什么。等着瞧这次涌潮吧。这是我所见过的最为可怕的事情。知道吗，每年都至少有十几个土著人淹死在那条河里？”



整个上午，他们基本上都在廊台上闲坐着；哈钦森带他们去参观了法院，然后有人送来了果子酒。他们喝了两三杯。伊泽特开始恢复常态，当午餐最后准备完毕之时，他发现自己胃口好起来了。哈钦森一直称道自己的马来咖喱特别好吃，当那些热气腾腾的可口饭菜端上桌子的时候，他们都狼吞虎咽地吃了起来。哈钦森硬要他们多喝点酒。

“接下去你们什么也不用干，只需要睡觉。为什么不喝个痛快呢？”

很快就要离开他们俩，他有些不忍心，他已经很长时间没有跟白人说过话了，能有这个机会真是太好了，所以他希望这顿饭能拖得长久一些。他劝他们多吃点儿。到了晚上，他们只能在连体农舍里吃那些难以下咽的饭菜，而且除了亚力酒就没有其他东西可以喝的。过了这个村，就没有那个店了。坎皮恩提议了一两次说该动身了，可哈钦森正在兴头上，他向他担保说他们有的是时间，伊泽特也附和着，因为此时的他既开心又舒服。哈钦森让人去把那瓶珍贵的法国廊酒拿来。前一天晚上，他们在瓶口上开了个小洞；他们可以在临走之前把那瓶酒喝完。

最后，当他陪着他们俩走向河边的时候，他们都很兴奋，每个人的腿脚都有些不稳。在小船的中间部位，有一个用聂帕榈叶盖的遮棚，在遮棚底下，哈钦森早就铺好了一个坐垫。所有的船夫都是囚犯，他们刚从监狱里被押送出来，替白人划船，他们身穿破旧的纱笼，上面印着监狱的标记。他们手持船桨，等着他们上船。伊泽特和坎皮恩分别跟哈钦森握手道别，然后转身坐上了坐垫。船被推离了岸边。在那个阳光灿烂的下午，浑浊的河流宽阔而平静，就像被打磨之后的铜器，在暑热之中闪闪发亮。在他们前面很远的地方，可以看见河岸上绿树繁茂，枝叶纷披。他们俩都感到困乏，可是伊泽特呢，尽管那份沉重感已经慢慢地爬上他的身体，他还是想再抵抗一会儿，在这个抵抗的过程中，他多少发现有点儿好奇和有趣，于是他决定在抽完那支方头雪茄烟之前，不会让自己睡着。终于，烟头烧到了他的手指，他把烟头扔进了河里。



“我可要美美地睡上一觉了，”他说道。

“那么涌潮来了怎么办？”坎皮恩问道。

“哦，那个没问题。我们不必担心。”

他长长地打了个哈欠，而且声音很响。他感觉到四肢重得像铅一样。有那么一刻，他意识到困乏是一种美妙的感觉，然后就什么也不知道了。突然间，他被惊醒了，坎皮恩在摇着他的身体。

“我说，那是什么？”

“你在说什么？”

他的语气颇有些被人打扰的意思，因为他依然睡意正浓，尽管如此，他还是顺着坎皮恩的手势望了过去。他什么也没听见，但是在很远的地方，他看见两三个带白色浪尖的波涛，一个连着一个。他们并没有显得十分惊恐。

"哦，我想那就是涌潮吧。"

"我们该怎么办？"坎皮恩大声说道。

伊泽特还没有完全醒过来。对于坎皮恩话音中的担心，他只报之以一笑。

"别担心。这些家伙会知道怎么做的。他们心里很明白该怎么做。不过我们的衣服会溅湿一点儿。"

正在他说话的时候，涌潮来到跟前了，来得很快，带着巨大的吼声，就像愤怒的大海发出的吼声一般，伊泽特发现，那浪头比他想象的要高得多、猛得多。他讨厌那浪头的形状，他紧了紧皮带，以免船被打翻之后，他的裤子会掉落下来。一转眼工夫，浪头就向他们砸了下来。那是一堵高大的水墙，它好像在他们头顶上轰然倒下；那堵墙大概有十多英尺高，但它的尺寸只能用你的恐惧来衡量。很明显，没有一艘小船能够抵挡这么高的一堵水墙。第一个浪头向他们砸下来时，就让他们浑身湿了个透，小船也装了一半水，然后紧接着就是下一个浪头向他们冲过来。划船的人员开始惊呼不已。他们拼命地划着船桨，掌舵的人员高声叫唤着命令。但是在那种湍急的河流中，他们帮不了忙，他们很快就发现小船完全失去了控制，所有人都一下子惊惶失措。水势汹涌，把小船掀起来，船的侧面向上，小船立在涌潮的浪尖上，随着河水跌跌撞撞地向前漂去。这时，又一个巨浪向他们打来，小船开始下沉。伊泽特和坎皮恩从原先他们俩休息的、带有遮棚的地方爬了出来，突然，小船从他们的脚底下滑了下去，他们俩都掉进水里，开始挣扎起来。河水在他们周围奔腾着、咆哮着。伊泽特的第一反应就是朝岸边游去，但是他的男仆哈桑对他大声叫着，要他抓住小船。有一会儿，他们所有人都照着他的话做了。

“你还好吗？”坎皮恩对他叫道。

“很好，这个澡洗得真爽啊，”伊泽特说道。

他想象着，等涌潮到了河流的上游，巨浪就会过去，只消几分钟，由于他们在河流的下游，周围的河水又会恢复平静。可是他忘了，他们这时正处于浪尖之上，向前漂流而去。浪头接连地向他们砸了下来。他们紧紧地抓住船舷的边缘，以及用聂帕榈叶盖的遮棚底下的支架。接着，一个更大的巨浪打在小船上，小船翻了个身，盖在他们所有人的头上，这下子，他们都失去了抓握的物体；除了一个光滑的船底，他们似乎已经没有东西可以依附了。伊泽特的双手在滑溜溜的表面上无助地滑行。但是小船在继续翻滚，他拼着死命朝着船舷的方向用力一抓，结果只感觉到船舷从他的手中滑脱。小船继续翻滚，他终于抓住了遮棚的框架。小船还在翻滚，只是翻滚得比较缓慢，于是他再一次努力，看小船底部有什么东西可抓。小船很有规律地翻滚着、翻滚着。他想，这一定是由于他们所有人都抓着小船的一边，于是他试图让船夫游到小船的那边去。他无法让这些人理解自己的意思。所有人都在大叫，巨浪带着单调而愤怒的咆哮声向他们打过来。每一次小船翻滚着、盖在他们头上的时候，伊泽特都被压到水里，他只有抓住船舷或遮棚的框架，才能再次露出水面。这样的挣扎是可怕的。没一会儿，他就累得气喘吁吁，感觉到全身乏力了。他感觉到自己无法坚持很久，但是他并不害怕，因为此时此刻，他的疲乏已经使他不是很在乎眼前发生的事情。哈桑就在他的身边，他跟他说自己已经疲惫不堪。他觉得，最好的办法就是冲向岸边，那距离也不过就是六十码，但是哈桑请求他不要那样做。他们依然在那些湍急而咆哮的巨浪之间向前漂流。小船在不停地翻滚，他们攀爬到小船的上面，就像笼子上的小松鼠。伊泽特吃了不少水。他感觉自己差不多完蛋了。哈桑没法帮助他，但是他在那儿，这是一种安慰，因为伊泽特知道，这个男仆生来就水性很好，游泳是一把好手。过了一两分钟，伊泽特也不知道怎么回事儿，小船开始底部朝下变得稳当，他可以抓牢船舷了。他终于能够正常呼吸了，这是一件了不起的事情。正在此时，由马来人操纵的两只独木舟，乘着涌潮飞快地从他们的身边驶过。他们呼叫着请求帮助，但是那些马来人别过脸，弃他们而去了。他们看见是白人，所以不想惹什么麻烦。那些人处于安全的境地而不愿出手相助，反而漠不关心地离去，看见这种场景，真令人痛苦。突然，小船又开始翻滚起来，它慢慢地翻滚着，于是那悲惨的、耗人体力的攀爬活动又开始了。这种事情是会让人失去耐性的。但是刚才那一小段时间的喘息，给了伊泽特力气，使他能够再搏斗得长久一点。可没多一会儿，他就发现自己又上气不接下气了，觉得自己的胸都要炸开了。他的力气都用尽了，这时候的他甚至不知道自己有没有力气游到岸边。突然，他听见一声叫喊。

“伊泽特，伊泽特。救救我。救救我。”

那是坎皮恩的声音。那是一声痛苦的呻吟。那声音一直穿透到伊泽特的神经末梢。坎皮恩，坎皮恩，他去管那个坎皮恩干啥呢？一阵恐惧攫住了他，那是一种隐秘的、动物性的恐惧，这种恐惧给了他新的力量。他没有作出回应。

“帮我，快，快，”他对哈桑说道。

哈桑立刻明白了他的意思。一支船桨神奇地漂浮到离他们很近的地方，他把船桨推到伊泽特手可以触及的地方。他把一只手放在伊泽特的胳膊底下，他们划着水，离开了小船。伊泽特的心在怦怦直跳，他感到呼吸困难。他感到既疲乏，又恐惧。浪头打在他的脸上。河岸似乎非常遥远,令人害怕难以抵达。他觉得自己根本游不到岸边。那男仆突然大声说,他可以触到底了,于是伊泽特伸下腿去试了试;但是他什么也没有触到;他又拼命地划了几下,眼睛死盯着岸边,再试了一下,他感到自己的脚陷在厚厚的污泥之中。他暗自庆幸。他继续在污泥中挣扎着,河岸就在眼前,污黑的烂泥淹没到他的双膝;他往上爬着,拼命想挣脱这残忍的、令人痛苦的河水;当他爬到岸上,他发现一块小小的平地,周围长满了高高的茂密的杂草。他和哈桑两人重重地倒在上面,四肢张开地躺了一会儿,就像是死人一般。他们太累了,一动也不能动。他们俩从头到脚都粘满了污黑的烂泥。

但是没过一会儿,伊泽特的脑子就开始工作了,一阵巨大的悲恸袭上心头。坎皮恩被淹死了。这太可怕了。他不知道自己回到吉所罗之后该如何解释这场灾难。他们会责怪他的;当他看见涌潮来临的时候,他应该记得涌潮这回事儿,并且告诉掌舵的人及时靠岸,把小船系在岸边。这不是他的错,这是掌舵人的错,他了解这条河流;他为什么没有想到要躲到安全的地方去呢?他凭什么认为有可能渡过那种可怕的激流呢?伊泽特一想到那湍急的潮水像一堵墙一样向他们倾倒下来,他的四肢就发抖。他必须找到他的尸体,把它运回吉所罗。他不知道其他船夫是否也有淹死的。他浑身乏力,无法动弹,但是哈桑站起身来,把自己纱笼上的水拧干;他去察看了一下河流,迅速回到伊泽特的身边。

“老爷,有一艘小船过来了。”

白茅草挡住了伊泽特的视线,他什么也看不见。

“大声叫他们过来,”他说。

哈桑一溜烟地不见了,他爬到一根伸到河面上方的树枝上;他大声叫着,挥着手。随后,伊泽特就听见有人说话。那是他的男仆与船主人之间匆匆的交谈，不一会儿，他的男仆就回来了。

“他们看见我们翻船的，老爷，”他说，“涌潮一过，他们就开船过来了。河对岸有一个连体农舍。如果你愿意到河的那边，他们就会给我们换上纱笼，还给我们吃的，我们可以睡在那儿。”

面对这奸诈而危险的河水，伊泽特一时间都不能相信自己的判断。

“另一位老爷怎么样啦？”他问道。

“他们不清楚。”

“如果他被淹死了，他们必须找到他的尸体。”

“还有一艘船已经往上游去了。”

伊泽特不知道该怎么做。他已经麻木了。哈桑的手臂搂着他的肩膀，搀扶他站立起来。他艰难地穿过茂密的杂草，走向河边，他在那里见到一只独木舟，里面坐着两个迪雅克人。河流已经恢复平静，正迟缓地流着；洪波巨浪已经过去，谁也不会想到，就在一刻钟之前，在这么平静的河面上曾经是一片狂风暴雨的海洋。两个迪雅克人把刚才跟男仆说过的话再跟他说了一遍。伊泽特已经说不出话来。他觉得自己要是一开口，必定会哭得泪流满面。哈桑扶他上了船，迪雅克人开始向河岸对面划去。出于恐惧，他渴望有一支烟，但是他的烟和火柴都装在后裤兜里，现在全都浸湿了。这条河似乎宽得永远也渡不过去。夜色降临了，当他们抵达对岸时，天边已经亮起了几颗星星。他踏上河岸，两个迪雅克人中的一个把他带到连体农舍。但是哈桑却抓起他刚扔下的那支船桨，与另一个迪雅克人一起划着船，回河里去了。两三个男人和几个孩子过来看望伊泽特，在一片嘈杂的人声中，他爬上了连体农舍。他登上梯子，被带到专供年轻人睡觉的场所，不时听见有人跟他打招呼，并作出兴奋的议论。人们匆忙地为他铺了几张藤席作为他的卧榻，他就重重地躺倒在上面。有人给他送来一坛子亚力酒,他喝了好久才喝完;这酒又涩又辣,喝完了嗓子里火辣辣的,但这酒给他的心里带来了温暖。他脱下衬衫和长裤,换上一条人家借给他的干爽的纱笼。偶然间,他瞥见一弯黄色的新月,新月朝上弓着身子,这给了他一种清新的、几乎是感官上的快乐。他忍不住想到,要是不巧,此刻自己很可能是随着潮水向上游漂去的一具尸体。此刻的月亮在他眼里,从来没有那么可爱过。他开始感觉到饥饿,于是提出要吃点米饭。一个女人走进一个房间去准备了。他这时体力已经恢复了许多,于是开始重新思考回到吉所罗之后该如何向人解释。没有人会过于责怪他,因为他当时睡着了;他的确没有喝醉,哈钦森可以替他作证,而且他怎么会料到那个掌舵的人竟然是个大混蛋呢?说到底就是倒霉。但是一想到坎皮恩,他还是忍不住打了个寒噤。终于,有人给他端上来一大盘米饭,正当他要开始吃饭时,一个人惊惶失措地跑了进来。



“那个老爷来了,”他大声说道。

“什么老爷?”

他跳了起来。门口只听见人声鼎沸,他向前跨出了一步。哈桑从黑压压的人群中快步向他走来,然后他听见一个人说话。

“伊泽特。你在吗?”

坎皮恩向他走来。

“哎呀,我们又见面了。感谢上帝,真是万幸啊,可不是吗?看来你已经把自己搞得挺舒服的了。哎哟,我要是有一杯酒就好了。”

湿漉漉的衣服粘着他的身体,他浑身都是泥巴,而且头发蓬乱。但是他的精神状态很好。

“我不知道这些家伙把我带到哪里来了。我打定主意,今天晚上一定要睡在岸上。我还以为你淹死了呢。”

“这儿有一点亚力酒，”伊泽特说。

坎皮恩用嘴凑着坛子喝着，他把酒泼得到处都是，但还是继续喝着。

“爽啊，可是说真的，这酒厉害。”他看着伊泽特，咧嘴笑着，露出他那已经爆裂而且变色的牙齿。“我说，老伙计，看你的样子，你要是洗个澡会好很多。”

“我等一会儿再洗。”

“好吧，那我也等一会儿。叫他们给我弄条纱笼来。你是怎么逃出来的?”他没有等他回答。“我以为我已经死了。我能得救，完全是靠这里的两位运动好手。”他乐呵呵地朝两名迪雅克囚犯点着头，示意是他们两个人，那两个人，伊泽特依稀记得是他们原先船夫中的成员。“他们两人在我身边，一边一个，一直抓着那艘倒霉的小船不放，后来他们发现我已经筋疲力尽了。我再也挺不下去了。他们朝我做手势，表示我们可以冒险游到岸边去，但是我觉得自己没有那个力气。天哪，我一辈子都没那么累过。我不知道他们是怎么做的，反正他们抓住了我们俩原先躺着休息的那只坐垫，把它卷成一个卷儿。他们真是运动好手。我不明白，他们为什么不把我抛下，去救他们自己呢。他们把那卷东西给了我。我觉得那东西就是一个破烂的救生带，但我想到一句古话，说一个人快淹死时，捞着一根救命草，总比没有好。于是我抓着那个破东西，他们两人一边一个，把我拽到了岸上。”



坎皮恩绝处逢生，有了那次危险的经历，他变得异常兴奋，话也比往常更多了;但是伊泽特几乎没有听他说话。他又一次听见坎皮恩痛苦的呼救声，那声音非常真切，好像那些话语还在空中回响，他因为感到害怕而难受。他的神经隐隐约约地感受到一阵阵惊恐。坎皮恩还在说话，可他是否为了掩饰自己的想法才这样说话的呢?

伊泽特仔细地察看那一双闪亮的蓝眼睛，希望能读出那一系列话语的背后真实的涵义。那里面是否流露出凶狠的一瞥，或者含有一点尖刻的讽刺？他是否知道，伊泽特曾经自顾逃命，将他抛弃，任凭命运之手加以处置？他在内心感到羞愧。但是话又说回来，在当时的情况下，他能够做些什么呢？在那一时刻，所有人都会争先恐后，各自逃命的。但如果到了吉所罗，坎皮恩跟人家说，伊泽特把他抛弃了，人家会怎么议论呢？他应该留在他身边陪着他，此时此刻，他真心希望自己当时真的留在他的身边，但是，但是另一个想法占了上风，他做不到。有谁能责怪他呢？没有人，只要他见识过那奔腾汹涌的激流，就不能责怪他。啊，那一片河水，那种疲惫感，简直可以让人哭出来！

“如果你跟我一样感到饿了，不妨就这盘米饭好好地吃上一顿吧，”他说。



坎皮恩狼吞虎咽地吃了起来，但是伊泽特只吃了一两口，就感到自己没了胃口。坎皮恩不停地在说话。伊泽特将信将疑地听着。他觉得自己必须警惕，所以他饭没怎么吃，但亚力酒倒喝了不少。他开始感到有点儿醉了。

“我回到吉所罗，一定会被骂得臭死的，”他怯生生地说道。

“那是为什么？”

“我是被派来照顾你的。他们会觉得我很笨，以致于弄得你差点淹死。”

“那不是你的错呀。那是那个掌舵的大笨蛋的错。再说啦，我们不都活得好好的嘛，这才是重要的呢。说真的，我觉得自己死过一次了。当时我大声地叫你。我不知道你有没有听见。”

“没有，我什么也没听见。那时候声音那么嘈杂，不是吗？”

“也许你当时就已经离开了。我不是很清楚你什么时候离开的。”

伊泽特警觉地望着他。是不是由于他的幻觉,发现坎皮恩的眼神中有些异样?

“当时真是一片混乱,”他说。“我累得筋疲力尽。我的男仆扔给我一支船桨。他向我保证说你一切都很好。他告诉我说,你已经上岸了。”

那支船桨!他应该把那支船桨让给坎皮恩,并且告诉哈桑去救他,因为哈桑是个游泳能手。这一次,会不会又是他的幻觉,发现坎皮恩朝他迅速地投来一个搜寻的眼神?

“真希望我当时能帮上你更多的忙,”伊泽特说。

“哦,我敢肯定,你当时照顾自己都应付不过来呢,”坎皮恩回答说。



头人给他们俩带来了几杯亚力酒,他们俩尽兴地喝了。伊泽特的头开始晕眩,于是提议他们俩都睡上一觉。床都替他们俩铺好了,还挂好了蚊帐。明天一大早,他们俩就要沿着河流,完成他们剩下的行程。坎皮恩的床就在他的床边,没一会儿,他就听见他开始打鼾了。他一躺下就立刻睡着了。那天晚上,连体农舍的年轻人和充当那艘小船船夫的囚犯们聊到很晚才睡。这时,伊泽特的头开始疼得厉害,而且他无法思考。破晓时,当哈桑把他唤醒时,他感觉自己根本就没有睡着过。他们的衣裤都已经洗净、晾干,但是当他们走在通往河边的小径上时,衣裤还是湿漉漉的。普拉胡帆船正在河边等着他们。他们轻松地划着船。清晨是可爱的,河面开阔而平静,河水在晨曦中熠熠发光。

“感谢上天,活着真好啊,”坎皮恩说道。

他很邋遢,而且胡子拉碴的。他作着深呼吸,嘴巴半张着,撇向一边,而且龇着牙笑着。你可以明显地看到,他对呼吸这件事情感觉特别美好。面对着蓝天、阳光和青翠的树木,他感到愉快。伊泽特恨他。他可以确定,这个早上,他的举止行为有异于往常。他不知道怎么办。他想过要请求他的宽恕。他的行为就像一个小市民,但他已经感到后悔,他愿意尽一切努力重新获得一次机会。可这事儿,要是换了别人,也会像他那样做的。如果坎皮恩把他告发了,他就完蛋了。他再也不能住在森布卢了;在婆罗洲,在海峡殖民地①,他将名声扫地。如果他向坎皮恩忏悔,他自然是可以让坎皮恩保证守口如瓶的。但是他会信守诺言吗?他瞥了他一眼,一个狡猾的矮个子:这样的人怎么可以信得过呢?伊泽特想起自己前一天晚上说过的话。当然,那些话都不是真的,但是谁又会知道呢?退一万步说,谁能证明他当时不是真心实意地以为坎皮恩已经脱险了呢?不论坎皮恩说什么,那都不过是他个人指责伊泽特的话;他可以笑笑,耸耸肩,说坎皮恩丧失了理智,他不知道自己在说什么。况且,还不能确定坎皮恩是否相信了他编的故事呢;在那个可怕的生死关头,他不可能什么事情都记得清清楚楚的。他忍不住想再回到刚才那个话题,但又怕旧话重提,会引起坎皮恩的怀疑。他必须三缄其口。这是他安全自保的唯一机会。当他们抵达吉所罗时,他可以抢先说出他的那个故事版本。

“现在要是还有一支烟抽的话,”坎皮恩说,“我就是彻底的幸福了。”

“到了轮船上,我们应该能够抽上几根劣质香烟吧。”

坎皮恩浅浅地一笑。

“人类是很不理性的动物,”他说。“起初,我觉得自己能活着,

---

① 海峡殖民地(Straits Settlements),指18世纪末以后英国在马六甲海峡沿岸的殖民地,包括槟榔屿、新加坡、马六甲、纳闽岛。第二次世界大战结束后逐渐解散。

已经很高兴了,别的什么也不想了,可是现在呢,我开始对丢失了我的笔记,我的照片,我的剃须用具而感到遗憾。”

这个想法,伊泽特早就形成了,它潜伏在他意识的背后,前一天晚上,他一直拒绝这个想法进入他的意识。

“我向上帝祷告,他要淹死该多好。那样,我就安全了。”

“船就在那儿呢,”坎皮恩突然叫了起来。

伊泽特环顾四周。他们已经到达了河口,“苏丹艾哈迈德”号轮船在等着他们。伊泽特的心一沉:他忘了这艘船上有一个英国船长,他一定会知道他们的冒险经历。坎皮恩会怎么说呢?船长的名字叫布雷登,伊泽特经常在吉所罗遇见他。他为人直率,长着一绺黑髭须,举止轻松活泼。

“快来吧,”他们划着船过去时,他向他们喊道,“我从天一亮就等你们到现在啦。”但当他们登上轮船之后,他的脸色一沉。“哦嗬,你们怎么啦?”

“给我们一点喝的,你会听到整个故事的,”坎皮恩说道,咧着嘴奸佞地笑着。

“跟我来。”

他们坐在遮棚底下。桌子上放着几个杯子、一瓶威士忌加苏打水。船长下达了命令,几分钟之后,他们就在一片轰隆声中启航了。

“我们遭遇到涌潮了,”伊泽特说道。

他觉得自己必须说些什么。虽然喝了酒,但他的嘴还是干燥得厉害。

“是吗?老天爷!你们没有淹死,真是命大呀。到底是怎么回事儿?”

虽然他是对着伊泽特说话,因为他认识他,但是回答的人却是坎皮恩。他讲述了整个事件,非常准确,而伊泽特则紧张而专注地听着。坎皮恩讲到故事前半部分的时候用的是复数人称,但是讲到他们掉进水里的时候,却改用单数人称了。起先是他们做了一些什么,现在却是他自己怎么样了。他把伊泽特撇在了一边。伊泽特不知道自己应该放心呢还是应该小心。他为什么不再提到他了呢?是因为在那个生死关头,他只是想到了自己,还是——他已经知道了?

"那么你怎么样呢?"船长布雷登说着,把脸转向了伊泽特。

伊泽特正想回答,坎皮恩又说话了。

"我一直以为他已经被淹死了,直到我来到河的对岸。我不知道他是怎么逃出来的。我想他大概连自己也不知道吧。"

"当时我眼睛一眨就过去了,"伊泽特大笑着说道。

坎皮恩为什么说那些?他无意中碰见了他的眼神。现在他可以确定的是,他的眼睛里有一丝愉悦的神情。他无法确定真相,这太可怕了。他感到惊恐。他感到羞愧。他怀疑自己可能无法控制现在或以后的谈话,以至于到了吉所罗,他要去询问坎皮恩自己讲述的是不是同一个故事。故事里没有什么东西会引起任何人的怀疑。可即使没有其他人知道这件事儿,坎皮恩还是知道的。他差点儿把他害死了。

"不管怎么说,我觉得你们俩能够活着,算是命大的,"船长说。

船到吉所罗只需要很短的时间,当他们沿着森布卢河行驶的时候,伊泽特忧心忡忡地望着河的两岸。河岸上是被流水冲刷后的海榄雌和聂帕榈,身后是茂密而葱绿的丛林;在果树当中,鳞次栉比的,到处都是马来人的屋舍。他们靠岸的时候,夜幕已经降临。警官戈林走上船来,跟他们握了握手。当时他正住在那间别墅里,早在他着手准备会见那些土著乘客的时候,他就跟他们说,他们会发现还有一个名叫波特的人也住在那里。他们所有人都会在吃晚饭的时候会面。男仆们负责去照管他们的装备，坎皮恩和伊泽特则出去散步了。他们洗了澡，换了衣服，到了八点半，四个人在公共休息室里一边会面，一边喝着果子酒。

“我说啊，这个布雷登跟我说你们差点淹死了，到底是怎么回事儿啊？”戈林一边走进来，一边说道。

伊泽特感到自己脸上发烧，但是他还没有开口，坎皮恩就插进来说话；伊泽特似乎肯定地认为，他说话的目的是想提供他所选择的故事版本。他因羞愧而焦躁不安。可是，没有一句话是贬损他的，也没有一个词提到他；他不知道那两个听故事的人——戈林和波特，发现他被撇在一边，是否会感觉奇怪。当坎皮恩接着讲故事的时候，他急切地望着他；他讲故事的方式挺幽默；他并不掩饰他们当时的危险境遇，但他是以玩笑的口吻讲述的，所以两个听故事的人一边听一边大笑，笑他们当时所处的窘境。



“有一件事情我一直觉得好笑，”坎皮恩说，“就是当我被救到岸边时，我浑身漆黑，从头到脚都是烂泥。我觉得我真的应该跳进河里去洗一个澡，但是你知道，我当时已经在那条要命的河里挣扎得太久，所以我对自己说：不，看在上帝的分上，就让我肮脏好啦。直到我走进那间连体农舍，看见伊泽特跟我一样浑身漆黑的时候，我知道他的感受也跟我的一样。”

他们笑着，伊泽特也强迫自己一起笑着。他注意到，坎皮恩在讲故事时所用的词语，和他跟“苏丹艾哈迈德”号轮船的船长讲故事时所用的词语完全一样。那只有一种解释；他知道真相，他知道一切，并且早就策划好了该怎样讲述这个故事。坎皮恩在陈述事实的同时，故意把那些肯定会败坏伊泽特名声的部分省略掉，他的手腕是恶毒的。但是他为什么留着一手呢？对于一个在他的生死关头冷酷地抛弃他的人，竟然不感到轻蔑和愤怒，这并不像是他的为人。突然,一个灵感闪过脑际,伊泽特明白了:他留着真相,是要告诉驻地长官威利斯。一想到要去面见威利斯,伊泽特就浑身起鸡皮疙瘩。他可以抵赖,但是他的抵赖有用吗?威利斯可不是傻瓜,他可以去质问哈桑;哈桑难保一定不会说出真相;哈桑会告发他的。那样的话他就死定了。威利斯会向他建议,他最好回英国老家去。

他头痛得就像裂开似的,吃过晚饭之后,他来到自己的房间,因为他想一个人呆着,那样可以构思一个行动计划。一会儿,他就有了一个想法,那想法使他浑身一阵热一阵冷的:他知道,他一直防范了这么久的秘密,其实是一个世人皆知的秘密。他突然间对这一点确信无疑。为什么他会有那双明亮的眼睛,有那身黝黑的皮肤?为什么他那么轻易地会说马来语,那么快就学会了迪雅克语?他们当然知道。还自以为他们会相信自己编的故事,什么西班牙籍的外婆,真是太傻了!当他告诉他们的时候,他们肯定在暗自发笑,他们在背地里一定把他叫做黑鬼。这时,还有一个想法在折磨着他,他问自己,是不是他血管里流着的那一滴肮脏的土著人的血,使他在听见坎皮恩呼救的时候丧失了勇气。毕竟来说,在那种时候,任何人都会惊惶失措;平心而论,为什么他就应该牺牲自己的生命,去营救一个他并不怜爱的人的生命呢?那是荒唐的。可是在吉所罗,他们当然认为只有那样做才是对的;他们是不会体谅的。

最后他还是上床了,但是在他翻来覆去折腾了天知道有多长时间,终于睡着了之后,他被一个噩梦惊醒了;他好像又掉进了那汹涌的潮水之中,小船在不停地翻滚着,翻滚着;然后就是拼命去抓那船舷时的挣扎,船舷从他的手中滑脱时的痛苦,还有奔腾着没过他头顶的河水。天亮时,他眼睛睁得大大的。他唯一的机会就是去面见威利斯,抢先说出他的故事版本;他仔细推敲他将要说的话,拣选他将要使用的确切词语。

他很早就起身，为了避免见到坎皮恩，他没吃早饭就出门了。他沿着大路走着，直到他知道驻地长官应该已经在办公室的时候，他才又走了回来。他报上自己的姓名，随后由人陪着走进威利斯的房间。威利斯略微有些上了年纪，头发灰白而稀疏，脸长长的，而且泛黄。

"看见你能够安全地回来，我很是高兴，"他跟伊泽特握着手说道。"听说你差点淹死了，到底是怎么回事儿啊？"

伊泽特穿戴着干净的帆布裤和一尘不染的遮阳帽，是一个整洁的男人。他的一头黑发梳得整整齐齐，一绺髭须也经过修剪。他的外表端正，俨然一副士兵的样子。

"我觉得我最好过来立即跟您说一下情况，长官，因为您吩咐过，让我照顾坎皮恩的。"



"有话就直说吧。"

伊泽特讲述了他的故事。他轻描淡写地谈了一下当时的危险情况。他想让威利斯觉得没有发生什么大事。要是他们出发得早一点，就不会发生翻船的事儿。

"我催过坎皮恩，让他早点走，但是他已经喝了两三杯了，其实，他不想走。"

"他喝醉了吗？"

"这个我不知道，"伊泽特和善地微笑着。"我应该说，他绝对清醒。"

他继续讲着自己的故事。他用婉转的方法暗示，坎皮恩有点儿丧失了理智。当然，对于一个不太会游泳的人来说，这是一件非常可怕的事情：他，伊泽特，一直关心坎皮恩胜过关心他自己；他知道唯一的机会就是保持冷静，就在他们翻船的时候，他发现坎皮恩在大呼小叫。

“你不能就这件事情责怪他，”驻地长官说道。

“当然，我尽我所能，做了我能为他做的一切，长官，但事实上，我帮不上什么大忙。”

“行啦，关键是你们俩都逃出来了。要是他淹死了，我们所有人都会有麻烦的。”

“我觉得在您见坎皮恩之前，我最好先过来跟您说一下情况，长官。我猜想他很有可能会乱讲一气的。把事情夸大是不对的。”

“总体上来说，你们俩的说法还挺吻合的，”威利斯说，微微一笑。

伊泽特茫然地望着他。

“你今天早上没见到坎皮恩吗？我听戈林说发生了一些麻烦。昨天晚上吃过晚饭，我离开‘屯堡’回家时路过你们那儿。我看了一下，你已经上床睡觉了。”



伊泽特感到浑身战栗，他使出很大的劲儿，想保持镇定。

“顺便问一句，是你先逃出来的是吗？”

“我真的不知道，长官。您想啊，当时乱成了一团呢。”

“如果你比他早到岸上，那就肯定是你先逃出来的。”

“我猜是这样的。”

“好啦，谢谢你来告诉我，”威利斯说着，从座位上站了起来。

他站起来时，把几本书撞翻到了地板上。书掉下来的时候，突然发出砰的一声。这突如其来的声音使伊泽特极为震惊，他倒抽了一口冷气。驻地长官很快地瞥了他一眼。

“我说啊，你现在的精神状态真够呛的。”

伊泽特战栗着，无法自控。

“我很抱歉，长官，”他喃喃地说道。

“我估计你们都受了惊吓。你最好这几天好好地休息一下。你可以去找医生,让他给你开点药。"

"我昨晚没有睡好。"

驻地长官点着头,似乎表示理解。伊泽特离开了房间,当他出门时,他的一个熟人停下脚步,为他大难不死而表示祝贺。他们都知道了。他向别墅的方向往回走。他一边走着,一边心里重复着刚才跟驻地长官讲述的故事。这个故事真的和坎皮恩讲的一模一样吗?他毫不怀疑,驻地长官已经听坎皮恩讲过这个故事了。他昨天那么早就上床睡觉,真是太傻了!他绝不应该让坎皮恩逃出他的视线。为什么驻地长官只是听着,而不告诉他已经知道这一切了呢?这时,伊泽特责骂自己刚才不该暗示说坎皮恩喝醉、丧失了理智。他说那些是想败坏他的名声,但他这时明白了那样做是愚蠢的。而且为什么威利斯提到是他先逃出来的呢?也许他也是留着一手;也许他会进行调查的;威利斯这个人是很鬼的。可是坎皮恩到底说了些什么呢?他必须知道;无论以什么代价,他都必须知道。伊泽特心潮起伏,他觉得自己几乎无法控制自己的思想了,但是他必须保持平静。他觉得自己就像是一只被猎杀的动物。他不相信威利斯会喜欢他;有一两次在办公室里,他责怪他不够仔细;也许他只是在等待,直到他了解了所有真相。伊泽特几乎疯狂了。



他走进别墅,在那里,坎皮恩正伸直了两腿,坐在一张长椅上。他在读报,那些报纸是他们在丛林里、不在家的那段时间送来的。看着这个矮小、肮脏的男人,伊泽特感觉到一阵隐隐的仇恨涌上心头,就是这个男人把他牢牢地握在手心里。

"你好啊,"坎皮恩抬起头来说道。"你到哪儿去啦?"

在伊泽特看来,他的眼睛里似乎充满了嘲笑和讽刺。他攥紧了拳头,呼吸开始急促起来。

"你跟威利斯到底是怎么说我的?"他唐突地问道。

他提了一个没头没脑的问题，而且语气十分粗鲁，坎皮恩略带诧异地瞥了他一眼。

"我觉得我没怎么说你呀。怎么啦？"

"他昨天晚上来过了。"

伊泽特急切地望着他。他愤怒地皱起眉头，双眉凝结在一起，试图看透坎皮恩的想法。

"我跟他说你头痛，上床睡觉了。他想了解一下我们的不幸遭遇。"

"我刚去见过他。"

伊泽特在宽敞而阴凉的房间里来回踱步；这时，虽然时间还早，但是太阳已经很热，而且刺眼。他感觉自己像热锅上的蚂蚁。他感到愤怒，但找不到理由；他可以掐住坎皮恩的喉咙，把他勒死，但是由于他不知道在跟谁斗争，他自觉软弱无力。他感到疲乏、难受，他的神经在震颤。突然，刚才给他以力量的那股怒火退却下去，他的心里充满了沮丧。在他血管里流着的似乎不是血，而是水；他的心沉甸甸的，他的双膝似乎无法再支撑他的身体。他觉得，如果他不克制自己，就会哭出声来。他感到自己是世界上最可怜的人。

"你去死吧，我对天发誓，我但愿自己从来就没见过你，"他大声说道，一副可怜样儿。

"这到底是怎么回事儿啊？"坎皮恩问道，他感到震惊。

"噢，别装了。我们都装了两天了，我感觉烦透了。"他的调门升高了，声音变得尖厉，它从那个强壮的男人嘴里发出来，很是异样。"我感觉烦透了。我的确是自顾逃命了。你呼救的时候，我没去救你。我知道自己是个孬种。可是我挺不住啊。"

坎皮恩慢慢地从椅子里站起来。

"你在说些什么哪？"

他那惊讶的语气是真心实意的，这反倒让伊泽特非常吃惊了。一阵寒慄穿过他的脊梁骨。

“你在呼救的时候，我害怕得要死。我正好抓到一支船桨，于是就叫哈桑帮助我逃跑了。”

“你那样做是再明智不过的呀。”

“我挺不住。我什么事也做不了。”

“当然做不了。当时我那样子呼救真是傻透了。那是在浪费气力，我那时候需要的就是气力。”

“你是说，你不知道？”

“当那两个人把坐垫交给我的时候，我还以为你还抓着船呢。我脑子里在想，我是比你先逃出来的。”

伊泽特双手扶着头，发出一声绝望而嘶哑的惨叫。“我的天哪，我真是个大笨蛋！”



他们两人站在那儿，互相对望了一会儿。那寂静似乎是永恒的。

“那你现在打算怎么办？”伊泽特最后问道。

“噢，我亲爱的伙计，别担心。我也经常会怕得要死，哪有工夫去责怪别人表现得胆儿小呢。我不会告诉任何人的。”

“好的，但是你知道。”

“我向你保证，你可以信任我。另外，我在这儿的工作也做完了，马上就要回去了。我要去赶下一班开往新加坡的轮船。”坎皮恩停顿了一下，若有所思地对着伊泽特看了一会儿。“我只有一件事情想求你：我在这儿交了不少朋友，我对一两件事情有点儿敏感；你跟别人说起我们那个翻船的故事的时候，你最好不要跟他们提起我那些傻乎乎的举动，那样的话，我会万分感激。我不想让这里的人认为我当时丧失了理智。”

伊泽特暗自感到羞愧。他回想起自己跟驻地长官说过的话。这情形,就好像坎皮恩一直都在他的背后偷听他说话一样。他清了清嗓门。

“我不明白,你为什么会以为我会做那种事情的。”

坎皮恩带着一副和善的样子,咯咯地笑着,他的蓝眼睛里充满了愉悦的神情。

“因为胆怯,”他回答道,然后,他咧嘴笑着,露出他那已经爆裂而且变色的牙齿:“抽一支雪茄吧,小伙子。”

# 信

窗外的码头上，太阳火辣辣的。汽车、卡车、公共汽车、私人轿车和出租车，在拥挤的大街上川流不息，所有的司机都在揿着喇叭；人力车夫在人群中灵活地穿梭，气喘吁吁的劳工们互相喊着号子，借以调整呼吸；苦力们扛着沉重的大包，侧着身子用飞快的碎步向前奔跑，嘴里还大喊着要行人让道；流动的小商贩们叫卖着自己的小玩艺儿。新加坡是一个五方杂处的地方；各种肤色的人都聚集在一起，有黑皮肤的泰米尔人、黄皮肤的华人、棕色皮肤的马来人，还有亚美尼亚人、犹太人和孟加拉人，他们用吵闹的声调互相打着招呼。但是在里普利、乔伊斯和内勒三位律师开设的合伙律师事务所里，却显得凉爽而宜人；跟阳光灿烂、尘土飞扬的大街相比，这里显得昏暗，大街上是永无休止的嘈杂声，而这里却是一片舒适和宁静的气氛。乔伊斯先生坐在他自己办公室的写字台前，一台电风扇正对着他使劲地吹着。他仰靠着椅背，两肘搭在椅子的扶手上，两手的指尖互相顶在一起。他目不转睛地看着前方长长的书架上已经翻烂的卷帙浩繁的《判例汇编》。壁橱顶上放置着几个涂过漆的方形铁皮盒子，盒子上写着各个诉讼委托人的姓名。

有人敲门。

“进来。”

一个身穿整洁的白色帆布裤的华人职员开了门。

“克罗斯比先生来了，先生。”

他的英文说得很漂亮，每个词的发音都很准确。乔伊斯先生经常对他能掌握这么大的词汇量而感到惊讶。他叫黄志成，广东人，曾在格雷律师学院[1]学习法律。为了将来自己独立开业,他正在里普利、乔伊斯和内勒的合伙律师事务所里做为期一两年的见习生。他工作勤奋、乐于助人,在品格上堪称表率。

“带他进来吧,”乔伊斯先生说。

乔伊斯先生站起来和客人握手,然后请他坐下。他站起来时,阳光照在他的身上。乔伊斯先生的脸依然在遮荫里。他生性沉默寡言,这时,他盯着罗伯特·克罗斯比看了好久,没有说话。克罗斯比身材高大,有六英尺多高,肩膀稍宽,肌肉发达。他是个种植园主,常常在种植园里徒步行走,借以锻炼身体;干完一天的活之后,他还要打网球,借以放松筋骨。他的皮肤被太阳晒得黝黑。他那双毛茸茸的手,还有那双装在笨重的靴子里的脚,都是硕大的;乔伊斯先生心想,这只巨大的拳头抡出去,可以轻易地把弱小的泰米尔人置于死地。但是他那双蓝眼睛里却没有一丝凶相;它们充满了信任和温柔;他的脸庞宽大,其貌不扬,但却显得开放、坦率而真诚。不过这个时候,他的脸色非常沮丧,一副瘦削、憔悴的样子。

“看来你这两个晚上没有睡好啊,”乔伊斯先生说。

“是的,没睡好。”

这时,乔伊斯先生注意到了那顶宽边双檐的旧毡帽,它是克罗斯比刚放在桌子上的,然后他的眼光移到了他的卡其布短裤,短裤底下露出了毛茸茸的红色大腿,他那条领口敞开的网球衫,没有配领带,然后是那条卷起了袖子、脏兮兮的卡其布外套。他这副样子活像是在橡胶林中长途跋涉之后刚刚钻出来。乔伊斯先生微微皱了下眉头。

“要知道,你必须打起精神。你必须保持冷静。”

“哦,我还好。”

---

① 格雷律师学院(Gray's Inn),伦敦的四家培养律师的机构之一。

“今天见过你的妻子吗?”

“没有,今天下午就去看她。你也知道,他们竟然逮捕了她,真他妈的太不像话了!”

“我想这是他们必须做的。”乔伊斯先生平静、柔和地回答道。

“我本来以为他们会让她保释出来。”

“案情很严重呢。”

“真他妈的见鬼!她只是做了任何一个良家妇女在那种情况下都会做的事情,不过她们十之八九没有她的胆量罢了。莱斯莉是世上最善良的女人,连一只苍蝇也不忍心打死呀。老兄,我真倒霉啊!我跟她结婚十二年了,难道还不了解她吗?上帝啊!假如那个男人落到我手里,我非要拧断他的脖子,我会毫不犹豫地宰了他。换了你也不会饶了他。”



“我亲爱的伙计,大家都同情你。谁也不为哈蒙德辩护。我们打算救她出来。我想,不论陪审团还是法官,他们一定会在对她宣判无罪之后才肯离开法庭的。”

“这完全是一幕闹剧,”克罗斯比气急败坏地说。“首先,她本来就不该被捕;还有,那可怜的女人吃尽了苦头,还要让她经受审判的折磨,这太可怕了。我到新加坡以来碰到过的男人或女人,没有谁不对我说莱斯莉那样做是合理的。居然把她关在监狱里几个星期,我觉得太可怕了。”

“法律面前人人平等嘛。不管怎么说,她承认自己杀了那个男人。这很棘手。我对你们夫妇俩深表同情。”

“我算不了什么啦,”克罗斯比插了一句。

“但事实是她已经杀了人,在文明社会里,审判是不能避免的。”

“除掉一个无赖恶棍也算杀人吗?她枪杀他,正如杀死一条疯狗。”

乔伊斯先生又仰靠在椅背上，两手的指尖再次互相顶在一起，像是搭起了一个屋顶框架。他沉吟片刻。

“有一点使我稍微有些担心，”他终于开口说道，语气平和，一双褐色的眼睛冷静地盯着他的诉讼委托人。“如果这一点我不告诉你，作为你的法律顾问，我就不够称职。如果你的妻子朝哈蒙德只开一枪，整个案件的处理就会顺利得多。不幸的是，她开了六枪。”

“她的解释十分简单。在那种情况下，谁都会那样做的。”

“或许如此，”乔伊斯先生说。“当然，我认为她的解释是很合理的。但是，我们要是回避事实也没有好处。站在第三者的立场上考虑问题，那样总是有好处的。我不能否认，要是我现在是代理王国政府来起诉的话，我会特别对这一点提出质疑。”

“我亲爱的伙计，只有白痴才会那样做。”

乔伊斯先生向罗伯特·克罗斯比瞪了一眼。他那棱角分明的嘴唇上露出一丝淡淡的微笑。克罗斯比是个好人，但不够聪明。

“或许这个问题不很重要，”律师回答说，“但我认为有必要提醒你一句。你不用等很长时间的，等一切都结束了，我建议你跟你妻子离开这儿，到其他地方去旅游一次，把这一切都忘掉。尽管我们可以断定她会无罪释放，但这种审判还是很费神的，你们两位到时候都需要休息。”

直到这时，克罗斯比的脸上才第一次露出笑容，这使他的面部发生了奇特的变化。你忘记了他那副凶相，看到的只是他那美好的心灵。

“我觉得我比莱斯莉更需要休息。她居然挺过来了，那太神奇了。说真的，你的委托人可是一个勇敢的小女人呀。”

“不错，她的自我控制能力给我留下了深刻的印象，”律师说。

“我怎么也没料到,她竟然有那种定力。”

作为克罗斯比太太的辩护律师,乔伊斯先生在她被捕后必须跟她有多次会面。尽管能做的一切都做了,千方百计让她感觉轻松,但事实上,她身陷囹圄,因涉嫌杀人而等待着开庭审判,即使她吓得六神无主,也是不足为奇的。在这场考验面前,她似乎有能力保持镇静。她读了很多书,尽一切可能地锻炼身体,同时,经主管人员批准,她把绣枕套花边作为一种娱乐,用以消磨漫长的时光。乔伊斯先生上次去看她时,她穿得很整洁,上身穿着凉爽、清新、轻便的外衣,头发已精心梳理过,指甲也修剪过。她的举止非常得体。她甚至还能拿自己目前所处的困境开几句玩笑。谈到自己遭遇的不幸,她似乎有点儿漫不经心,这使得乔伊斯先生不禁想到,只有像她那样具有良好的出身和教养,才不至于在这种显然严肃的环境中发现某些事情其实有点儿荒唐。这让他感到惊讶,因为他从来没想到,她居然是个有幽默感的人。



乔伊斯先生跟她的交往,时断时续的也有好多年了。莱斯莉每次来到新加坡,都要跟乔伊斯夫妇一起吃饭。有一两次,她甚至和乔伊斯夫妇在他们的海滨别墅里共度周末。乔伊斯先生的妻子曾经在莱斯莉的种植园里住过十几天,并在那里见过杰弗里·哈蒙德好几次。他们两对夫妇的关系虽然谈不上是密友,但也称得上是好友了,正因为如此,罗伯特·克罗斯比在发生灾祸之后,立刻赶到新加坡,恳求乔伊斯先生亲自为他那不幸的妻子作辩护律师。

莱斯莉讲的事件经过,跟乔伊斯先生第一次去看她时所讲的一样,连细节都没有改动。在案发之后几个小时,她冷静地讲述了事件经过,现在她依然这样讲述了一遍。她叙述连贯,语调平稳,只有在讲到一两个细节时两颊泛起一点红晕,有一点儿思路混乱的迹象。谁也不会想到这样的事情会发生在她这样一个女人身上。她刚三十出头，体质柔弱，身材高矮适中，虽然谈不上漂亮，但也称得上有几分姿色。她的手腕和脚踝都很纤细；她极其瘦弱，手臂上白皙的皮肤下面，骨头依稀可见，蓝色的静脉显露。她的脸色苍白，略微泛黄，嘴唇不见血色。她的眼睛的颜色不很明显。她有一头浓密的淡褐色头发，略微有些自然卷儿；只要稍加修剪，她的头发就很漂亮，但是你很难想象克罗斯比太太会刻意地采用那种办法。她是个安静、可爱、谦逊的女人。她的风度优雅，要是说她不曾受到人们的关注，那是因为她有些羞怯。这是可以理解的，因为种植园主的生活是孤独的，在她自己的家里，跟自己熟悉的人相处，虽然漂亮，也只能孤芳自赏。乔伊斯太太在她那里住了十几天，回来之后她跟丈夫说，莱斯莉是个非常和蔼可亲的女主人。她说，她的内心还远远没有被人理解；你跟她熟识了之后，就会发现她的知识是那么渊博，她的性情是那么宜人。

像她那样的女人，是绝不会犯谋杀罪的。

乔伊斯先生对罗伯特·克罗斯比说了许多安慰的话，把他打发走了，然后独自坐在办公室里翻阅卷宗。其实，这不过是一个下意识的动作，他对整个案情的每个细节都已了如指掌。这个案件在当时是一个轰动事件，从新加坡到槟榔屿，整个半岛，不论在俱乐部里还是在餐桌上，大家都在热烈地谈论着。克罗斯比太太提供的事实很简单。当时，她丈夫去新加坡出差，晚上她独自一人在家。很晚的时候，九点差一刻，她独自一人吃了晚饭，饭后坐在起居室里绣花边。起居室的门对着廊台敞开着。孟加拉式平房里没有别人，仆人们已经回到后院他们的住处歇息去了。突然，花园的石子路上传来了脚步声，她感到奇怪，那是穿着靴子的声音，说明他是个白人，而不是土著居民，她也没有听到汽车马达声；她想不出这么晚，还会有谁来看她。那个人踏上孟加拉式平房的台阶，走过廊台，来到她坐着的起居室门前。一时间，她没有认出那个人是谁。她坐在一盏带有灯罩的灯旁，他站在那儿，背对着黑暗。

“我可以进来吗？”

她甚至没有听出是谁的声音。

“你是谁？”她问。

她绣花边的时候戴着眼镜，说话时，她把眼镜摘了下来。

“杰夫·哈蒙德①。”

“当然啦。进来喝点东西吧。”

她站起身，跟他热情地握手。他的拜访使她有点儿吃惊，因为虽说他是他们的邻居，但不论是她还是罗伯特跟他的来往都不算密切，而且她有好几个星期没见过他了。他是一个橡胶种植园主，离开她家几乎有八英里，她不知道为什么他挑选这么晚的时候来看望他们。



“罗伯特不在家，”她说。“他到新加坡去了，今晚回不来。”

也许他觉得有必要为自己深夜来访作个解释，于是说道：

“很抱歉。今天晚上我感到很寂寞，所以想过来看望你们。”

“你到底是怎么过来的？我没听见有汽车的声音呀。”

“我把汽车停在公路上，我以为你们俩都已经上床睡觉了。”

这个解释合情合理。种植园主黎明即起，检查工人的出勤情况，所以他喜欢吃过晚饭就睡觉。案发后的第二天，哈蒙德的汽车确实在离她家四分之一英里的地方被人发现了。

由于罗伯特不在家，家里没有威士忌和苏打水。考虑到男仆可能睡着了，莱斯莉没去叫醒他，而是自己去拿了。她的客人为自己调制了一杯，然后在烟斗里装上了烟。

① 杰夫（Geoff）是杰弗里（Geoffrey）的昵称。

在这个殖民地，杰夫·哈蒙德有一大批朋友。他这时已经差不多四十岁了，可他刚刚出道的时候还是个小伙子。大战爆发时，他是第一批奔赴战场的志愿军，而且表现得相当出色。两年后，他膝盖受伤，不再适合军旅生活，于是就退伍了，佩戴着“杰出服务勋章”和“军功十字勋章”来到马来联邦州。在这个殖民地，他是最优秀的台球选手之一。他跳舞跳得十分漂亮，网球也打得很出色，虽然现在跳舞是不行了，加上膝盖不灵活，网球也打得不如从前，但他善于交际，所有人都很喜欢他。他身材高大、相貌英俊，有着一双迷人的蓝眼睛和一头漂亮拳曲的黑发。一些老于世故的人早就说过，他最大的毛病就是贪恋女色。这次灾祸发生之后，那些人频频摇头，说他们早就料到他会在这上面栽跟头。

这时，他跟莱斯莉谈起一些当地新闻，新加坡即将举行的赛马会啦，橡胶的价格啦，以及最近有一只老虎经常在附近出没，他差一点儿把它打死。莱斯莉正在担心手头绣的花边不能在预定的日子完成，因为她想把它寄回国去给母亲做生日礼物，于是她又戴上眼镜，把放着枕头的小桌子往自己的椅子跟前挪了一下。

“你要是不戴这种牛角边框的眼镜就好了！”他说。“我搞不懂，一个美女干吗要竭力把自己往平庸里打扮呢。”

他这话让她感觉有点儿意外。他从来没有用这种口气跟她说过话。她觉得还是不要理会它比较好。

“要知道，我可从来不会装模作样，要当个什么美女，如果你问我，我会明白地告诉你，不管你觉得我是漂亮也好、平庸也好，我都无所谓。”

“我认为你不平庸。我认为你极其漂亮。”

“你真会说话，”她话里带刺地说。“如果你真那么想，我只会觉得你眼光不行。”

他咯咯地笑了起来。他站起身,坐到她身边的那张椅子上。

“你大概不会否认,你这双手是世界上最漂亮的吧?”他说。

他做了个动作,像是要去握她的一只手。她轻轻地打了他一下。

“别干傻事。坐回你原来的位子,好好说话,不然我就下逐客令了。”

他仍然坐着没动。

“难道你不知道我非常爱你吗?”他说。

她依然保持着冷静的样子。

“我不知道。我根本不相信这是真的,而且即使是真的,我也不希望你说出来。”

他的话使她暗暗吃惊,因为他们认识七年来,他从来没有对她表示过特别的关注。他从战场上回来之后,他们倒是经常见面;有一次他病了,罗伯特还开车把他接到自己的孟加拉式平房来。他跟他们在一起住了两个星期。但是他们双方的兴趣点各不相同,这种熟人关系始终没有发展成友情。最近两三年来,他们很少跟他见面。有时他到这边来打打网球,有时他们在其他种植园主的聚会上见到他,但更多的情况是,他们会一个月见不到他的影子。

这时,他又喝了一杯威士忌加苏打水。莱斯莉怀疑他来之前就喝过酒。她发现他的举动有些异样,这让她略感不安。她嫌恶地看着他自斟自饮。

“如果我是你,我就不喝了,”她依然心平气和地说道。

他一口气喝完酒,放下酒杯。

“你以为我跟你说这些,是因为我醉了吗?”他冷不丁地问道。

“这是再明显不过的了,难道不是吗?”

“不,绝对不是。我从第一次看见你,就爱上你了。只是我一直把话藏在心里,现在总该说出来了。我爱你,我爱你,我爱你。"

她站起身,小心地把枕头放在一边。

"晚安,"她说。

"我不想走。"

终于,她开始发火了。

"你这个可怜虫,你要知道,除了罗伯特,我谁都没有爱过;再说了,即使我不爱罗伯特,也绝不会爱上你这种人。"

"我有什么可怕的?罗伯特又不在家。"

"如果你不马上离开,我就喊仆人过来,把你扔出去。"

"他们听不见。"

她勃然大怒。她正朝廊台上走去,要是她在那儿喊叫,仆人肯定能听见,但是他抓住了她的胳膊。

"放开我,"她怒不可遏地喊道。

"别喊了。现在我可抓住你啦。"

她张开嘴大声喊道:"来人啊!来人啊!"可是他迅速用手捂住了她的嘴巴。她还没弄清楚是怎么回事儿,他就已经把她搂进怀里,疯狂地吻着她。她挣扎着,拼命挣脱他那灼热的嘴唇。

"不,不,不,"她喊着。"放开我。我不!"

后来发生的事情,她有点思路混乱了。对于此前她所说的一切,她都记得非常确切,可是这时她吓得糊里糊涂,恍惚听到他在自己耳边急促地说话。他似乎在向她求爱。他开始不停地倾诉自己狂热的激情。他一直疯狂地把她搂在怀里。她感到无助,因为他是一个力大无比的男人,而她的手臂被他紧紧地箍住;她的反抗无济于事;她逐渐感到气力不支;她担心自己会晕过去,而他呼出的热气冲到她的脸上,使她感到极度恶心。他吻她的嘴唇、吻她的眼睛、吻她的脸颊、吻她的头发。他紧紧地搂着她,几乎把她憋死了。他把她抱得两脚离了地。她想踢他,可是他搂得更紧了。现在,他把她提起来了。他不再说话,但她知道他的脸色是苍白的,两眼充满了欲望之火。他把她抱进了卧室。他不再是个文明人,而是一个野蛮人了。他正走着,不巧被路当中的桌子绊了一脚。他的膝盖不太灵活,再加上怀里抱着个女人,结果扑通一声跌倒在地。说时迟,那时快,她趁机从他怀里挣脱了出来。她逃到沙发后面。他迅速站立起来,向她猛扑过去。桌子上有一把左轮手枪。她不是个神经质的女人,只是罗伯特晚上不在家,她原打算等她去睡觉的时候把它带进卧室的。这就是桌上放着手枪的原因。当时,她吓得魂不附体。她不知道自己在干什么。她听见砰的一声枪响。她看见哈蒙德打了个趔趄。他大叫了一声。他说了句什么话,但她没听清。他摇摇晃晃地走出房间,来到廊台上。此刻的她已经陷入狂乱的状态,完全不能自控,她跟到廊台上,是的,是那样的,她肯定是跟了出来,虽然她已全都记不清了,她身不由己地连续地开枪,一枪接着一枪,直到六发子弹全部打光。哈蒙德跌倒在廊台地板上。他蜷缩成一团,血肉模糊。



仆人们被枪声惊醒,赶到这里,只见她站在哈蒙德身边,手里还拿着枪,而哈蒙德已经死了。她朝仆人们望了一会儿,没有说话。仆人们站在那儿吓坏了,挤成一团。枪从她的手里掉到地上,她一声不响地转身走进起居室。仆人们望着她从起居室走进自己的卧室,转动钥匙把门反锁上。他们不敢触碰尸体,只是惊惧地望着它,激动地交头接耳议论着。很快,仆役长就缓过神来;他服侍这家人已经很多年了,是个头脑冷静的华人。罗伯特是骑着摩托车去新加坡的,汽车留在车库里。仆役长叫司机把车开出来;他们必须马上去见地方助理警官,向他报告这里发生的事情。他从地上捡起手枪,把它放进了口袋。这位地方助理警官名叫威瑟斯,住在附近一座城市的郊区，离这儿约三十五英里。一个半小时之后，他们开车来到他的家。所有人都在睡觉，他们只得叫醒仆人。不一会儿，威瑟斯走出来，他们向他说明来意。仆役长掏出手枪给他看，证实自己所说的话。地方助理警官回屋里穿好衣服，派人叫来自己的车，不一会儿，他就跟随他们，驱车踏上了夜深无人的公路。他们到达克罗斯比的孟加拉式平房时，天刚蒙蒙亮。威瑟斯跑上廊台的台阶，在哈蒙德的尸体旁边停住脚步。他摸了摸死者的脸。脸已经冰凉了。

"女主人在哪里？"他问仆人。

华人仆役长指了指她的卧室。威瑟斯走上前去敲门。没有回应。他又敲了敲门。

"克罗斯比太太，"他喊了一声。

"谁呀？"

"威瑟斯。"

又是一阵沉默。屋里传来开锁的声音，门慢慢地开了。莱斯莉站在他面前。她没有上床睡觉，身上还是吃晚饭时穿的那件茶会礼服。她站在那儿，静静地望着地方助理警官。

"是您的仆人叫我来的，"他说。"他是哈蒙德。您做了些什么？"

"他想强奸我，我就开枪打死了他。"

"上帝啊！我说，你最好出来说话。你必须把事情真相原原本本地跟我讲一下。"

"现在不行。我做不到。你必须给我时间。派人叫我丈夫回来。"

威瑟斯是个年轻人，面对这种超出他职责范围的紧急情况，他不知道究竟该如何处理。莱斯莉一直保持沉默，直到最后罗伯特赶回来之后，她才向他们两人讲述了事情的全部经过。从那以后，尽管她一次次地重复讲述这个事件，每一次就连最小的细节都没有改动。

乔伊斯先生在反复思考的是开枪问题。作为辩护律师，他感到棘手的是，莱斯莉不止开了一枪，而是六枪，而且验尸报告表明，其中有四枪是离受害人很近的时候开的。人们很容易认为，受害人倒下之后，她就站在他的身旁，把枪里的子弹全部打在他的身上。尽管她对此前发生的一切都记得非常准确，但对于此时的情形，她表示记不清了。她的脑子一片空白。这表明她愤怒得无法自控了；但是，谁也不会相信像她这样一位娴静、端庄的女子会愤怒得无法自控。乔伊斯先生与她相识多年，一向认为她是一个不容易激动的人；在悲剧发生后的几个星期里，她的镇定自若是令人惊叹的。



乔伊斯先生耸了耸肩。

“事实上，我觉得，”他心想，“你永远也不会知道，在一位最体面的女人身上会隐藏着什么样的野性。”

有人敲门。

“进来。”

那个华人职员走了进来，随手关上了门。他关门的时候是轻轻的，带着谨慎，但是果断，然后朝着乔伊斯先生的办公桌前走过来。

“先生，能否打扰您一会儿？我有几句话要私下跟您说，”他说。

那个华人职员每次说话都字斟句酌，乔伊斯先生一直对此隐约地感觉到颇有兴趣，这时他正微笑着。

“没什么打扰的，志成。”他回答。

“我要跟您说的事情是微妙和保密的。”

“有话就直说吧。”

乔伊斯先生发现了那个职员狡黠的眼光。跟往常一样,黄志成穿着当地最时髦的服装。他脚上是闪亮的漆皮鞋和鲜艳的丝袜。他的黑领带上别着镶有珍珠和红宝石的饰针,左手无名指上戴着一颗钻戒。洁白的上衣口袋里插着一支镀金的钢笔和一支镀金的铅笔。他戴着一只镀金的腕表,鼻梁上架着一副隐形的夹鼻眼镜。他轻轻地咳了一声。

"这件事情和克罗斯比太太的案件有关,先生。"

"是吗?"

"我得知一个情况,先生,在我看来,它会使这个案件表现出不同的面貌。"

"什么信息?"

"先生,我得知的情况是,有那么一封信,是被告写给这个悲剧中遭遇不幸的受害人的。"



"这没什么好大惊小怪的。在过去的七年中,我毫不怀疑克罗斯比太太会经常给哈蒙德先生写信。"

乔伊斯先生一向很赏识这个职员的精明,他说这番话,是故意掩盖自己的想法。

"那些是不必怀疑的,先生。克罗斯比太太以前肯定和死者过从甚密,比如请他一起吃个饭,约他一起打网球。我刚得知这个情况时也是这么想的。但是这封信是在哈蒙德先生死的那一天写的。"

乔伊斯先生的眼睛一眨都不眨。他依然面带微笑地望着黄志成,跟往常一样颇有兴趣地听他讲话。

"这是谁告诉你的?"

"我是间接从我一个朋友那里得知这个情况的,先生。"

乔伊斯先生知道不应该再追问了。

“您一定还记得，先生，克罗斯比太太说过，在案发之前的好几个星期，她没有跟哈蒙德先生有过来往。”

“你手里有那封信吗？”

“没有，先生。”

“信里说了些什么？”

“我的朋友给了我一份抄件。您要过目吗，先生？”

“看看吧。”

黄志成从上衣内侧口袋里掏出一个鼓鼓的皮夹子。皮夹子里装着各种纸片、新加坡纸币和香烟卡片。一会儿，他从这一大堆东西里抽出半张薄薄的便笺纸，放在乔伊斯先生的面前。信上写着：

罗今晚外出。我急欲见你。十一点等你来。我心急如焚，若不来，后果自负。来时勿开车——莱。



抄件是用外国学校里教华人写的那种连体字写的。这些字写得缺乏个性，跟信中那些不祥的词语极不协调，显得非常怪异。

“你凭什么说这封信是克罗斯比太太写的呢？”

“我完全相信那个给我提供情况的人是可靠的，先生，”黄志成回答说。“要证实这一点很容易。克罗斯比太太肯定能够立即告诉您，她是否写过这样一封信。”

从谈话一开始，乔伊斯先生的目光就没有离开过他这个职员的那副令人肃然起敬的面容。此刻，他在怀疑这张脸上是否流露出一丝嘲讽的神色。

“克罗斯比太太竟会写出这种信，真是难以置信。”

“如果您是这种想法，先生，这件事情就算了。我的朋友向我披露这件事情，是因为他考虑到我在您的事务所里工作，或许在您和助理检察官交换意见之前，您希望知道有这么一封信的存在。”

“原件在谁的手里？”乔伊斯先生直截了当地问。

黄志成从这个问题以及提问的口气中觉察到对方态度的转变，但他不露声色。

“您一定记得，先生，哈蒙德先生死后，有人发现他跟一个华人妇女同居过。这封信现在就在她手里。”

舆论曾经强烈地谴责哈蒙德，这件事情即是原因之一。人们得知，在他死之前，他已经让一个华人妇女在他家里住了好几个月。

他们俩沉默了好一阵子。的确，要说的话都已说了，双方都心照不宣。

“谢谢你，志成。这事儿我会考虑一下。”

“好吧，先生。您是否希望我把您的意思转告给我的朋友呢？”

“我觉得你可以跟他保持接触，”乔伊斯先生神色庄重地说。

“是，先生。”

黄志成轻手轻脚地退出房间，同样谨慎地关上了门，留下乔伊斯先生去独自思考。他目不转睛地看着那张用清楚但缺乏个性的字体抄写的、莱斯莉那封信的抄件。有一些模糊的疑点使他困惑不解。这些疑点使他烦心，他竭力想把它们从脑子里赶走。这封信必须有一个简单的解释，当然，莱斯莉能马上做到这一点，可是，天哪，无论如何得要有个解释！他从椅子上站起来，把信放进口袋，拿起遮阳帽。他走出来时，黄志成正在自己的写字桌前忙着写东西。

“我要出去一会儿，志成，”他说。

“乔治·里德先生约好中午十二点过来，先生。您要我跟他说您去哪儿了？”

乔伊斯先生淡淡地一笑。

“就说你不知道我去哪儿了。”

乔伊斯先生心里完全明白，黄志成知道他要到监狱去探监。虽然枪杀案是发生在贝兰达，审判也将在贝兰达巴鲁[1]进行，但由于那里的监狱不适合关押白人妇女，克罗斯比太太被送到了新加坡。

克罗斯比太太被带到探监室，看见乔伊斯先生在那儿等着，就伸出自己纤细的手来，并朝他嫣然一笑。她还是像往常一样衣着整洁、朴素，一头浓密的淡色头发已精心梳理过。

“没想到今天上午会见到你，”她说，一副温文尔雅的神态。

她那样子简直像在自己家里，乔伊斯先生似乎听见她吩咐男仆去给客人拿一杯果子酒。

“身体还好吗？”他问。

“从来没这么好过，谢谢你。”她的眼睛里闪过一丝欣喜的光芒。“这里是个疗养的好地方。”



看守退了出去，房间里只剩下他们俩。

“坐吧，”莱斯莉说。

他拿了把椅子坐下。他不知道从何说起。她如此冷静，使他几乎难以开口谈他来这儿打算要谈的事情。她虽然谈不上漂亮，但外表中确有某些方面让人感觉舒服。她举止高雅，但那种高雅是来自她良好的教养，绝对没有社交场上的那种扭捏作态。你一眼就能看出，跟她打交道的是哪一种人，她在哪一种环境里生活。她那羸弱的体质更为她平添一种特有的风韵。从她身上不可能联想到一丁点儿粗暴的东西。

“我很想今天下午能和罗伯特见个面，”她说道，语气平静而安详。（听她说话是一种享受，她的语音语调都显露出她的身份。）“可怜的人哪，这件事情给他造成的压力很大。好在没几天这一切

①　贝兰达（Belanda）和贝兰达巴鲁（Belanda Bharu）可能都是作者虚构的地名。

就会结束的。”

“只有五天了。”

“我知道。每天早上醒来，我就对自己说，‘又过了一天。’”她说着笑了。“就像我从前读书的时候数着日子等待放假一样。”

“顺便问一句，在案发前的几个星期里，你没有跟哈蒙德有过任何来往，是这样吗？”

“我可以完全肯定。我们最后一次见面是在麦克法伦斯网球赛上。我想那天我跟他说了最多不超过两句话。要知道，那天有两块场地，我们刚巧不在一组。”

“你没有给他写过信吧？”

“哦，没有。”

“你能完全肯定吗？”

“哦，完全肯定，”她答道，面带微笑。“我给他写信也无非是邀请他吃饭或约他打网球，而且我已经好几个月都没有请他或约他了。”

“你跟他一度关系相当密切。后来怎么就不再请他过来了呢？”

克罗斯比太太耸了耸瘦削的肩膀。

“有时候人会讨厌跟人接触。我们没有什么非常相通的地方。当然，他生病时，罗伯特和我为他做了力所能及的事情，但最近一两年，他一直身体很好，而且交游广泛。他忙于各种应酬，我们似乎没有必要再经常邀请他了。”

“你能肯定情况就是这样吗？”

克罗斯比太太迟疑了片刻。

“哦，不妨跟你说说吧。我们听说，他当时跟一个华人妇女同居，罗伯特说他不欢迎他到我们家来。我亲眼见过那个女人。”

乔伊斯先生坐在一张直背扶手椅上，一只手托着下巴，眼睛盯着莱斯莉。乔伊斯先生似乎看见，她说上面那番话时，两只乌黑的瞳孔里突然闪过一道暗红的光。虽然只有几分之一秒，但足以令人震惊。他心想，难道这是自己的幻觉？乔伊斯先生在椅子上调整了一下坐姿。他将两手的指尖互相顶在一起，慢慢地、字斟句酌地说：

"我想我应该告诉你，有一封你亲手写给杰弗里·哈蒙德的信。"

乔伊斯先生凝视着她。她坐着不动，面不改色，只是在她回答之前，停顿的时间明显过长。

"我过去经常会因为这样或那样的事情给他写张便条，或者有时我知道他去新加坡，就写张便条托他捎点东西。"

"在这封信里，你约他来看你，因为罗伯特去了新加坡。"



"那不可能。我从来没有做过那种事情。"

"那么你还是自己看吧。"

他把信从口袋里掏出来，递给她。她用眼扫了一下，带着鄙夷的微笑把信退还给他。

"这不是我的笔迹。"

"我知道，据说这是跟原件相同的抄件。"

于是她开始读信上的文字，读着读着，她发生了可怕的变化。她那苍白的脸变得十分难看。她的脸色变得铁青。肌肉仿佛突然消失，只剩下一张皮紧紧地包在骨头上。她的嘴唇收缩起来，牙齿露了出来，那形象犹如一张鬼脸。她的眼睛从眼眶里鼓出来，盯着乔伊斯先生。乔伊斯先生感到眼前是一具骷髅，说着含糊不清的话语。

"这封信是什么意思？"她轻声问道。

她嘴里干涩，只能发出嘶哑的声音。它已经不是人类的声音了。

“这要你来解释，”他回答。

“这封信不是我写的。我发誓不是我写的。”

“说话要慎重。如果原件上是你的笔迹，否认也没用。”

“这是伪造的。”

“要证明它是伪造的很困难。要证明它是真的却很容易。”

她那瘦削的身体打了个哆嗦。她的额头上布满了豆大的汗珠。她从包里掏出手帕，擦了擦手心。她又朝那封信扫了一眼，然后瞟了一下乔伊斯先生。

“信上没写日期。如果是我写的，而且我也忘了，那么这就可能是几年前写的。假如你给我时间，我会尽力回想当时的情况。”

“我注意到信上没写日期。如果这封信落到检察官的手里，他们会审问你的仆人。他们很快就会查出，在哈蒙德死的那天是否有人给他送过信。”

克罗斯比太太的两只手十指交叉，拼命地攥在一起。她坐在椅子上有点儿摇晃，乔伊斯先生生怕她会晕过去。

“我向你发誓，这封信不是我写的。”

乔伊斯先生沉默了一会儿。他把目光从她那变形的脸上移开，低头望着地面。他在沉思。

“你要是这么说的话，我们就没必要再谈下去了。”他终于打破沉寂，慢条斯理地说。“假如持有这封信的人觉得有必要把它交给检察官，你要做好心理准备。”

这些话是在提示，他没有其他话要说了，但是他并没有起身告辞。他在等待。他觉得自己等了很长时间。他没有看着莱斯莉，但能感觉到她静静地坐着。她一声不吭。最后，还是他开了口。

“如果你没有其他话要跟我说了，我想我要回办公室去了。”

"人们要是读了这封信,会有什么想法?"这时她问道。

"人们会认为你故意撒谎,"乔伊斯先生毫不客气地回答。

"我什么时候撒过谎了?"

"你确定地表示过,你跟哈蒙德至少有三个月没有任何来往。"

"这件事对我打击太大。那个可怕的夜晚发生的事情简直是一场噩梦。如果我忘了某个细节,那也没什么好奇怪的。"

"很不幸的是,对于你跟哈蒙德见面的每个细节,你都记得而且讲得非常准确,可是在他死的那天晚上,他正是应你的紧急要求到孟加拉式平房去见你的,你竟把这么重要的一条给忘了。"

"我没忘。但是案发之后我不敢提这件事情。我觉得,如果我承认他是应我的邀请而来的,你们谁也不会相信我对这个事件的陈述了。也许我那么做是愚蠢的;可是我当时脑子里一片糊涂呀。既然我第一次说跟哈蒙德没有来往,以后就只能一口咬定了。"



这时,莱斯莉又神奇地恢复了她那镇定的神情,坦然面对乔伊斯先生审视的目光。她的温柔颇能令人消除对她的怀疑。

"这样的话,你需要解释为什么你要在罗伯特出差的那天晚上邀请哈蒙德来看你。"

她转过脸,睁大眼睛望着这位律师。他原本以为那双眼睛没什么特别,但是他错了,那是一双迷人的眼睛;如果这次他没有看错的话,她的眼里正闪烁着晶莹的泪花。她的话音有点儿哽咽。

"当时我正准备给罗伯特一个惊喜。下个月他就要过生日了。我知道他想要一支新的枪,可你也知道,我对体育方面一窍不通。我要跟哈蒙德谈谈。我想叫他帮我订购一支枪。"

"或许你记不清楚这封信是怎样措辞的吧。你是否要再看一遍?"

"不,我不想看,"她连忙说。

“你觉得,一个女人想跟一个并不太熟的朋友商量购买一支枪,会写这样的一封信吗?”

“我敢说,那样写是有点过分,有点冲动。你知道,我表达的时候总是那样。我打算承认自己那样做是愚蠢的。”她微笑着说。“不过,话又说回来,杰弗里·哈蒙德并不是什么不太熟的朋友。他以前生病时,我像妈妈一样地照料他。我在罗伯特出差的时候叫他过来,是因为罗伯特不欢迎他到我们家来呀。”

乔伊斯先生用同一个姿势坐久了,感到有些厌烦。他站起身,在房间里来回踱了一两圈,斟酌着他后面的话该怎么说;最后,他倚着自己刚才坐着的那张椅子的靠背。他说话时一字一顿的,语气极为深沉。

“克罗斯比太太,我想跟你非常、非常认真地谈一谈。这个案件的审理总的来说还算顺利。我觉得只有一点需要作出解释:根据我的判断,哈蒙德倒在地上以后,你至少又向他开了四枪。人们很难相信,一个体格纤弱、心惊胆战、一向能自我控制,而且性情温柔、有良好教养的女人,竟然会突然完全失去控制,变得那么疯狂。当然,这种说法被采信了。尽管杰弗里·哈蒙德有不少人喜欢,总体上对他的评价也不错,但我还是尽力证明了他可能犯有你为自己的行动辩护时指控他所犯的那种罪。在他死后,人们发现他曾经跟一个华人妇女同居,这个事实为我们提供了非常明确的、可以作为依据的东西。这也使他失去了人们可能对他怀有的同情。我们决定将充分利用他的这种关系在所有的体面人士心里激起的对他的憎恶感。我今天早上告诉你丈夫说,我有把握你能无罪获释,我跟他说这些,并不只是为了让他增强信心。我相信现在陪审团还没有离开法庭呢。”

他们互相盯着对方的眼睛。奇怪的是,克罗斯比太太一动不动。她像一只被蛇施了魔法而瘫痪的小鸟。乔伊斯先生接着往下说，语气还是那么平静。

“可是，这封信使这个案件表现出完全不同的面貌。我是你的辩护律师，我要在法庭上做你的代理。我把你的陈述当作事实来接受，并根据你的陈述内容为你辩护。有可能我相信你的陈述，也有可能我怀疑你的陈述。辩护律师的责任是让法庭相信，摆在它面前的证据不足以使法庭有理由作出有罪裁定，至于他私底下认为他的诉讼委托人是否有罪，那完全与本案无关。”

乔伊斯先生惊讶地发现，莱斯莉的眼睛里竟闪烁着一丝笑意。他感觉受了冒犯，于是说话的语气略显冷淡。

“你该不会否认哈蒙德是应你的紧急邀请，甚至是歇斯底里的邀请，才去你家的吧？”



克罗斯比太太迟疑了片刻，好像在沉思。

“他们可以证实这封信是你的某个男仆送到他的孟加拉式平房去的。他是骑着自行车去的。”

“你千万不要以为别人都比你笨。这封信会引起别人的怀疑，尽管他们没有怀疑过。我不想跟你说我刚看到这封信的抄件时，我个人是怎么想的。我希望你只告诉我必要的情况，其他什么也别说，否则你会保不住自己的脑袋。”

克罗斯比太太尖叫了一声。她猛地跳起来，吓得面如死灰。

“你觉得他们不会绞死我吧？”

“如果陪审团得出结论，你不是为了自卫而杀死哈蒙德，他们就有责任作出有罪裁定。罪名是谋杀。法官就有责任判你死刑。”

“但是他们有什么证据呢？”她气喘喘地问。

“我不知道他们有什么证据。我也不想知道。但是，如果他们起了疑心，如果他们开始调查，如果他们审问那些土著人，结果会发现什么呢?”

她突然蜷缩成一团。乔伊斯先生还没来得及伸手去扶她,她就倒在了地上。她晕了过去。他环顾房间想找水,但是没有水,他也不想有人来打扰。他让她在地板上平躺着,然后在她身边跪着,等待她苏醒。她睁开眼睛时,眼里充满了恐惧,非常可怕,他看见这些,感到不知所措。

“躺着别动,”他说。“过一会儿就会好的。”

“你不能让他们绞死我的,”她轻声说道。

她歇斯底里地哭了起来,乔伊斯先生轻声地竭力安慰她。

“看在老天的分上,镇定一些吧。”他说。

“稍微等一会儿。”

她的勇气令人吃惊。他看得出来,她在竭力克制自己,过了一会儿,她就恢复了镇定。

“扶我起来。”

他伸出手,扶着她站了起来。他抓着她的胳膊,把她搀到椅子旁边。她疲惫地坐了下来。

“不要跟我说话,给我一两分钟。”她说。

“很好。”

当她终于开口时,她所说的话完全出乎他的预料。她轻轻地叹了口气。

“恐怕事情被我搞得一团糟了,”她说。

他没有答话,又是一阵沉默。

“就没有可能把那封信弄到手吗?”她终于说。

“我想,要是拿着这封信的人不愿意卖的话,也不会有人来告诉我这件事了。”

“信在谁的手里?”

“跟哈蒙德同居的那个华人妇女。”

莱斯莉的脸颊上立刻泛起一片红晕。

“她的要价很高吗?”

“我想这个女人很机灵,知道这封信的价值。如果不出个大数目,怕是未必能够把它弄到手。”

“你打算让他们绞死我吗?”

“你以为要把一个对我们不利的证据弄到手是件轻而易举的事情?这跟买通证人没什么区别。你没有权利向我提出这样的建议。”

“那么,我会有什么样的结果呢?”

“正义必然会得到伸张。”

她的脸色变得苍白。一阵轻微的战栗透过她的全身。



“我把一切都交在你的手里。当然,我没有权利要求你做不应该做的事情。”

乔伊斯先生没想到,她的话音有点儿哽咽,加上她习惯性的自我克制,竟变得非常动人,令人无法自持。她用谦卑的眼神看着他,他觉得,如果他拒绝那副眼神,它会在他的下半辈子一直萦绕着他。毕竟,任何事情都不可能使可怜的哈蒙德再活转来了。他急切地想知道这封信背后的解释。光凭这封信就得出结论说,没有人惹她,她就把哈蒙德杀死了,那是不公平的。他在东方生活了很长时间,职业荣誉感可能不如二十年前那么强烈了。他盯着地板。他决定做一件自知不合法的事情,但是他感觉喉咙被堵住了,他隐隐地对莱斯莉感到憎恶。他觉得尴尬,说不出话。

“我不太清楚,你丈夫的经济情况怎么样?”

她脸涨得通红,迅速地瞟了他一眼。



“他在锡矿上有很多股份,在两三个种植园里也有一点儿股份。

我觉得他能筹到钱。”

“他可能会问这钱是派什么用的。”

她沉默了片刻。她像是在思考。

“他依然爱我。为了救我,他会作出任何牺牲。有必要让他看那封信吗?”

乔伊斯先生微微皱了皱眉头,她马上就会意了,于是接着往下说。

“罗伯特跟你是老朋友了。我不是在求你帮我,而是在求你帮助一个诚实善良、从来没有伤害过你的人,免受各种可能的痛苦。”

乔伊斯先生没有回答。他站起身打算告辞,克罗斯比太太优雅地伸出手,那份优雅在她身上显得尤为自然。虽然她对这一幕感到震惊,而且形容憔悴,但她还是强打精神,彬彬有礼地和他道别。

“你真好,为我分忧解难。我真不知道如何感谢你才好。”

乔伊斯先生回到事务所。他坐在自己房间里,什么工作也不想做,只是沉思。他想象着,许多奇怪的念头闪过他的脑际。他颤抖了一下。过了一会儿,有人谨慎地敲门,这正是他期待的。黄志成走了进来。

“我正好想出去吃午饭,先生。”

“去吧。”

“在我出去之前,您有什么事情要吩咐我去做的吗,先生?”

“我想没有。你有没有跟乔治·里德先生重新约定时间?”

“是的,先生,他下午三点过来。”

“好吧。”

黄志成转过身,走到门口,伸出细长的手指抓住门环。这时,他好像忽然想起了什么事情,又转身回来。

“先生,您有什么事情要我转告我的朋友的吗?”

虽然黄志成英语说得非常流利，但是 r 音总是发不准，他把 friend 即“朋友”一词念成了 fliend。

“哪个朋友？”

“关于克罗斯比太太写给死者哈蒙德的那封信，先生。”

“噢！我都忘记了。我对克罗斯比太太提起这事儿，她说没有写过那种信。那封信显然是伪造的。”

乔伊斯先生从口袋里掏出那份抄件，递给黄志成。黄志成没有理会他的动作。

“这样的话，先生，要是我的朋友把信交给助理检察官，我想不会有人反对喽？”

“没人反对。但我看不出那样做对你的朋友有什么好处。”

“先生，我的朋友认为，伸张正义是他的职责。”



“我绝不会干涉任何人履行自己的职责，志成。”

这时，律师和华人职员的目光相遇了。两人的嘴唇上都没有一丝笑意，但他们彼此心领神会。

“我完全明白，先生，”黄志成说。“我研究了克罗斯比太太的案件，觉得把这样一封信提交上去，对我们的诉讼委托人是有害的。”

“我一向很欣赏你在法律方面的判断力，志成。”

“我想过，先生，如果我能说服我的朋友，让他劝说那个华人妇女把信交到我们手里，那就会省去很多麻烦。”

乔伊斯先生漫不经心地在吸墨水纸上画着各种脸。

“我想你的朋友是个生意人。你估计他要多少钱才肯把那封信交出来？”

“信不在他手里，还在那个华人妇女那儿。他只是那个华人妇女的亲戚。她什么都不懂；在我的朋友告诉她之前，她并不知道那封信的价值。”

“他觉得那封信值多少钱?”

“一万元,先生。”

“天哪!你想让克罗斯比太太到哪儿去弄这一万元钱!我告诉你,这封信是伪造的。”

他一边说着一边望着黄志成。这个职员对他的叫喊无动于衷。他依然站在桌旁,一副礼貌、冷静而恭顺的样子。

“克罗斯比先生在勿洞①橡胶园有八分之一的股份,在南角河②橡胶园有六分之一的股份。如果克罗斯比先生以他的财产作抵押,我有个朋友,他可以借钱给他。”

“你的朋友真不少啊,志成。”

“是的,先生。”

“既然这样,你可以转告他们,让他们全都见鬼去吧!那封信很容易解释清楚,我会向克罗斯比先生提议,最多出五千元,多一个子儿也不给。”

“那个华人妇女还不愿意把那封信卖了呢,先生。我的朋友花了很长时间才说服她。要是给她少于刚才说的那个数目,给了也是没有用的。”

乔伊斯先生盯着黄志成看了至少三分钟。这个职员坦然地接受对方投来的审视的目光。他望着地面,毕恭毕敬地站着。乔伊斯先生了解自己的手下。志成,这家伙真是聪明,他心想,我不知道他会从中捞到多少油水。

“一万元是个很大的数目。”

---

① 勿洞(Betong),在今泰国南部,邻近马来西亚。
② 南角河(Selantan River),或写作 Selatan River,在今印尼。

“克罗斯比先生绝不会眼看着自己的妻子被绞死，而不付这个数目的，先生。”

乔伊斯先生又沉默了。除了他说出来的以外，黄志成还知道些什么呢？他一定摸透了他的底细，所以才那么明显地不愿意讨价还价。这个数目是不能变的了，因为不管谁在策划这件事，他一定早就知道这是克罗斯比能拿得出的最大数目。

“那个华人妇女现在在哪儿？”乔伊斯先生问。

“她住在我那个朋友家里，先生。”

“她能到这儿来吗？”

“我觉得最好还是您去找她，先生。我可以今天晚上带您去，她会把信交给您。这个女人什么也不懂，先生，她连支票也看不懂。”

“我本来也不打算给她支票。我会带现金去。”



“如果您带的钱不足一万元，那就是浪费宝贵的时间，先生。”

“我完全明白。”

“我吃过午餐就去告诉我的朋友，先生。”

“好吧。你最好今天晚上十点钟在俱乐部门口等我。”

“好的，先生。”黄志成说道。

他向乔伊斯先生微微鞠了一躬，离开了房间。随后，乔伊斯先生也到外面去吃午饭。他来到了俱乐部，果然不出他所料，他在那儿见到了罗伯特·克罗斯比。他坐在一张挤满人的桌子前面，乔伊斯先生经过他的身边，想找个位子，顺手拍了一下他的肩膀。

“临走之前叫我一声，我有话跟你说，”乔伊斯先生说。

“好吧。你吃完了过来叫我也行。”

乔伊斯先生已经想好了该如何跟他谈。他吃完午饭，又打了一局桥牌消磨时间，好让俱乐部里的人全都离开。他不想在自己的事务所里为这件事情跟克罗斯比见面。过了一会儿，克罗斯比来到桥牌室，站在一旁看人打牌，直到打完为止。人们都去忙自己的事儿了，房间里只剩下他们俩。

“很不巧出了一件事儿，老伙计，”乔伊斯先生尽量用听起来平常的口气说道。“在哈蒙德死的那天晚上，你的妻子似乎给他寄过一封信，请他到那座孟加拉式平房来。”

“那不可能，”克罗斯比叫了起来。“她一直都说她跟哈蒙德没有来往的呀。据我所知，她有好几个月都没见过他了。”

“事实摆在面前，确实是有一封信。现在那封信在曾经跟哈蒙德同居的那个华人妇女手里。当时你的妻子打算在你的生日送你一件礼物，所以想请哈蒙德帮她去买。悲剧发生之后，她的情绪过于激动，把这事儿给忘了，由于一度否认自己跟哈蒙德有过任何来往，所以她不敢承认自己以前说错了。当然，这事儿太不凑巧了，但也不能说这不合情理。”



克罗斯比一句话也没说。他那张宽大的红脸上显露出一片茫然的神情，对于他的冥顽不灵，乔伊斯先生感到既宽慰又愤怒。他是个愚蠢的人，乔伊斯先生无法忍受他人的愚蠢。然而，自从灾难降临之后，他所经历的悲惨境遇已经触到了这位律师的某个软点；而且克罗斯比太太请他帮忙不是为了她自己，而是为了她丈夫，这句话说得恰到好处，打动了他的心弦。

“我不说你也知道，如果这封信落到检察官的手里，事情就会非常尴尬。你的妻子撒了谎，她就必须解释撒谎的原因。如果哈蒙德不是作为一个不速之客闯入你家，而是应邀而来，这就会稍稍改变目前的形势。这很容易使陪审团的想法发生一些动摇。”

乔伊斯先生犹豫了。现在他正面对着自己作出的决定。想到自己正在为某个人采取一项重大措施，而这个人对这项措施的严重性却茫然不知，要是在平时，他一定会笑出来，可现在不是幽默的时候。如果他就这件事情想一下,他或许以为乔伊斯先生现在所做的,都跟别的律师一样,是正常办案的一部分。

“亲爱的罗伯特,你不仅是我的诉讼委托人,也是我的朋友。我想我们必须把那封信弄到手。那要花很多钱。要不是钱很多,我是不会向你提起这事儿的。”

“要多少?”

“一万元。”

“我操,那也太多啦。目前生意不好做,再加上这样那样的开销,那样差不多把我所有的家当都赔上了。”

“你能马上弄到吗?”

“我想可以。我把锡矿和两个种植园的股份作抵押,老查理·梅多斯会借给我钱。”



“那你决定这样做啦?”

“是否必须这样做啊?”

“假如你希望你的妻子无罪释放的话。”

克罗斯比的脸涨得通红。他的嘴角耷拉着,一副怪异的样子。

“可是……”他找不到适当的词儿,脸变成了紫色。“可是我不明白。她可以解释嘛。你该不是说,他们会判她有罪吧?他们不会因为她除掉了一个无赖恶棍而绞死她吧。”

“他们当然不会绞死她。他们只能判她犯有杀人罪。判处两三年监禁或许就能放出来。”

克罗斯比吓得跳了起来,涨红的脸因为惊恐而变了形。

“三年。”

这时,在他迟钝的脑筋里似乎透进了一线光亮。他的思维原本是一片黑暗,此时掠过一道闪电,尽管接下来还是同样深沉的黑暗,但那里却留下了某种看不见的东西的记忆。乔伊斯先生发现,克罗斯比那双干过各种粗活的、又大又红的手在不停地颤抖。

“她原来打算送给我什么礼物?”

“她说想送给你一支新的枪。”

克罗斯比那张宽大的红脸涨得更红了。

“你需要什么时候把钱准备好?”

这时,他的嗓音有点儿怪。那声音似乎有一双无形的手攫住了他的喉咙。

“今晚十点钟。我想你可以大约在六点钟送到我的办公室。”

“那个女人来找你吗?”

“不,我去找她。”

“我会把钱带来。我会跟你一起去。”

乔伊斯先生瞪了他一眼。

“你觉得你有必要去吗?我觉得你让我单独处理这件事比较好。”

“钱是我的,对吗?我要去。”

乔伊斯先生耸了耸肩。他们站起身握手告别。乔伊斯先生好奇地看着他。

十点钟,他们在空荡荡的俱乐部里见了面。

“一切都正常吗?”乔伊斯先生问。

“是的,钱在我的口袋里。”

“咱们走吧。”

他们走下了台阶。乔伊斯先生的汽车在广场上等着他们,那个时间广场上阒无一人;他们向汽车走去,黄志成从一幢房子的阴影里走了出来。他钻进汽车,坐在司机旁边给他指路。汽车驶过“欧陆饭店”,然后在“海员之家”的街角处拐弯,驶上了维多利亚大街。在这条街上,华人的店铺仍然在营业,一些无所事事的人在街上闲逛;在车道上,人力车、汽车、马车来往穿梭,一片繁忙的景象。突然,他们的汽车停住了,黄志成转过头来。

"我想,我们在这儿下车步行更好些,先生,"他说。

他们下了车,黄志成走在前面。他们前后只差一两步远。不一会儿,他叫他们停下。

"你等在这儿,先生。我进去,跟我朋友说句话。"

他走进一家沿街的店铺,店铺的柜台后面站着三四个华人。那些店铺都很奇怪,柜台里不陈列商品,不知道这些店铺是卖什么的。他们看见黄志成跟一个矮墩墩的男子说话。那个男人穿一身帆布衣服,胸前挂着一根粗大的金链子,他向屋外夜间黑压压的街道扫了一眼。他将一把钥匙交给黄志成,于是黄志成走了出来。他向等在外面的两个人做了个手势,钻进店铺旁边的一个门洞。他们跟着他进去,一会儿便来到一段楼梯下面。



"等一下,我点一根火柴,"他说道,他总是那么有办法。"你们请上楼来吧。"

他捏着一根点亮的日本火柴在前面引路,但是这一丁点儿火光是很难驱走黑暗的,他们只得跟着他,摸黑上楼。到了二楼,他打开门,走进去点亮了一盏煤气灯。

"请进来吧,"他说。

这是一间四四方方的小屋,只有一扇窗,屋子里仅有的家具就是两张铺着垫子的中国矮床。屋子的一角放着一只大箱子,用一把精巧的锁锁着,箱子上是一只破旧的托盘,托盘上摆着一支吸鸦片用的烟枪和一盏灯。屋子里有一股淡淡的刺鼻的鸦片烟味。乔伊斯先生和罗伯特坐下来,黄志成递给他们香烟。不一会儿,门开了,进来的是他们刚才看见站在柜台后面的那个矮墩墩的华人。他用流利的英语向他们道了晚安,然后在那位同乡的身旁坐下。

“那个华人妇女快要来了，”黄志成说。

店铺里的男仆端进来一只托盘，上面放着茶壶和茶碗，那个胖子给他们两位倒茶。克罗斯比谢绝了。那几个华人在私下议论着，但是克罗斯比和乔伊斯先生一声不响。终于，屋外传来讲话的声音；有人低声叫门；胖子走过去开门。他在屋外说了几句话，然后陪着一个妇女走进来。乔伊斯先生看了她一眼。自从哈蒙德死后，人们对这个妇女议论纷纷，但乔伊斯先生却从没见过她。她的体态略微显胖，不很年轻，脸庞宽宽的，但是面无表情。她的脸上搽过脂粉，两道眉毛画得又细又黑，但是她给人的印象，她是一位有个性的女人。她穿着浅蓝色上衣、白裙子，一身装束既不是欧式，也谈不上中式，但是她脚上却趿拉着中式的丝面拖鞋。她脖子上挂着沉甸甸的金项链，手腕上戴着金镯子，耳朵上吊着金坠子，一头黑发上别着金簪子。她慢腾腾地走过来，一副自信而从容的神情，只是脚步有些许拖沓。她紧挨着黄志成，在床沿上坐下。黄志成跟她说了些什么，她点点头，朝两个白人漫不经心地看了一眼。

“她把信带来了吗?”乔伊斯先生问。

“带来了，先生。”

克罗斯比什么也没说，从口袋里掏出一沓五百元的钞票。他数了二十张，交给黄志成。

“你数数看对不对，好吗?”

那个职员数完后交给那个华人胖子。

“没错，先生。”

胖子把钱又数了一遍，然后装进口袋。他又对那个女人说了句什么，她便从怀里掏出那封信，交给黄志成，黄志成低头看了看信。

“这正是那封信的原件，先生。”他说着便准备递给乔伊斯先生，可是克罗斯比一把夺了过去。

"让我看看。"他说。

乔伊斯先生看着他读完信，伸手去接。

"你最好还是让我拿着，"乔伊斯先生说。

克罗斯比却小心翼翼地把信叠好，装进口袋。

"不行。还是我自己保管吧。它花了我不少钱哪。"

乔伊斯先生没有争辩。三个华人看着这场小小的插曲，但是他们脸上毫无表情，你看不出他们对此有什么想法，或者到底有没有想法。乔伊斯先生站起身来。

"今天晚上您还需要我做什么事吗，先生？"黄志成问。

"没什么了。"他知道那个职员想留下来，收取他原来约定的份子钱，于是他转身面对克罗斯比。"准备走吧？"

克罗斯比没有回答，但他站了起来。胖子走过去给他们开门。黄志成找到了一小段蜡烛，他点着了，给他们照着下楼，两个华人陪他们俩来到街上。他们把那个女人留在屋里，让她坐在床沿上静静地抽烟。他们来到街上，那两个华人便告辞，转身回到楼上。

"你准备怎样处理这封信？"乔伊斯先生问。

"留着。"

他们走到等在那儿的汽车旁，乔伊斯先生提出为克罗斯比捎一段路，但是他摇了摇头。

"我想走走。"他犹豫了一下，慢慢地挪着脚步。"哈蒙德死的那天晚上，我去新加坡，部分原因就是去买一支新枪，我的一个熟人正好想卖。晚安。"

他很快就在夜幕里消失了。

乔伊斯先生对这次审判的估计非常正确。陪审团一走进法庭，就一致决定无罪释放克罗斯比太太。她为自己提供证据。她简单扼要、直截了当地把案情陈述了一遍。助理检察官是个心地善良的人，而且他对自己的职责显然不是很感兴趣。他只是敷衍地提了几个必须提的问题。他代表检察机关提出的诉状，完全可以拿来当作被告的辩护词，陪审团只花了不到五分钟就作出了他们乐于见到的裁定。法庭作出判决后，法院内挤得水泄不通的人群中爆发出雷鸣般的掌声。法官向克罗斯比太太祝贺，她获得自由了。

对哈蒙德的丑行最反感的莫过于乔伊斯太太了；她忠诚地对待自己的朋友，坚持叫克罗斯比夫妇在审判后，在她家里住一段时间，等到一切都安排好了再走。她跟大家一样，绝对没有怀疑过会有这个审判结果。无论如何也不能让可怜、可爱、勇气可嘉的莱斯莉回去，住在那个曾经发生过可怕灾难的孟加拉式平房了。审判到十二点半结束，当他们来到乔伊斯先生的家里时，盛大的午宴已经准备好。鸡尾酒已经调好，乔伊斯太太举办的价值百万的鸡尾酒会在整个马来联邦州是出了名的。乔伊斯太太为莱斯莉的健康干杯。她本来就是个健谈、活跃的女人，这会儿更是兴致勃勃。幸亏她很活跃，否则就冷场了，因为其他三个人都沉默不语。她对此并没有觉得有什么奇怪；她的丈夫一向话就不多，而另外两个人经过好几天的折腾，自然是疲惫不堪了。午宴过程中，只有她在激动而兴奋地自说自话。宴会结束后，咖啡端上来了。

"喂，孩子们，"她欢喜雀跃地说道。"你们得先休息一下，吃完午茶，我开车带你们两位到海边兜风。"

乔伊斯先生平时很少在家吃午饭，现在他要回事务所去了。

"恐怕我去不了，乔伊斯太太，"克罗斯比说。"我得马上赶回种植园去。"

"今天不走吧？"她问。

"要走，现在就动身。我很久没去照顾种植园了，再说我还有一大堆急事儿要处理。不过，你能留莱斯莉在这儿住一段时间，我很感激，到时候我们再决定下一步怎么办。”

乔伊斯太太想再次挽留他，可她的丈夫阻止了她。

“如果他硬是要走，那一定有他的理由，别强留了。”

律师的口气好像话里有话，她忍不住瞟了丈夫一眼。乔伊斯太太话到嘴边停住了，大家沉默了一会儿。结果是克罗斯比开口了。

“对不起，我得马上动身，天黑前要赶回去。”说着，他站起身离开餐桌。“莱斯莉，你送我一下好吗？”

“当然。”

他们并肩走出餐厅。

“我觉得克罗斯比太不体贴人了，”乔伊斯太太说。“他应该知道，莱斯莉现在需要跟他呆在一起呀。”

“如果不是有要紧事情，我相信他不会走的。”



“哦，我去看看给莱斯莉准备的房间整理好了没有。她需要静养一段时间，然后再去娱乐一下。”

乔伊斯太太离开餐厅，乔伊斯先生又坐了下来。过了一会儿，他听见克罗斯比启动摩托车的发动机，接着车轮碾过花园碎石路，发出嘎嘎的声音。他站起身，走进起居室。克罗斯比太太站在起居室的中央，茫然地望着一片虚空，手里捏着一封打开的信。他立刻认出了那封信。当他进来时，她瞥了他一眼，他发现她脸色苍白。

“他知道了，”她喃喃地说。

乔伊斯先生走到她身边，接过那封信。他划亮了一根火柴，把那封信点着了。她看着它燃烧。当他再也拿不住的时候，他把纸片丢在地砖上面，他们两人看着那张纸片蜷缩、烧焦。然后，他用脚把它踩成一堆灰烬。

“他知道了什么？”

她久久地盯着他，眼睛里闪烁着奇异的光芒。那是轻蔑还是绝望？乔伊斯先生分辨不出来。

“他知道了杰夫是我的情夫。”

乔伊斯先生纹丝不动，一声不吭。

“多年以来，他一直是我的情夫。差不多从战后他刚回来的时候，他就是我的情夫了。我们知道必须小心行事。我们成为情人之后，我故意装作讨厌他，罗伯特在家的时候，他很少上我们家来。我经常开车到一个我们俩都知道的地方跟他见面，一个星期两三次，要是罗伯特去新加坡，他就在深夜趁仆人们睡觉之后到我家来。我们一直在约会，经常见面，没有人对此产生一丁点儿怀疑。可是最近，大约是一年前吧，他变了。我不知道是怎么回事儿。我无法相信，他不再喜欢我了。他一直否认自己变心了。我发疯了。我跟他大吵大闹。有时候我觉得他恨我。噢，你不会知道我忍受了什么样的痛苦。那就像是在地狱里煎熬。我知道他不再需要我了，但我不能让他离开。痛苦啊！痛苦啊！我爱过他。我把一切都给了他。他是我的生命。后来，我听说他跟一个华人妇女同居。我无法相信。我不愿相信。最后，我亲眼见到了她，看见她戴着金镯子、金项链在村子里大摇大摆地走路，一个又老又胖的华人婊子。她比我年龄还大。太可怕了！村子里的人全都知道，她是他的情妇。我从她身边走过时，她看看我，我心里也明白，她知道我也是他的情妇。我派人去叫他。我跟他说，我必须见他。就是你读过的那封信。我写信的时候简直发疯了。我不知道自己在做什么。我不在乎。我已经十天没见到他了。那简直是度日如年。我们最后一次分别时，他把我抱在怀里，亲吻我，叫我别多心。可是他离开我之后，就投入她的怀抱里去了。”

她一直用低沉、激烈的语调说着，这时，她停了一下，反绞着双手。

“都怪那封倒霉的信！我们一直很小心。每次看完我给他写的便条，他就会马上撕掉。我怎么知道，他竟然把那封信留下了呢？他来了之后，我跟他说，我知道那个华人妇女的事了。他拒不承认。他说那不过是谣言。我当时发疯了。我不知道自己跟他说些什么。噢！我恨透了他。我对着他乱撕乱扯。我尽挑一些伤害他的话说。我侮辱他。我可能还向他脸上吐了唾沫。最后，他对我光火了。他说我这个人腻味透顶了。然后，他承认那个华人妇女的事是真的。他说他认识她已经有好多年了，战争爆发之前就认识了。他说只有那个女人才是他的真爱，跟其他女人不过是逢场作戏而已。他说他很高兴我知道了这件事，说现在总算可以让他清静了。后来发生的事情我记不清楚了。我发疯了，怒火中烧。我抓起左轮手枪，我开枪了。他惨叫一声，我看见我击中他了。他跌跌撞撞地冲向廊台。我追了出去，再次开了枪。他跌倒了，我站在他的身边，我不停地射击、射击，直到轮子发出咔嗒声，我知道子弹打光了。”

说到这里，她停了下来，激动得喘着粗气。她的脸已不再是人脸，残忍、愤怒和痛苦使它变了形。你绝对想不到，这样一位娴静、文雅的妇女，竟会怀着那种恶毒的激情。乔伊斯先生向后倒退了一步。看见她这副样子，他彻底吓坏了。那不是一张人脸，而是一张疯狂、狰狞的面具。这时，他听到隔壁房间有人在呼唤，那声音是嘹亮、友善、欢快的。那是乔伊斯太太。

“来吧，亲爱的莱斯莉，你的房间已经收拾好啦。你得马上睡觉。”

听到那声呼唤，克罗斯比太太的脸渐渐恢复了原状。就像一张折皱的纸被手捋平了一样，那轮廓清晰的激动情绪逐渐消退，过了一会儿，她的脸变得冷静、沉着、坦然。她的脸色仍有些苍白，但她的嘴唇却露出了可爱而亲切的微笑。她又成了那位有良好教养、甚至高雅的女性。

“我来啦,亲爱的多丽丝。给你带来那么多麻烦,真是太抱歉了。”

## 原跋

在这本短篇小说集里,故事情节的发生所在地的名称都是虚构的,但新加坡是一个例外,因为那个城市忙于自己的事务,不屑于关心琐碎的事情。在被中国海冲刷的国度里,有些偏小的社区是非常敏感的,如果有一部小说暗示说,他们那些居住在市郊的远房亲戚不总是看得上他们的生活条件,并且心满意足地住在市郊,那些社区里的成员就会变得焦虑不安。把生命中最美好的时光都抛在这片浩渺的东方沃土上的英国人,都带着很强的乡土观念,这要是被一个游客发现,他准会大吃一惊,甚至有时会猜想,他们不远万里来到西里伯斯岛①,结果发现那里跟贝德福德公园没什么两样,想必还特别高兴吧。那些英国人都很实际,也最关心实际的事情,所以他们并不赞成作家要有什么想象力,一旦了解到这个作家在这里或那里住过,跟这个或那个人认识,就贸然得出结论说,作家在创造那些人物时,无非是替他们描绘了一幅幅画像。

他们身处于东方人之中,就像生活在一个狭小的集镇,因此他们也带着集镇的缺点和毛病;他们似乎怀着恶意的快感去探寻那些人物的原型,尤其当他们是吝啬、愚蠢或恶毒的,而作家恰恰挑选他们作为小说人物的时候。他们对文学艺术知之甚少,并不明白在短篇小说中人物的性格和外表是由复杂情节的特殊需要决定的。他们也不会想到,现实中的人过于模糊,不能作为虚构作品中的人物。我们所见的真实的人都是扁平的,而虚构作品中的人必

① 西里伯斯岛(Celebes),印尼中部苏拉威西岛的旧称。

须是圆形的①；要塑造一个生动的人物形象，必须从多种来源中提取因子，再加以组合。不能因为一个读者闲极无聊，发现小说中的某个人物跟他认识的某个人在思想或身体上有一个共同特征，而且知道作者与这个人有过来往，于是就将这个人的名字贴在这个人物身上说：这就是他的画像。这是愚蠢的做法。一件虚构作品（如果笼统地说一件艺术作品，或许有点儿太过），是作者对他经验中的某些事实所作的一种安排，难免带有他本人的个性特征。如果他写的正好和他的生活相同，那只是巧合，也不算是什么大不了的事。正因为如此，有一位古希腊雕塑家在他的一件著名作品中，就曾让一位妇女长着六个脚趾，因为他坚信那样会使她的脚变得更加修长、美观。所谓事实只是一块画布，艺术家在上面描绘绚丽的图景。因此我斗胆声称，这些短篇小说中的人物都是想象出来的；但由于其中有一个短篇《胆怯》，是得灵感于我亲身经历的一次不幸遭遇，我还是希望做出一项特别声明，作品中提到的两个人物都不是我在那次危险事件中同行的伙伴。



① 爱·摩·福斯特（E. M. Forster）于1927年初在剑桥大学三一学院主讲《小说面面观》（*Aspects of the Novel*），提出小说人物分为“扁平”（flat）和“圆形”（round）两类，其说影响深远。毛姆此书出版于1926年，这一提法似略早于福斯特，惜未能详论。

## 译后记

毛姆一生创作勤奋,在他的小说创作中,除了十几部长篇小说以外,还有一百五十多个短篇小说。这些短篇小说标志着他创作的新高度,在他生前就为他赢得了“当今在世的最伟大的短篇小说家”的荣誉,甚至有人把毛姆比作“英国的莫泊桑”。毛姆的短篇小说大致分为三个主题:英国海外殖民地的生活,英法两国的社会生活,英国间谍阿兴登的故事。

1926 年 9 月,毛姆出版了一本题为《木麻黄树》的短篇小说集,其中收录了毛姆最出色的六个短篇,它与作者前一本短篇小说集《叶子的颤抖》(1921)一样,都属于上述第一个主题。这些短篇小说的篇幅大致相当,介于中篇和短篇之间,并以马来亚、婆罗洲为背景,生动地描写了一些西方人(大多数是英国人)在远东殖民地的经历,特别描写了他们在与原来所处的西方文明世界隔绝之后,在精神上受到的种种折磨。这本短篇小说集自从出版以后一直受到读者的青睐。在殖民地的大背景下,每一段悲惨人生经历的背后,无论是害人者还是受害者,可以说最后都是受害者,没有一个是胜利者。文化差异、冲突、孤独、恐惧、犯罪,是这六个短篇的关键词。评论家西利尔·康诺利(Cyril Connolly)将这本短篇小说集列为“现代主义运动(1880—1950)百部经典”之一,认为它“为我们准确地描绘了英国人在远东的生存状况,这是以前从来没有人写过的”。小说家哈特利(L. P. Hartley)认为这是一部近乎完美的作品,它具有“强大的叙事能力和独特的戏剧效果”,“深刻地揭露了人物内心动机中更卑鄙的一面,而且分析透辟”。虽然毛姆的小说主题总是悲观、愤世的，但是细读文本，我们不难发现，他在揭露人性丑恶面的同时，总是流露出对他笔下那些缺陷人物的深切的同情。

这本短篇小说集的书名“木麻黄树”是东南亚的一种植物，原产于澳洲、太平洋诸岛，马来语是 kasuari，意为鹤鸵或食火鸡，因其细枝似鸟羽故名。它是一种常绿乔木，树干挺直，细枝如针状，果实坚硬，树皮呈灰褐色，广泛种植于海滩及海边，在中国南部沿海地区俗称“牛尾松”，主要用以抵抗台风、干旱、风沙、洪涝等自然灾害。这种植物，西方读者自然是闻所未闻的，用它作书名很富有异国情调。上世纪二十年代，特别是第一次世界大战之后，西方社会狂热地追求不受社会道德和责任约束的自由生活，在文学作品中经常表现逃避现实、远离社会的题材，许多小说以海外作为背景，这对战后的读者有强大的吸引力。毛姆采用这个词语作为书名，大概也是出于这种用意吧。



毛姆于 1921 年和 1925 年曾两次到过马来亚等地区，总共约十个月的时间。当时，英国殖民者把自己的生活习惯都带到那里，想把那里变成赤道上的另一个英国。毛姆在那里采访了各个阶层的人，积累了丰富的创作素材。这些短篇中的许多情节，甚至细节，都可以直接和他的亲身经历相印证。正如作者在本书的跋语中提到的，这些故事是作者以事实为基础，再进行加工而成的。如《赴宴之前》的男女主人公的原型是作者在一个宴会上认识的两位客人；《驻地分署》的男主人公的原型是作者早先在西班牙认识的一个英国领事；《信》的女主人公的原型，据说是吉隆坡一名校长的妻子，名叫埃塞尔·梅布尔·普劳德洛克，只是作者把这个故事加工得更加合理、连贯，更富有戏剧性。从某种意义上说，这本短篇小说集的成功原因之一是细节上的真实。在许多读者的心目中，毛姆与马来亚的关系，就像吉卜林与印度的关系。但是由于作者有时运用素材过于直截了当，素材中的人物又经常被描写成怯懦、残忍、酗酒、强奸、通奸等丑恶事实的形象，以致于这本短篇小说集发表之后，在马来亚地区引起轩然大波，他在那里的许多好友都与其断绝了关系。

一般来说，短篇小说集里的篇什都是各自独立的，但这本短篇小说集却有所不同，六个短篇在场景的安排上往往互有关联。《赴宴之前》的场景设在英国本土，从“赴宴”这个英国人所熟悉的日常事件出发，巧妙地引入了一个来自遥远国度的离奇故事；故事由一个长驻婆罗洲的英国人的妻子讲述，像剥笋一样将情节层层展开，最后达到惊悚的高潮。《铁行轮船公司》的场景设在一艘离开马来亚、回归英国的轮船上，从一位从日本回归英国的女乘客的视角，引出一个发生在马来亚地区的故事，但故事的结局都发生在船上，可以说场景设在英国和马来亚之间。《驻地分署》和《环境的力量》的场景都设在马来亚，是对英国人在马来亚生活的最直接的描写，但前者描写了两个白人之间的关系，后者进一步揭示了白人与土著的矛盾。在《环境的力量》临近结尾的地方，一个驻地长官在码头上把自己的妻子送回英国，而他妻子的离开，是因为这位驻地长官另有一个土著的妻子；在《铁行轮船公司》中，男主人公在船上被咒语折磨至死，正是因为他抛弃了原先在驻地同居的土著女人，而这个从未出场的土著女人，在性格甚至情态上都跟《环境的力量》里的土著女人有许多相似之处。其实，这本短篇小说集中的不少人物，往往含有其他篇什中其他人物的影子。你中有我，我中有你，分开是一个个鲜明的个体，合在一起是一个生动的群像。《胆怯》的场景虽然也设在马来亚，但却更加详细地描绘了周边的自然环境和土著的生活状况，在刻画男主人公深刻的内心矛盾的同时，也揭示了在一场灾难面前白人与土著之间错综复杂的关系，具有与其他篇什不同的文化内涵。最后一篇《信》的场景以新加坡的一家律师事务所为中心，从一个律师的视角，成功地塑造了一个白人妇女和一个华人职员的形象，揭露了在貌似公正的法律制度下人性中虚伪的一面。律师是最具有英国特色的职业之一，在第一篇《赴宴之前》里，那家人的父亲也是一名律师，作者借此将读者重新带回英国的生活环境，使这本短篇小说集在结构上形成一个完整的回路。在这些篇什之中，热带河流、简易码头、"屯堡"、孟加拉式平房、廊台，以及普拉胡帆船、纱笼、曲刃短剑、帕兰刀等当地特有的景物和器物，在不同的故事中反复出现，给故事增添了不少异国情调，也使各个短篇联成一个有机的整体。

这六个短篇小说的心理分析深刻而细腻，反映了作者较高的艺术水平。例如在《驻地分署》这个短篇中，作者刻画了一个驻地长官和他的助手两个白人的截然不同的性格。沃伯顿出身门第不高，后来跻身于上流社会。他的家产在赌博中输光，不得不到海外谋求官职以维持生计。但他念念不忘其绅士的体面，遇到相识就要津津乐道其昔日与名门显贵的交往。在与英国上流社会隔绝之后，他培养了一些奇特而可笑的个人习惯，以其独特的方式维持着与英国上流社会的精神联系。在对待土著人方面，他做事圆滑，善于笼络人心，与他的助手库珀形成鲜明的对照。在意识到库珀面临生命危险的时候，他非但不加防范，反而推波助澜，以期借刀杀人。作者在心理分析方面入木三分，成功地刻画了一个老于世故的英国绅士形象。诗人兼小说评论家缪尔（Edwin Muir）评价《驻地分署》"是当代最优秀的短篇小说之一"。《胆怯》是这本短篇小说集中精于心理分析的另一篇佳作，可以说是一篇关于恐惧的心理小说，堪与陀思妥耶夫斯基、康拉德的某些中短篇小说媲美。这个短篇与《驻地分署》和《信》一并受到毛姆的传记作者特德·摩根（Ted Morgan）的推荐。这本短篇小说集中的其余几个短篇，如《赴宴之前》、《环境的力量》，在心理描写方面也细致入微，对话富有个性，并与故事发展紧密结合，情节曲折、悬念迭起，曾被选入各种短篇小说集。

也许是因为出生于法国，毛姆与法国有着天然的亲和力。毛姆说过，他的短篇小说在法国远比在英国更加受到评论家和广大读者的赞赏。法国人，由于他们的古典意识和有序的思维方式，要求作品具有整饬的形式，他们讨厌有头无尾的作品，提出了主题而不解决，预示了高潮但又闪避。事实上，毛姆的短篇小说接近于莫泊桑。他在短篇小说的创作中，接受了法国古典主义对于结构的要求。他要求短篇小说做到“具体、充实、戏剧性强”，结构紧凑，情节曲折；要有头、有尾、有身体；有伏笔、有悬念、有高潮、有余波，跌宕有致、曲折变化。他主张一个故事要完整、连贯而生动，从铺叙到结束一气呵成，摒弃一切无助于情节的发展或者故事的戏剧性的细节。作家要在情节上下工夫，抓住读者的好奇心，引导他们读下去。这些创作主张，无疑有其合理性和现实意义。

西方评论界普遍认为毛姆的作品不够伟大，一直把他列为“二流作家”，这个评价基本上没错。事实上，毛姆并不追求伟大，但仅仅因为这一点而将他列为一般意义上的“二流作家”，却并不公允。毛姆对自己的评价是 in the very first row of the second-raters（转引自 *Maugham: a Biography*, by Ted Morgan, p. 501），即“处于二流作家中最优秀的作家之列”。毛姆在这个自我评价中，虽然承认自己不是“一流作家”，但在“二流作家”的层面上，是颇有些不让时贤的。鉴于毛姆一贯用语精准的特点，这里似乎还带有一点“韵外之致”，值得我们细细品味。其实，我们在肯定评论界这个比较公允的评价之后，不妨再思考一下，毛姆作出这样的自我评价，其背后是否有一份自己的坚持呢？尤其是在读了一些现代派和后现代作品，包括某些获得诺贝尔文学奖的“伟大”作家的作品，频频有一些敢于说心里话的读者表示，他们的作品很难看懂的时候，我们益发觉得毛姆的小说亲切自然。

毛姆的语言明白畅达、朴实无华，用他自己的话说就是：明晰（lucidity）、简洁（simplicity）、悦耳（euphony）。夏济安将这三点译成“达”、“简”、“顺”，他的解释是：第一，把话说清楚了，使人一看就懂；第二，要言不烦，少说废话；第三，音调悦耳，便于上口。第一点“明晰”或“达”，是毛姆一生致力所在。当代作家在这三点上的成就，能够得上毛姆的，实不多见（夏济安《现代英文选评注》第150页）。这个评价是中肯的。我一直觉得，毛姆的小说和散文，其文体风格是优秀的，是学习英语的范本，所以在译文中也尽可能朝这个方向努力，尽量做到明白晓畅、朴实无华。判断一种文体风格是否优秀，不能只看它在某些点上是否出彩，如某个用词是否古雅而恰当，某个句式是否复杂而精妙，还要看它是否具有整体上的和谐与美感。一种优秀的文体风格，在前后统一的前提下，原本是多样的，没有一种定规，但在众多的文体风格之中，“平实”是最不容易做到，也是最经得起时间考验的。《易》曰：“修辞立其诚。”子曰：“辞，达而已矣。”天增岁月，更觉此语意味隽永。



话说回来，小说毕竟是给人读的。喜欢就喜欢，不喜欢就放下。毛姆自己就说过，“小说的目的在于娱乐”。

黄福海

2011年1月25日于沪西同乐村

**图书在版编目(CIP)数据**

木麻黄树/(英)毛姆(Maugham, W. S.)著;黄福海译.
—上海:上海译文出版社,2015.4(2021.9重印)
(毛姆文集)
书名原文:The Casuarina Tree
ISBN 978-7-5327-6914-8

Ⅰ.①木… Ⅱ.①毛… ②黄… Ⅲ.短篇小说-小
说集-英国-现代 Ⅳ.①I561.45

中国版本图书馆CIP数据核字(2015)第013474号

W. Somerset Maugham
**THE CASUARINA TREE**
Copyright © THE ROYAL LITERARY FUND
Simplified Chinese edition copyright © 2015 by
SHANGHAI TRANSLATION PUBLISHING HOUSE(STPH)
This edition arranged with A. P. WATT LTD.
Through Big Apple Tuttle-Mori Agency, Inc., Labuan, Malaysia.
All rights reserved.

**木麻黄树**
[英]毛姆/著 黄福海/译
责任编辑/冯 涛 封面设计/张志全工作室

上海译文出版社有限公司出版、发行
网址:www.yiwen.com.cn
200001 上海福建中路193号
浙江新华数码印务有限公司印刷

开本 850×1168 1/32 印张 7 插页 6 字数 132,000
2015年4月第1版 2021年9月第5次印刷
印数:11,001-12,500册

ISBN 978-7-5327-6914-8/I·4187
定价:48.00元

本书中文简体字专有出版权归本社独家所有,非经本社同意不得转载、摘编或复制
如有质量问题,请与承印厂质量科联系。T:0571-85155604